ASAHI SENSHO 朝日選書 996

# 漱石と鉄道

牧村健一郎



朝日新聞出版

目次

挿画　藪野　健（日本藝術院会員）
図版作成　鳥元真生

# 漱石と鉄道

牧村健一郎

# はじめに

漱石の作品には鉄道がよく登場する。とくに出だしやエンディングで鉄道は大きな役割が与えられる。どうしてだろうか。

たとえば『三四郎』は、のっけから列車の中だ。東海道線で上京中の主人公三四郎は、乗り合わせた女と、心ならずも名古屋で同宿、翌朝再び乗車した車内で、神主じみた相客に「(日本は)亡びるね」と恐ろしい予言を聞かされ、衝撃を受ける。『坊っちゃん』は、新橋ステーションで清《きよ》と別れる印象的なシーンのあと、四国松山らしき町の港につくと、すぐにのんびり走る軽便《けいべん》鉄道に乗る。帰京後の再就職先は「街鉄《がいてつ》」(都電の前身の一つの市内電車)だ。『それから』では、行き詰まった代助が市電に跳び乗り、窓の外が赤く渦巻くのを感じるところで終わる。極めつきは、『こころ』の「下　先生と遺書」だ。ここは全文が、先生からもらった分厚い封書（遺書）を、「私」がごうごうと鳴り響く列車の車内で読むしかけだ。あの痛切な先生の物語は、レールを刻む走行音を通奏低音として進行する。

漱石は現代人から見ても異例なほど国内外を旅し、汽車に乗っている。青年時代の興津《おきつ》（静岡県）から始まって、最晩年の京都、湯河原行きまで、漱石の一生は汽車旅とともにあった。ちょうど全国的に鉄道が整備される時期と漱石の活動期が重なった。日本の鉄道は、発祥の地英国から半世紀近く遅れて発足したが、一九世紀後半から二〇世紀初頭にかけ急速に発展、第一次世界大戦直前になると、輸送密度の面では、営業距離一キロ当たり旅客数は英国、ドイツに次ぐ世界三位に達し、日本は世界有数の鉄道大国に成長したという（中村尚史『海をわたる機関車』）。

そんな時代の中で、漱石は作品に鉄道を取り入れる。鉄道は時代の新風俗であり、刻々変化する車窓の風景やレールの走行音は、物語に動きとリズムをもたらす。車内や駅は、人の出会いと別れを演出する。ただ、それればかりではない。

近代化の象徴、文明開化の果実である鉄道は、蒸気船、電信の導入とともに、明治日本を前近代から脱皮させた。産業だけではなく、教育制度も欧米を見習った。漱石自身、明治近代化によってできた学校制度の恩恵を受けて帝国大学に入学、英文学を学び、英国に留学した。その意味で漱石は、開化の子だ。

一方で、漱石は鉄道に代表される日本の近代化（当時の言葉では開化）に深い危機感を抱いていた。鉄道（汽車）について、こう書く。


汽車ほど二十世紀の文明を代表するものはあるまい。何百という人間を同じ箱へ詰めて轟《ごう》と通る。情け容赦はない。詰め込まれた人間は皆同程度の速力で、同一の停車場へとまってそうして、同様に蒸瀛《じょうき》の恩沢に浴さねばならぬ。人は汽車へ乗るという。余は積み込まれるという。人は汽車で行くという。余は運搬されるという。汽車ほど個性を軽蔑《けいべつ》したものはない。文明はあらゆる限りの手段をつくして、個性を発達せしめたる後、あらゆる限りの方法によってこの個性を踏み付けようとする。（『草枕』）

自分の意志や個性の発露と思っていたことがらに、いつのまにか強制され、身動きができない。あるいは、実《じつ》のない言葉や物語に「もっていかれて」しまう。近代の両義性であり、落とし穴だ。『草枕』はこう続く。「余は汽車の猛烈に、見界《みさかい》なく、凡《すべ》ての人を貨物同様に心得て走る様を見る度《たび》に、客車のうちに閉じ籠《こ》められたる個人と、個人の個性に寸毫《すんごう》の注意をだに払わざるこの鉄車とを比較して、――あぶない、あぶない。気を付けねばあぶないと思う」

あぶない、あぶない。気を付けねばあぶない。このフレーズは、『三四郎』でも繰り返される。

漱石は自らも存分に利用した鉄道、汽車を通じて、競争、能率、スピード、利便性、成果主義の近代文明の危うさ、さらには戦争の愚かしさを語ったのだ。

後期の作品『行人』ではこうも指摘する。

人間の不安は科学の発展から来る。進んで止《と》まる事を知らない科学は、かつて我々に止まる事を許してくれた事がない。徒歩から俥《くるま》、俥から馬車、馬車から汽車、汽車から自動車、それから航空船（飛行船のこと）、それから飛行機と、どこまで行っても休ませてくれない。どこまで伴《つ》れて行かれるか分らない。実に恐ろしい。（『行人』）

ここに現代の日本人なら、「原子力発電」を重ね合わすだろう。漱石の問題意識は、今日の解決できない課題につながる。

日露戦争中、日本は戦費調達用の外債発行のため、日銀副総裁高橋是清《これきよ》を海外に派遣した。高橋の三年間の海外活動において、外債発行は計六回、総額一億三千万ポンド（一三億円）に及んだ（三谷太一郎『日本の近代とは何であったか』）。おそるべき借金大国である。借金で戦争をしたようなものだ。しかも近代日本の「借金」は、カネばかりではなかった。さまざまな分野で「舶来品」をとりこみ、間口は広げたものの、奥行きを犠牲にした。漱石のいう「外発的」で「上滑りの開化」だ。鉄道に即していえば、路線は急速に全国展開したが、肝心の機関車はほとんどがまだ輸入だった。

では漱石は鉄道がキライだったのだろうか。

当時の汽車はよく揺れた。胃潰瘍《いかいよう》の持病をもつ漱石には、腹に響く重い振動はさぞ辛かっただろう。胃病が治りきらないうちに出かけた満韓旅行では、しばしば腹痛を訴えた。修善寺《しゅぜんじ》大患《たいかん》は、行きの不快な鉄道旅と肌寒さがこたえたのだろう。にもかかわらず、漱石はしばしば鉄道を利用し、汽車に乗った。時刻表も調べたに違いない。そのおかげで作品世界が広がり、リアリティが生まれた。空間認識の変化は時間軸の揺らぎも呼び起こし、思索を多様化し深化させた。漱石は鉄道を憎みつつ愛したのだ。

作品や日記、書簡などをもとに、当時の時刻表や旅行案内を参考にして、できるだけ忠実に漱石の汽車旅の足跡をたどり、再現してみたい。現地に行って同じ空気を味わいたい。調べていくと、地域、路線ごとに近代化のありようの違いが見えてくる。今では東京と京阪神を結ぶ日本の大動脈は初めから東海道線だったと疑わないが、当初は中山道ルートに決まっていたように。

次章以降、おおまかな路線ごとに漱石の汽車旅をたどってみた。気持ちとしては、漱石先生の向かいに座り、過ぎ行く車窓風景を見やりながら、鉄道談義をかわし、近代文明の行方を語り合う、というものだ。話はおのずと、一〇〇年前と現在が重なってゆく。

汽車の発着時刻は正確を期すため、できるだけ当時の時刻表（復刻版）にあたり、出典を明示した。該当する時期の時刻表が見つからない場合は、前後の時刻表で代用したほか、荒正人編『漱石研究年表』にも世話になった。この年表はときにおかしな記載もあるが、たいへんな労作で、随時参考にした。時刻表示は引用を除いて、原則として二四時間表示に統一した。

なお、本文中の引用のうち、漱石の作品で全体が岩波文庫に入っているものは岩波文庫版を、それ以外のもの、日記、断簡などは『漱石全集』を典拠とした。

# 第一章　東海道線

新橋ステーションと馬車鉄道（絵・藪野健）

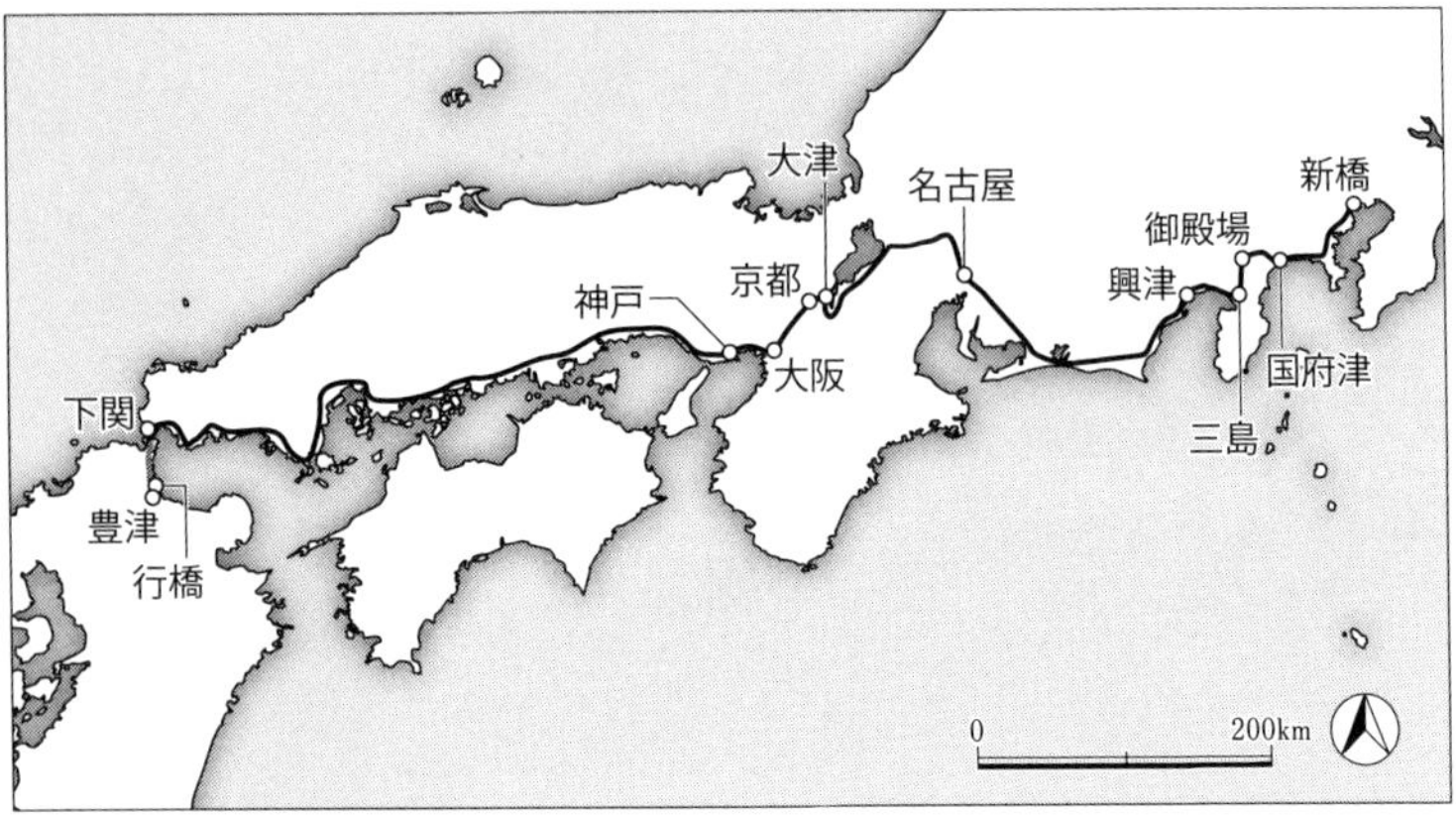


東海道〜九州鉄道

# 1　三四郎の上京

## 筑豊鉄道「三四郎駅」

畑の真ん中にぽつんと小さな無人駅。短いホームの中央に、マッチ箱のような待合室があるだけの、青天井の駅。平成筑豊《へいせいちくほう》鉄道の「東犀川三四郎《ひがしさいかわさんしろう》」駅だ。

福岡県小《こ》倉《くら》から日豊《にっぽう》本線で行橋《ゆくはし》へ、そこから一両編成のディーゼルで、ごとごとと二〇分ほど揺られると着く。といっても降りる人乗る人は一人二人、ディーゼルはすぐに発車した。

福岡県京都《みやこ》郡みやこ町にあるこの駅は、平成五年（一九九三）、設置された。国鉄分割民営化で、赤字ローカル線だった国鉄田川《たがわ》線が、第三セクターの平成筑豊鉄道に生まれ変わったのは平成元年。その数年後、前後の駅間が長いため新設された。三四郎という名が入っているのは、ここが、漱石の小説『三四郎』のモデルとされた、ドイツ文学者で漱石の弟子の小宮豊隆《こみやとよたか》（一八八四～一九六六）の出身地だからだ。この鉄道はほかにも「源《げん》じいの森」とか「今川河童《いまがわかっぱ》」などと奇妙な駅名がつけられている。ローカル鉄道の生き残り策なのだろう。

失礼ながら、九州の一地方にふさわしくない京都郡という地名は、神話時代に景行《けいこう》天皇がこの地に行宮《あんぐう》を設けたことから京《みやこ》と名づけられた（『日本書紀』）という、いわれからだ。近所に、八世紀に聖武《しょうむ》天皇の詔《みことのり》によって諸国に建立《こんりゅう》された国分寺の一つ、豊前《ぶぜん》国分寺の跡があり、近年、朱塗りの三重塔が再建された。由緒ある土地柄なのだ。

とはいえ、このあたりの中心地、豊津《とよつ》は近代になってできた町だった。

豊前地方は江戸時代、小倉に居城を構える譜代《ふだい》大名の小笠原《おがさわら》氏が支配していた。幕末、親幕府の小倉藩は、瀬戸内海を挟んで対岸の長州藩と敵対、幕府側の最前線に立たされた。第二次長州征伐の際には、長州の奇兵隊ら精鋭に攻撃され、自ら小倉城に火を放って退去するという、いさきか不名誉な歴史がある。小倉を長州に譲り、南の香春《かわら》に退き藩庁を置いたが、その後さらに移り、犀川（今川）ぞいのなにもない土地に藩庁を設け、豊津と名づけた。維新直後の明治二年（一八六九）のことだ。戊辰《ぼしん》戦争に敗れ、朝敵となった会津《あいづ》藩が、本州の北の果て、下北半島に移封され、斗南《となみ》藩として辛酸をなめた歴史を思い出させる。

小宮の父弥三郎《やさぶろう》は、その小倉藩の藩士であり、家中の藩士とともに豊津に移り住んだ。学問ができた弥三郎は東京の駒場農学校（現・東大農学部）を卒業後、福岡農学校の教諭になり、大和《やまと》郡山《こおりやま》では中学校の教頭をつとめた。小宮豊隆は明治一七年、現在のみやこ町犀川で生まれた。父は病弱で、小宮が一〇歳のとき病死し、小宮は祖母と母に育てられた。後年の彼の俳句「女手に育ちて星を祭りけり」（七夕を詠んだ句）は、この生い立ちをもとにしている。この句は師、漱石に賞賛されたことで知られる。

小説『三四郎』では、「三四郎は国にいる時分、こういう帳面を持て度々《たびたび》豊津まで出掛けた事がある」「御光《おみつ》さんは豊津の女学校をやめて、家《うち》へ帰ったそうだ」などと、豊津という地名が明示され、小宮モデル説の根拠になっている。

小宮は明治三五年、地元の豊津中学を卒業する。豊津藩は教育に熱心で、小倉時代からの学館

上：平成筑豊鉄道の東犀川三四郎駅
下：小宮豊隆の母校、福岡県立育徳館高校の三四郎の森の中にある小宮の文学碑
（写真・筆者。以下断りのないもの同じ）

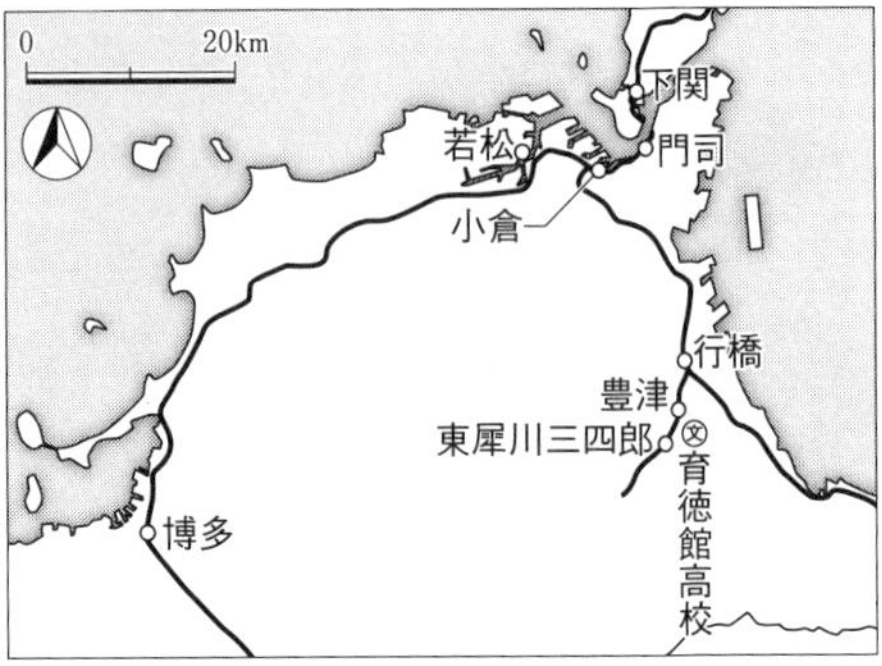

東犀川三四郎駅周辺の位置

を引き継ぎ、豊津中学を開設した。明治三年にやはり豊津で生まれた社会運動家、堺利彦《さかいとしひこ》も、同校を卒業している。豊津中学は戦後、福岡県の名門高校、県立豊津高校として長く知られてきたが、近年、中高一貫校に改組し、県立育徳館高校と改名、現在に至っている。

さて、東犀川三四郎駅周辺は、先に記したように畑や田んぼばかりなので、次の犀川駅まで行き、タクシーをつかまえた。小宮の母校を訪問するのだ。着いた育徳館高校の校庭で、明るい声の女子高生に教えられて、校舎の奥にある、こんもりした林を訪ねた。「三四郎の森」という。案内板によると、東京に三四郎池があるなら、地元には三四郎の森があってもいい、ということで名づけられたという。何やらほほえましい。林の中央に、小宮の肖像のレリーフと、先の「女手に」の句が彫られた碑があった。

小宮は豊津中学を卒業すると第一高等学校（一高）に進む。九州の秀才は、多くは熊本の第五高等学校（五高）に進学するのだが、小宮が一高に行った理由はよくわからない。父が駒場農学校卒だった関係で、東京と縁があったのかもしれない。

小宮の生家跡は、東犀川三四郎駅から車で七、八分、なだらかな山のふもとにあった。タクシーの運転手さんもよくわからず、地元の人に聞いてようやく探し当てた。すでに他人の地所で、畑になっており、井戸だけがまだ残っていた。出身校に小宮の碑があるくらいだから、生誕地にも案内板くらいあるかと思ったが、残念ながらなかった。それでも、近くのみやこ町歴史民俗博物館内に、小宮豊隆の書簡などを集めた展示室が近年、オープンした。

ところで、明治三五年に中学を卒業した小宮は、どういう経路で上京したのだろうか。調べれば、三四郎の上京の参考になる。鉄道は当時、どこまで通じていたのだろうか。

豊津もその一部をなす筑豊地方は、江戸時代から石炭がとれる地域として知られていた。明治に入ると、石炭は富国強兵、殖産興業の主要なエネルギー源として需要が急増、筑豊は大きく発展した。当初、採掘された石炭は、遠賀川《おんががわ》水系を利用して舟で若松など響灘《ひびきなだ》沿岸の港に運ばれていたが、明治中期以降はおもに鉄道が担った。中小私鉄が続々誕生、筑豊地方の炭田と積み出し港を結び、北部九州は鉄道が網の目のように敷かれた。今でも筑豊地方に鉄道網が張りめぐらされているのは、その名残りだ。

主要炭鉱の一つである田川炭鉱の石炭を運ぶため、私鉄の豊州《ほうしゅう》鉄道が明治二八年、伊田《いた》（田川）から犀川、豊津を経て行橋まで開設された。行橋からは大手私鉄、九州鉄道（現・JR日豊線）が通じ、石炭は門司《もじ》まで運ばれた。豊州鉄道は三四年、九州鉄道に合併される。

つまり、小宮上京のころには、はやくも犀川や豊津には文明開化の象徴、鉄道が敷設されていた。小宮少年は、生家から犀川駅まで歩き、旧豊州鉄道の蒸気機関車が引く汽車に乗って行橋まで行き、そこから門司、連絡船、さらに山陽鉄道（現・JR山陽本線）で神戸へ、そして東海道線に乗り換えて、東京に向かったに違いない。復刻版『全国鉄道滊車便覧』（明治三五年版）を見ると、九州鉄道の行橋、豊津、犀川駅やその列車ダイヤが細かく掲載されている。今ではのんびりしたローカル線だが、このあたりは明治日本の殖産興業を支える先進地域だったことがわかる。

### 九州鉄道から東海道線まで——三四郎のルート

さて、『三四郎』である。

小説は明治四一年九月から一二月にかけて朝日新聞に発表された。物語の進行は掲載時期の時系列とほぼ重なる。小宮がモデルとされる小川三四郎は、八月末か九月初め、「福岡県京都郡真《ま》崎《さき》村」から上京、東京帝国大学に入学する。真崎村は架空の地名だが、豊津あたりと見なしてよかろう。そこで、三四郎の鉄道の旅を、当時の時刻表から、追体験してみたい。むろん、小説だから事実そのままではなかろうが、漱石は小宮からいろいろ聞いているだろうし、自身も東海道線は何度も往復しているので、実際とそうかけ離れてはいないはずだ。もしかしたら、時刻表を机の横に広げて、『三四郎』の冒頭を執筆したかもしれない。

「うとうととして眼《め》が覚《さ》めると女は何時《いつ》の間《ま》にか、隣の爺《じい》さんと話を始めている」。小説は、車内の描写から始まる。小説の「今」は、小宮少年の上京から六年後。日露戦争が終わり、明治の近代化も仕上げの時期だ。なお、この年の夏、小宮自身は東京帝大を卒業後、大学院に進学し、漱石宅にしばしば出入りしていた。

豊州鉄道を買収した九州鉄道は、鉄道国有法（明治三九年）により官有鉄道（国鉄）になっていた。小説は京都から名古屋までの車中の描写から始まるので、その前までは判然としないが、三四郎はやはり行橋、門司、連絡船、下関、神戸の順で汽車に揺られ、神戸あたりから東海道線に乗り換えたのだろう。

京都から女が乗り込み、しばらく走った後、爺さんが乗車してきて、女と会話し、あわただしく下車する。名古屋には夜遅く着く。汽車は名古屋止まりである。この列車を特定できないか。『滊車滊船旅行案内』（明治四〇年三月）によると、それらしき列車が一つ、見つかった。神戸一四時三〇分発名古屋行きの第三六列車である。この列車は京都に一六時五二分に着く。蛸薬師《たこやくし》で子どものおもちゃを買った女が乗り込んできた。五八分に京都を出発、たぶん草津あたりで爺さんが乗り、いきなりもろ肌を脱いで三四郎を驚かす。女とおしゃべりをした爺さんが下車すると、三四郎は向かい合った女から、名古屋についたら宿屋に案内してくれといわれ、困惑する。夏の終わりの時期、ようやく日が暮れるころだ。駅夫が客車の屋根の上をどしどし歩いて、ランプを上から押し込んでいった、というのは、彦根（一九時一五分）か米原《まいばら》（同二五分）あたりか。当時の車内灯は、天井からぶら下がったランプであり、駅員が屋根によじ登ってランプをつけて回った。なお、『全国鉄道滊車便覧』や『滊車滊船旅行案内』は、今でいう時刻表のことである（第二章参照）。

三四郎は前の駅で買った弁当を食べ出した。夕飯だろう。第三六列車が終着の名古屋駅についたのは二二時三九分だった。小説では「九時半に着くべき汽車が四十分ほど後れた」とあるので、若干、時刻が合わないが、さきの『旅行案内』にはほかに候補になる汽車は見つからない。この前後の上りは名古屋着二〇時三分があるが、これは新橋まで行く直行便だから、名古屋止まりという小説の設定と矛盾する。

九時半に着くべき汽車が四十分ほど後れたのだから、もう十時は過《まわ》っている。けれども暑い時分だから町はまだ宵《よい》の口《くち》のように賑《にぎ》やかだ。宿屋も眼の前に二、三軒ある。ただ三四郎にはちと立派過ぎるように思われた。そこで電気燈の点《つ》いている三階作りの前を澄《すま》して通り越して、ぶらぶら歩《ある》行いて行《いっ》た。（略）すると比較的淋《さび》しい横町の角から二軒目に御宿《おんやど》という看板が見えた。これは三四郎にも女にも相応な汚ない看板であった。（『三四郎』）

三四郎は女と、この旅館に入る。上がり口で二人連れではないと断るつもりが、いらっしゃいの声に気圧《けお》され、そのまま二人とも「梅の四番」へ通されてしまった。

名古屋は江戸時代以来、徳川御三家、尾張藩の城下町で、東海道随一の都会だ。だが、東京と関西を結ぶ幹線鉄道は当初、中山道《なかせんどう》ルートに決まり、もしこのままだったら、名古屋は明治の近代化に取り残されるところだった。というのは、中山道ルートは木曽路《きそじ》を通って加納《かのう》（岐阜）へ抜けるので、名古屋は通らない。名古屋は鉄道工事用の資材運搬のために、武豊港《たけとよ》（知多半島）から加納まで敷設される仮設鉄道線の通過ルート上にすぎなかったからだ。

幹線鉄道はその後、東海道ルートに変更になり、仮設線が東海道線に格上げされた。名古屋にも駅が設置されるが、駅は街の中心部から西へはずれた、笹島《ささしま》という葦《あし》がぼうぼうと繁る湿地帯に設けられた。もともと工事用の仮設線だから中心部を通る必要はない。駅開設（明治一九年）当時の写真を見ると、駅舎前には野原と沼が広がり、人力車が数台、沼わきにたたずんでいるだけだ。当時は笹島停車場とよばれることが多かったという。

その後、関西鉄道（現・JR関西本線）が名古屋と大阪・湊町《みなとまち》（現・JR難波）を結び、中央線も木曽路から通じ、名古屋は東西南北を結ぶ鉄道の要衝の地として大発展した。駅前には、三階建ての高級旅館から、三四郎が泊まったような二流、三流の宿屋まで、鉄道利用客用の旅館がつぎつぎと建てられる。当時、長距離列車は少なく、大幹線の東海道線でも、多くは名古屋止まりだった。また、長距離だと乗車時間がひどく長くなり、途中で宿泊する必要もあった。九州から鉄道に乗り続けた三四郎も、門司か神戸あたりで一泊したかもしれない。当時、大きな駅の駅前には、こうした鉄道宿がいくつもあった。

## 三四郎の宿

では三四郎が泊まった宿屋はどのあたりだろうか。名古屋駅近くに三四郎が泊まった宿を示す記念碑があるというので、探しに行った。

当時の名古屋駅は現ターミナルのやや南寄りに位置し、宿屋が並んだという当時の駅前は、今の笹島交差点あたりという。交差点からは大通り（広小路通り）が中心地へ伸びている。小説によると、二人は駅前の宿は高級すぎるから通り越し、しばらく通りを行って横町の角から二軒目の小汚い宿に入る。

近代的な高層の商業ビルが立ち並ぶ笹島交差点から広小路通りを歩き、すぐ右に折れると、古めかしい産婦人科医院の隣に、コインパーキングがある。パーキングの角に、木の柵で囲った碑があった。

漱石の三四郎　ゆかりの宿
文豪夏目漱石が青春時代を描いた作品「三四郎」の中で上京中車中で道ずれとなって女性と名古屋での一夜を過したゆかりの宿
ここに明治百年を記念し漱石を偲《しの》んで之を建てる

これが記念碑だった。

地元の研究者の調べによると、ここは明治から昭和四〇年代まで続いた角屋という旅館の跡地だそうだ。角屋は二階に六畳の客間が六室、一階に便所と風呂場のある旅館だった。駅前には立派な旅館が数軒あったが、このあたりのは商人宿のような簡易な宿。小説の描写と当時の駅前の様子から、三四郎はこの角屋に泊まったのだろう、ということのようだ。まったくのフィクションなのに、「ゆかりの宿」として記念碑まで建てたのには恐れ入った。

漱石は東海道線で何度も名古屋を通ったが、記録では一度も足を踏み入れておらず、土地勘もないと思われる。『三四郎』にはむろん、角屋という固有名詞は出てこない。この場面は、名古屋高等工業（現・名古屋工業大学）教授だった義弟の鈴木禎次《ていじ》夫妻あたりから、駅前の様子を聞いて書いたのかもしれない。

なお、『三四郎』には出てこないが、駅前の笹島から県庁前までを結ぶ市電（路面電車）がすでに開通している。東京より早く、京都に次ぐ日本で二番目の市電だった。三四郎は駅前で泊まったから、市電に用はなかった。

同宿してぐったりくたびれた三四郎は翌朝、上り新橋行きに乗る。『旅行案内』によると、大垣始発六時三〇分で名古屋八時発の新橋行き第二四列車がある。これに乗ったのだろう。改札で別れた女は「あなたはよっぽど度胸のない方《かた》ですね」とキツーイ一言を浴びせて、四日市方面に行く列車のほうへ消える。再び『旅行案内』を探すと、関西線に名古屋八時一〇分発の列車があった。四日市発は九時二六分だ。女は、これに乗車して実家に帰ったのかもしれない。漱石は『三四郎』で、鉄道の要衝の地の名古屋を、こういう形でさりげなく描いた。

## 「亡びるね」――駅の風景で描かれる近代

さて、新橋行きの列車に乗り込んだ三四郎の席の筋向かいには、ヒゲの濃い、神主《かんぬし》じみた男がいた。白地の絣《かすり》の下に、白い襦袢《じゅばん》を重ね、紺《こん》色の足袋《たび》をはいていた。中学の教師と鑑定したが、じつは一高の教授、広田先生だったことは、物語が進むと判明する。汽車が豊橋に着くと、この男は窓から首を出し、水蜜桃《すいみつとう》（モモ）を買い求め、三四郎に勧めた。当時は駅で弁当やお茶だけでなく、モモなども売っていたようだ。第二四列車は豊橋着一〇時四分、四分後の一〇時八分に出発する。

浜松駅で二人は弁当を買って食べたが、汽車はなかなか出発しない。窓から見ると、西洋人四、五人がホームを行ったり来たりしている。真っ白なドレス風の服を着た女性がいた。「西洋人は美くしい」とふたりは見とれた。私はあるとき、漱石ファンから、「三四郎に浜松駅で西洋人を見たというシーンがあるが、浜松は当時、外国人がたくさん住んでいたのか」と聞かれたことがある。「いや、この西洋人は同じ汽車に乗り合わせた客ではないか。なかなか出発しないので、ホームを散歩していたのではなかろうか」というような返事をした。

男は、ホームの西洋人を見て、現今の日本を談じる。日露戦争に勝って一等国になったと自慢しても、だめだ。日本には富士山しか自慢できるものがない。でも富士山は自分らで作ったものじゃなく、昔からあるものだ。三四郎が、「しかしこれからは日本もだんだん発展するでしょう」

と言うと「亡《ほろ》びるね」と一言。「熊本より東京は広い。東京より日本は広い」「日本より頭の中の方が広いでしょう」と続けるシーンは、『三四郎』の冒頭の最も有名なところだ。

ここで注目したいのは、男は車窓から、直接富士山を見て言ったのではないことだ。東京がはじめての三四郎に、「今に見えるから御覧なさい」といって、まだ浜松駅構内でこの会話がなされている。漱石はいったいに富士山に冷たいのだ。このあと、列車は日中の東海道線を走る。よほど荒天でない限り、車窓からは富士山が大きく、美しく見えたはずだが、まったく無視され、一言の言及もない。なぜだろうか。

江戸・東京から富士はよく見えた。富士見という坂や地名がいたるところにある。東京・早稲田生まれの漱石にとって、富士は珍しいものではなかった。見慣れた山だ。若いころ、富士登山もしている。上京時にはじめてこの山と対面し、感激する、西日本出身者とは違う感覚だろう。それに、漱石は、国家が授与する名誉ある博士号をいらない、といい張って断ったように、権威や押しつけが大嫌いだった。悠然、傲然《ごうぜん》と鎮座する「日本一」の富士山は、あまり好みではなかったかもしれない。

小説冒頭の列車内のシーンでは、富士のみならず、車窓の風景がほとんど描写されない。沿線の比叡山《ひえいざん》も関ヶ原も出てこない。描かれるのは、いきなりもろ肌を脱ぐ爺さんであり、三四郎と同宿する女であり、神主じみた男だ。汽車の車内は、さまざまな階層の人びとが一時的に膝をつき合わせ、会話を交わし、別れていく。同じ時間をつかのま共有し、離れていく。プラットホームでは出会いや別れが繰り返される。こうした光景は、近代になって鉄道が登場するまでは、見られないものだった。汽車は、あるいは鉄道は、互いに知らない人びとが接触する場所であり、物語が生まれる舞台なのだ。

それにしてもこの小説の出だしはすばらしい。都会に近づくにつれ、女の顔の色は白っぽく都会風になり、謎めいた女も乗り込む。名古屋を出れば、田舎くさい爺さんに代わって知的な男から文明論めいた話を聞かされる。汽車は地方（前近代）と都会（文明）をつなぐ橋渡し役であり、未知の世界に踏み出そうとする青年の期待と不安が、乗り合わせた客とのやりとりでみごとに描かれる。

「その晩三四郎は東京に着いた」と小説が記すとおり、第二四列車は新橋ステーションに二〇時二分、到着する。鈍行だからか名古屋からほぼ一二時間かかっている。現在では最速の新幹線で、一時間四〇分ほどである。

## 2　東海道線

### 西南戦争と東海道線

　東海道線は漱石が最も利用した鉄道路線であり、日本の大動脈である。起点となる新橋駅に、漱石は生涯で五四回ほど出入りしたとされている。出発と帰着で計四八回、帰着だけ二回、見送り三回、駅訪問一回だ（福田敏一『新橋駅の考古学』）。大正三年（一九一四）一二月に開業した東京駅も数回利用している。東海道線の歴史は日本近代史と重なり、漱石の個人史とも密接な縁がある。

　東海道は古代には山陽道に次ぐ大道であり、鎌倉に幕府が開かれると、京と鎌倉を結ぶ街道としてさらに重要性を増した。江戸時代には参勤交代や庶民のお伊勢参りなど行楽が盛んになったことで、街道筋《かいどうすじ》各所に宿場が設けられた。旅人が一日に歩く距離は、平坦な道で男性なら平均で一〇里（約四〇キロ）ほどであり、江戸から京都までは一四、五日かかったといわれる。庶民の

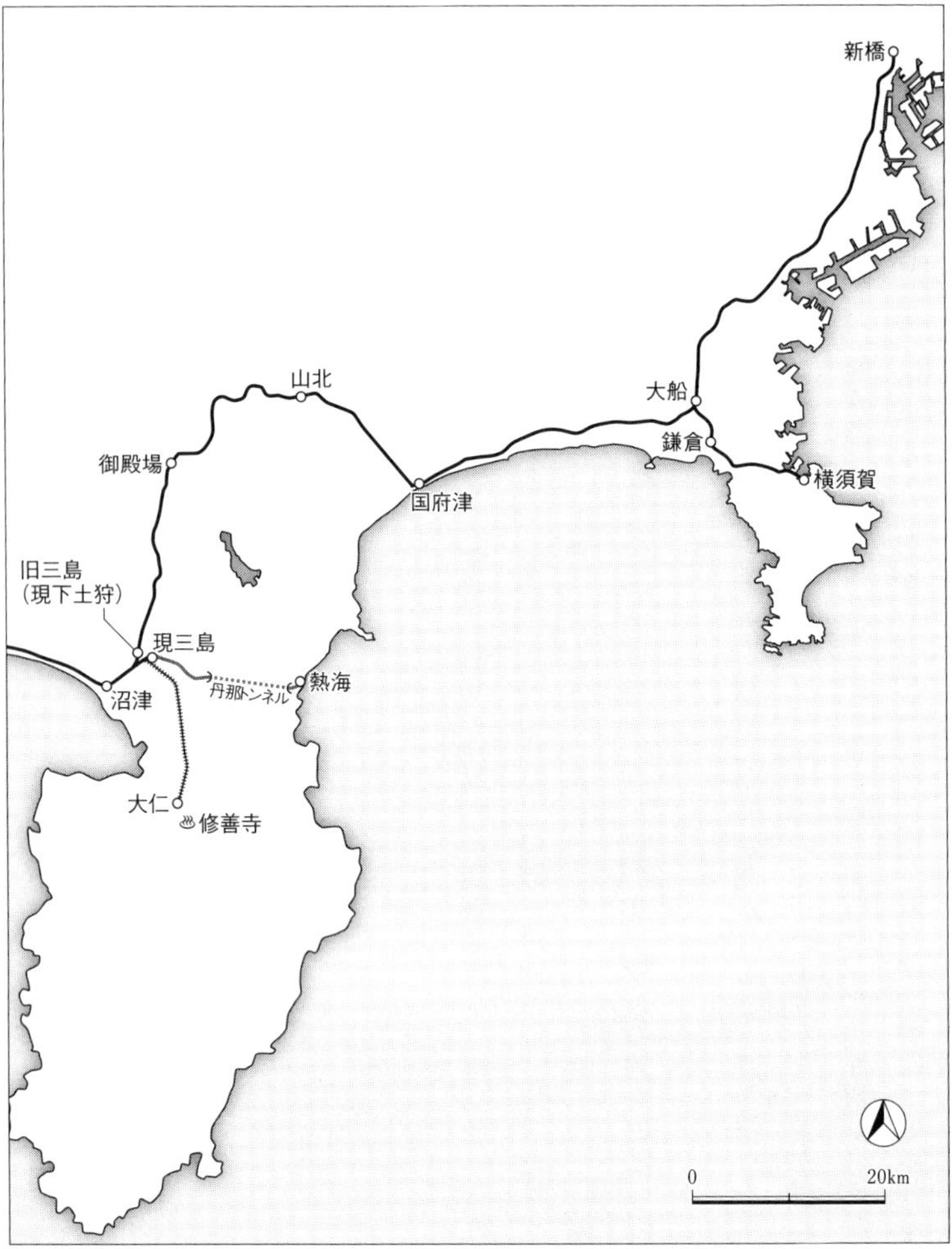


東海道線、横須賀線

旅の様子は十返舎一九《じっぺんしゃいっく》の『東海道中膝栗毛《ひざくりげ》』で描かれ、またその風景は歌川広重の浮世絵「東海道五十三次」で、現代でもよく知られる。

明治五年（一八七二）に新橋－横浜間に日本ではじめて鉄道が敷設された。七年には大阪－神戸間が開通した。次は東京と京阪神を結ぶ大動脈の建設が大きな課題になった。東海道ルートか中山道《なかせんどう》ルートか。その経過を語る前に、明治初期における鉄道と戦争との関係を概観したい。大動脈のルート決定にもかかわりがあるからだ。まず西南戦争である。

明治一〇年二月五日、新設された京都停車場（七条ステーション）で、明治天皇を迎えて開通式典が行われた。京浜間に続いて、京阪神が鉄道で結ばれた記念すべき日だった。開通式典のまさにその日、鹿児島では西郷隆盛を盟主と仰ぐ不平士族が挙兵を決議した。士族の権利を奪われる、と明治政府に反発を強めていた旧薩摩藩士が、ついに行動に出たのだ。政府は即座に武力鎮圧を決意、一〇日に近衛《このえ》歩兵、東京鎮台兵らに出動準備を命じ、一四日、在京の兵員は新橋停車場発の列車で横浜港に向かった。軍隊の鉄道輸送の最初だった。横浜からは汽船である。一五日、西郷は兵を率いて鹿児島を出発した。

兵隊だけでなく、警察隊も動員された。東京・本郷区の巡査喜多平四郎は、東京・鍛冶橋《かじばし》の本署に集合すると、すでに六〇〇人の巡査が集められていた。彼らはやはり新橋から列車で横浜に至り、ここで川路《かわじ》利良《としよし》大警視の叱咤激励を受け、汽船に乗船、博多港に着いた。二〇〇人がここで下船、さらに喜多らは長崎港に行き、そこから熊本城に向かったという（喜多平四郎『征西従軍日誌』)。開通した鉄路を、兵士や物資を満載した軍用列車が走った。

当時九州にはまだ鉄道はなかった。長崎や博多に上陸した政府軍は徒歩や船で前進を続け、各地で西郷軍を撃破、その年の九月二四日、西郷が鹿児島・城山で自刃して西南戦争は終結した。西郷軍三万三〇〇〇人、政府軍五万八〇〇〇人が参加した近代日本最大の内戦であり、政府軍の勝利により中央集権化が強固になった大事件だった。鉄道史から見ると、迅速かつ大量に兵士・物資を輸送できる鉄道が、軍事上、きわめて有効であることをはじめて示した戦争だった。

明治一七年一一月に起きた秩父事件でも、鉄道は威力を示した。

そのころ、埼玉県秩父地方は、松方デフレ政策により、主産業の養蚕《ようさん》、製糸業が打撃を受け、農家は貧窮化し、高利貸しへの借金を重ねていた。地元有志は県に税の減免などを請願したが、却下された。自由民権運動の影響を受けた農民らは、一一月一日、秩父の椋《むく》神社に鉄砲や槍などで武装して集合、総理や参謀長などの役割を決め、軍律も定めて隊列を整えた。翌二日、秩父の中心地を占拠した。その数は数千から一万に及んだという。自由民権運動の最大の蜂起事件だ。県幹部は農民軍が火力で武装しているのを知り、「尋常一揆の類にあらざるべし」と判断、警察だけでは対処しきれないと、山県有朋《やまがたありとも》内務卿に憲兵隊の出動を要請した。

半年前の五月に、私鉄の日本鉄道によって、上野と高崎間に鉄道が通じていた。一一月三日、東京憲兵隊一個小隊が上野発の特別列車で熊谷に出発、さらに翌日、東京鎮台第三大隊も本庄に着き、それぞれ鉄道駅から現地に向かった。軍隊と警察隊は秩父の出口を封鎖、暴動は五日にはほぼ鎮圧された。銃器の差だけでなく、迅速な兵員輸送、投入が奏功し、鉄道が治安維持にきわめて有効であることを示した事件だった。

鉄道の役割は、西南戦争といい秩父事件といい、国内の反乱軍鎮圧、つまり治安維持の面があった。東京－青森間の日本鉄道が思いのほか早く開通したのは、戊辰《ぼしん》戦争の際、東北は列藩同盟を組織して官軍に抵抗したことから、もしまた東北で乱が起きた際に、軍隊を東京からすばやく送るため、という説がある。じつは鉄道創業の国、英国も同様だった。

マンチェスター－リバプール間に、世界ではじめて旅客鉄道が敷設され、開通したのは一八三〇年。当時、英国の支配下にあったアイルランドでは、カトリック教徒への差別などで大規模な抗議行動が発生、反乱寸前の状態だった。英国政府は鎮圧部隊を、マンチェスターから開通したばかりの鉄道でリバプールの埠頭《ふとう》に運びこんだ。リバプールはアイルランドへの窓口にあたる港湾都市だ。距離五〇キロ、二日かかる両都市間の行軍が、鉄道によってわずか二時間強に短縮された。リバプールから兵士は船で対岸のアイルランドに渡り、鎮圧、治安維持にあたったという。

### 東海道ルートと中山道ルートの競合

さて、東京と京阪神を結ぶ大動脈をどこに敷設するか。

政府は東海道と中山道の両ルートを調査させた。まず、元幕臣で咸臨丸《かんりんまる》にも乗船して渡米した経験のある技術者小野友五郎《ともごろう》ら専門家が、現地を歩いて基礎調査をした。彼らは、開発が遅れている中山道が望ましいと結論した。東海道には大井川や天竜川のような大河川が多く、長大橋梁の建設にも不安があった。政府はさらに、お雇い外国人の英国人ボイルにも中山道の調査を依頼した。二度にわたって中山道に入ったボイルは明治九年、やはり中山道が適当とする報告書を提出した。東海道はすでに街道も整い、船便も利用可能だが、中山道は地形が厳しく、不便だが、だからこそ、鉄道を引けば国土の開発につながり、さらに支線を延ばせば、太平洋と日本海との連絡も可能になる、という理由だった。

西南戦争でこの問題は一時棚上げされたが、戦後、再び重要課題として、とりあえず、京都－大津間の工事を始めた。ここで難所の逢坂山《おうさかやま》トンネルの掘削を、日本人だけでなしとげた（後述）。一方、東京－高崎間も、日本最初の私設鉄道として設立された日本鉄道が工事を始めた。この区間は、中山道ルートの一部だ。

こうして中山道優位で進む中、西南戦争の経験などから鉄道の軍事運用に着目し始めた陸軍の意向が注目された。明治一六年、陸軍の実力者、山県有朋は「幹線鉄道布設ノ件」を太政大臣に提出、東京－高崎－小諸－松本－木曽谷－加納（岐阜）－長浜－大津－京都－大阪－神戸の本州横断線と、ここから枝分かれして新潟、敦賀《つるが》、名古屋に至る支線を挙げた。つまりやはり中山道ルートである。

先のボイルの意見に加え、東海道のような海浜沿いは、敵艦船による攻撃を受けやすいという理由もあった。幕末、幕府や諸藩は海浜の要害の地に大砲を据えて台場を築き、海防に備えた。

敵は海のかなたからやってくるのだ。長州出身の山県には、下関の砲台が英仏などの艦船の艦砲射撃で全滅させられた事件（四国艦隊下関砲撃事件）のトラウマがあったとされる。政府は中山道ルートを内定した。

ところが、最大の難所、横川－軽井沢間の碓氷峠《うすいとうげ》越えが予想以上に厳しいことがわかってきた。蒸気機関車は急勾配《こうばい》に弱く、標高差五五〇メートルを越す碓氷峠を、従来の運転方式で重い客車や貨車を引いて上り下りするのは困難だった（第四章）。ほかにも和田峠、塩尻峠など難所が控え、完工時期が見とおせない。時の鉄道局長官井上勝《まさる》は、あらためて両ルートの再調査を命じ、自らも現地に出向いた。その結果、東海道ルートの最大のウイークポイントである箱根越えは、御殿場を経由する案でクリアできそうだった。心配された長大橋梁の建設も、技術の進歩で可能とされた。工期は中山道だと七、八年かかるが東海道は半分程度、建設費も東海道は三分の二ほど、開通後の所要時間も東海道のほうが短いとの見解が出された。さらにトンネル、勾配、収入などについても具体的に検討され、ついに明治一九年、東海道ルートが適切、と方針転換が示された。大逆転である。

井上はこの結果を、時の総理、伊藤博文に報告する前に、山県に説明し、内諾を得ている。鉄道建設は軍部との調整が不可欠なのだ。

## 日清戦争直前の鉄道敷設状況

西南戦争を最後に、政府に武力で対抗する勢力は、秩父事件などの局地的な暴動を除き、一掃された。明治の軍隊は当初、国内の治安維持だけでなく、海からの侵入軍の撃退を目的に編制された。だが、明治半ばになると、「黒船」に象徴されるような欧米艦船による脅威はほぼ消え、不安定な朝鮮半島情勢を踏まえ、清《しん》やロシアを想定した、外地（朝鮮半島や満州〈中国東北部〉の地）でも戦える外征向きの軍隊に編制をし直す方向にシフトした。「専守防衛」型から「外征軍」型への変更である。

陸軍はそのため、従来の拠点防衛を主眼とした鎮台から、軍の機動的な運用が可能な師団編制に変えた（明治二一年）。とくに師団独自の兵站《へいたん》部門として輜重兵《しちょうへい》の整備が進められ、軍の機動力向上を目指した。兵站と機動力といえば鉄道の役割は大きい。さらに徴兵令を改正（明治二二年）し、国民の兵役義務を強化した。周辺の海外では清仏戦争（明治一七～一八年）、朝鮮半島の甲申《こうしん》事変（明治一七年）、清の海軍力増強などが続き、軍部は対外危機感を強めた。東海道ルートへの大逆転、東海道線の早期建設は、緊迫化しつつある国際情勢の反映でもあった。

軍港のある横須賀と新橋を直結する横須賀線は、明治二二年、軍部の強い要請で建設された。朝鮮半島をめぐって清との緊張が高まると、私鉄の山陽鉄道は軍都広島への延伸を急いだ。日清戦争勃発の端緒になった豊島沖海戦は、広島延伸一カ月後の二七年七月だから、広島延伸を待って戦いを始めたともいえる。動員令が下ると、日本各地から、朝鮮半島や大陸への玄関口である広島へ、鉄道によって多くの兵士、物資が運ばれた。

東海道線の敷設は急ピッチですすむ。二〇年、横浜－国府津《こうづ》、二二年二月に国府津－静岡間が開通、そして同年七月一日、最後の関ヶ原－馬場（現・膳所《ぜぜ》）間が開通して、ついに新橋から神戸まで全通した。二二歳の漱石は、その開通を待っていたごとく、全線開通の同じ月の七月に、東海道線の汽車に乗車し、静岡県興津《おきつ》まで行くのである（後述）。漱石と鉄道の因縁が感じられてならない。

ところで、東海道線の最後の未開通区間は、工事が困難な橋やトンネルとは無縁の、関ヶ原－米原－馬場（膳所）区間だった。意外にもこの間は、琵琶湖《びわこ》の航路（長浜－大津間、太湖《たいこ》汽船）が東海道線のルートだった。乗客は長浜から連絡船に乗り換えねばならなかった。現在のＪＲ北陸本線長浜駅のわきに、当時の駅舎が鉄道記念物として保存されている。連絡船ターミナルとして建設された駅だけに重厚なつくりだ。琵琶湖東に線路が敷設され、東海道線全線が開通すると、湖上の鉄道連絡船は廃止された。線路も長浜の南に付け替えられ、新たに米原駅が新設され、長浜は東海道線からはずれてしまった。

### 「難関」逢坂山トンネル

もう一つ、当時の東海道線をめぐる遺構が、滋賀県に残っている。大津－京都間の逢坂山トンネルだ。

当時、鉄道建設で真っ先に立ちはだかったのは、長大橋梁建設やトンネル掘削工事だった。そのうち最も苦労した工事の一つが、京都－大津間の逢坂山トンネルだ。

京都と大津間は東山などの山並みが立ちふさがり、旧東海道は大津の南の逢坂山の峠を越して大きく南に迂回して京に至る。鉄道も大津から逢坂山、大谷、山科《やましな》、稲荷《いなり》に抜け、京都七条駅に北上するコース（現在のJR奈良線と重なる）が適当とされた。だが、難題は逢坂山のトンネル（六六五メートル）だった。当時、長大トンネル掘削は外国人技師の指導監督が不可欠だった。井上勝鉄道局長はこの工事を、外国人技師の手を借りず、日本人だけでなし遂げようと決意、生野《いくの》銀山（兵庫県）の工夫を大量に動員して、明治一三年、完成させた。完工直後、関西巡幸中の天皇は、井上の案内でわざわざこのトンネルを訪れている。国家的事業だったのだ。のちに東山トンネル開通（大正一〇年〈一九二一〉）による線路の付け替えで東海道線が現ルートに変更されるまで、このルートが使われた。漱石はむろん、逢坂山トンネルを通過して西に下った。

外国人技師の手を借りず、日本人だけで難工事を完遂。旧逢坂山ずい道の入口。手前に案内板がある

この逢坂山トンネルの東側の入口が、今もぽっかり口を開けて残っている。初秋の一日、現地を歩いた。

ＪＲ大津駅南口をでて国道を西に進むと、京阪京津《けいしん》線の踏切に出合う。踏切を越した先の右側に「旧逢坂山ずい道東口」の案内板があり、崖を少し上ると、山の斜面に、重厚な石積みの構築物が目に入る。逢坂山トンネル東口だ。坑門の石は薄黒く変色し、苔が生えているが、長方形にきっちりと積まれ、当時の高い技術をうかがわせる。トンネル内部の壁面はレンガで固められ、入口から一〇メートルほどまでは入ることができる。

入口上部の壁面に、「楽成頼功」の字が刻まれているのが、どうにか読み取れる。時の太政大臣、三条実美《さねとみ》の揮毫《きごう》であり、「落成」ではなく「楽成」としたのは、落盤に通じる落を避けたため、という。すぐ隣に、のちに造られた、やはり石積みの上り線の坑門が残るが、こちらは入口が閉じられており、中をのぞくことはできない。入口のすぐわきに、苔むした道祖神《どうそじん》が草に埋もれていた。工事の安全を祈念したのだろうか。

逢坂山トンネルの西口方面にも、国道沿いに峠を越えて歩いていった。だが、西口は名神高速道路の工事により埋め立てられ、現存しない。能の演目にゆかりのある蟬丸《せみまる》神社の裏手に「逢坂山とんねる跡」という記念碑が残り、ここの地下がトンネルの西口だったことを示していた。京阪大谷駅のすぐ近くだった。

## 大津事件と東海道線

東海道線が全通して二年後、その沿線で、日本の朝野を震撼《しんかん》させた事件が起きる。大津事件である。『明治天皇紀』、吉村昭『ニコライ遭難』などをもとに、事件と鉄道の関係を追跡したい。

ロシアからはるばる青年皇太子ニコライが長崎に着いたのは、明治二四年四月だった。そのあとのウラジオストクで開かれるシベリア鉄道極東地区の起工式へ参列するためだった。ニコライは長崎を発つと鹿児島を経て神戸に上陸、京都に入り、五月一〇日は京都御所や二条城を見物、翌一一日、琵琶湖遊覧を楽しみ、大津にある滋賀県庁で午餐《ごさん》会に臨んだ。

その後、市内を人力車で通行中、警備中の巡査津田三蔵に突然、サーベルで斬りつけられ、頭部を負傷した。国賓《こくひん》として来日した大国ロシアの皇太子が、あろうことか警備の巡査によって負傷させられるという、前代未聞の事態に、政府は驚愕した。世界屈指の軍事力を有する強大国ロシア、一方の日本は維新後まだ二〇年余の弱小新興国だ。この事件をきっかけにロシアは賠償金や領土割譲などを要求し、最悪、戦争につながるのでは、と政府は危機感を募らせた。

一報を受けた天皇は、事態の深刻さをいちはやく理解し、ただちに手を打った。すぐに北白川能久《よしひさ》親王を天皇の名代として現地に赴かせ、皇太子を見舞うよう命じた。新橋駅発一六時四五分発の神戸行きがあった。午後二時半に一報を知ってわずか二時間後のことで、急いで支度した北白川宮が新橋駅に着くと汽車はすでに動き始めており、あわてて駅長に命じて汽車を引き戻させ、乗り込んだという。続いて夜二一時過ぎ、新橋発の臨時列車が仕立てられ、青木周蔵外相、西郷従道《つぐみち》内相らがあわただしく出発した。さらに、天皇自らが翌朝六時半、やはり臨時のお召し列車で京都に向かった。名代の皇族を発たせてその翌朝に自らの出立である。まことに異例のことで、天皇の危機意識の深さが読みとれる。この列車は京都七条駅に二一時一五分に着いたというから、通常よりも三時間ほど早く着いたことになる。ほどんどの駅は通過したのだろう。こうした迅速な対応には、東海道線の全線開通がなくてはできなかった。

箱根・塔ノ沢温泉で静養中だった元老の伊藤博文もすぐに動いた。『ニコライ遭難』によると、その日夕食中に松方正義首相から至急報を受けると、「箸を投げるようにおいて」人力車に飛び乗り、国府津に向かい、同駅二三時一〇分発の列車に乗車、新橋に深夜の一時四〇分に着いたという。ただちに参内《さんだい》、すでに寝所に入っていた天皇は、伊藤来訪を知り、伊藤を寝所に入れ、事件の解決に努力するよういわれた。

青木外相らの臨時列車には、東京・駿河台《するがだい》のニコライ堂で知られるロシア正教会の司祭ニコライも同乗した。京都のホテルに移って治療後の休息をとっていた皇太子は、青木ら日本政府関係者との面会や日本人医師の診療を拒否したが、ニコライとは親しく懇談した。神戸港に停泊していたロシア艦隊の軍医を乗せて、神戸から臨時列車が編成され、京都に向かった。当時は東海道線といえども単線で、こうした臨時列車の編成や物資・人員の輸送、連絡などで鉄道は大混乱し、各停車場には汽車を待つ客でごった返した。その中には、この鉄道の混乱はロシアと戦争が始まった表れではないか、とささやく人もいたという。こうした混乱の中、神戸からの臨時列車と別の列車があやうく正面衝突しそうになる事態も起こった。

ロシア皇帝夫妻および政府は事件に激怒したものの、天皇や日本政府のすばやい行動、陳謝を諒として、結局、賠償金要求などの強硬策はとらなかった。ただ日本側が望んでいた皇太子ニコライの東京訪問は断り、予定を切り上げ、神戸港からウラジオストクに向けて発った。天皇は神戸までお召し列車で出向き、さらに異例にも神戸沖のロシア軍艦に船で乗りつけ、艦上でニコライと歓談、丁重に見送った。

こうした一連の経過は、シベリア鉄道の敷設という軍事に直結する巨大プロジェクトが隣国ロシアで進行中で、ロシアの極東進出が日本の国防に密接に絡むことを印象づけた。と同時に、一朝有事の際、為政者にとって鉄道がいかに有効で、強力な手段になるかを知らしめた事件だった。なお、皇太子ニコライはのちに皇帝に即位（ニコライ二世）、日露戦争をロシア皇帝として戦った。彼は一九一七年のロシア革命により退位し、翌年、ボルシェビキに家族とともに銃殺された。大津の遭難から二七年後のことである。

## すれ違う漱石と伊藤博文

漱石と東海道線をめぐる物語で、興味深い事実があるので、ご紹介したい。

明治四二年秋の満州旅行の帰りのことだ。そのころ、元老伊藤博文は、日露戦争後の満州・朝鮮半島の勢力分野の調整を目的に、ロシア大蔵大臣ココーツォフと会談するべく、満州・ハルビンに向かった。結果、ハルビン駅で朝鮮独立派に暗殺されたのはよく知られる。

帰るとすぐに伊藤が死ぬ。伊藤は僕と同じ船で大連へ行って、僕と同じ所をあるいて哈爾賓《ハルビン》で殺された。僕が降りて踏んだプラトホームだから意外の偶然である。僕も狙撃でもせられれば胃病でうんうんいうよりも花が咲いたかも知れない。（一一月二八日在ベルリン寺田寅彦宛書簡）

伊藤の満州行きと漱石の満州帰りは、同じ時期である。「意外の偶然」なのか、両者は東海道線上のどこかですれ違っていたはずである。前著『旅する漱石先生』（小学館）でも取り上げたが、それを一部修正しつつ、あらためて明治を代表する作家と政治家の接近遭遇を検証してみた。漱石の日記、明治四三年五月の『ＴＲＡＩＮ　ＳＥＲＶＩＣＥ　列車時刻表』、当時の東京朝日新聞などがおもな資料である。時刻表と実際の旅の時期が半年ほどずれるが、当時の新聞記事と時刻表の時刻表示が同じなので、大きな支障はないと判断した。

まず、漱石。明治四二年九月二日午後、新橋を夜行急行で発った漱石は、満州と朝鮮半島を旅し、帰りは、一〇月一三日、京城（現・ソウル）の南大門を午前九時に出る列車に乗る。時刻表を見ると、南大門九時発、釜山着一八時半着の直行急行列車があるから、これだろう。

十三日〔水〕（略）草梁で矢野事務官の案内を受く。（略）すぐ船にのる。京城より東京迄通し切符四十一円九十八銭也。

十四日〔木〕六時にボイが起しに来る。窓から島が見える。もう玄海は尽きたと見える。船がとまつたので、馬関（下関）着かと思つたら左様《そう》ぢやない検疫の為だと云ふ。八時馬関着（『日記』）

『時刻表』には、釜山二〇時〇〇分発、下関午前七時三〇着の連絡船のダイヤが載っているので、この船に乗船したのだろう。

一〇月一四日朝、一月半ぶりに日本本土の土を踏んだ漱石は、下関発九時半の列車に乗り、広島に一四時四七分着。市内を見物、学生時代の級友に会い、旅館で休んだ後、「昨夜（一四日のこと）九時三十分広島発寝台にて寐《ね》る。夜明方神戸着。大坂にて下車」（『日記』）。再び時刻表を開けると、広島二一時三四分発の寝台急行があり、神戸着は翌一五日朝六時二二分、大阪着は七時二二分だ。列車終着の京都は八時三三分。これに乗ったに違いない。漱石は大阪で下車すると近くのホテルで朝食をとり、中之島の大阪朝日新聞社へ行き、さらに天下茶屋《てんがちゃや》に住む大阪朝日記者、長谷川如是閑《にょぜかん》を訪ねている。

一方、伊藤は、一四日午後五時二三分、大磯通過の急行列車を「特に停め（略）満州行の途に上りたり」（東京朝日新聞）。後藤新平逓相、樺山資紀《かばやますけのり》伯爵、大磯町長ら百余人が停車場で見送り、「公はフロックコートに黒の山高帽子と云ふ軽装にて一々見送り人に挨拶し喜色満面に溢れ居たり」（同）。

『時刻表』で確認すると、新橋を一五時四〇分に出る下関行の急行があり、この列車は大船発一六時五七分、国府津着一七時三六分というダイヤである。急行は普段、大磯を通過し、この列車も『時刻表』には通過のマークがついているが、先の新聞の記述のように、伊藤の別荘がある大磯に特別に停車させ、伊藤を乗せたに違いない。維新の元勲《げんくん》伊藤にとって、急行列車を最寄り駅に停まらせるのは、容易なことだったことだろう。

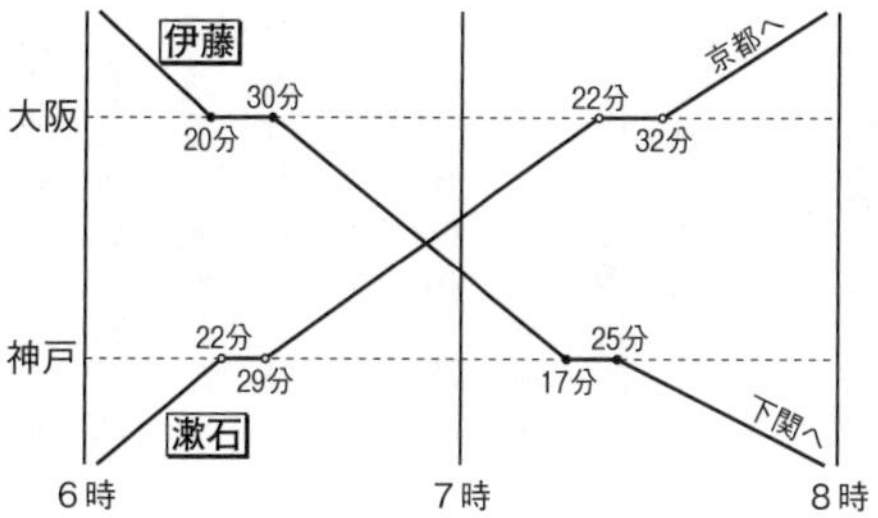

伊藤博文と漱石のすれ違い

『伊藤博文伝』（春畝公《しゅんぽこう》追頌会編）によると、伊藤は列車が箱根あたりを過ぎるころ、旅の前途を思い、以下のような漢詩を作った。「秋晩辞家上遠程。車窓談尽聴虫声。明朝渤海波千尺。欲弔忠魂是此行」。箱根あたりで夜になったことがわかり、ダイヤと符合する。

急行列車は大阪に翌一五日朝六時二〇分に着き、神戸には七時一七分着、さらに西に向かい、下関に二〇時二五分に着く。伊藤は下関の春帆楼《しゅんぱんろう》で一泊する。ここはかつて日清戦争の講和会議で、清の李鴻章《りこうしょう》と渡り合った、伊藤にとって思い出深い、また晴れがましい場所だった。その翌日、大連に向かう船に乗る。

さて、先述したとおり、漱石の乗った上り列車は神戸に六時二二分に着き、二九分に出発、大阪着は七時二二分である。一方、伊藤の下り列車は大阪に六時二〇分に着き、同三〇分発、神戸に七時一七分に着き、同二五分発で西に下って行く。つまり、二人を乗せた列車は明治四二年一〇月一五日朝七時ごろ、東海道線の阪神間で轟音とともにすれ違い（すでに東海道線は複線化されている）、そして東西に別れていった。漱石と伊藤の接近遭遇の瞬間である。

帰京して数日後、漱石はハルビンでの伊藤の遭難を知る。先の寅彦あての手紙のほか、半年後に描かれた『門』に、そのときの驚きが描かれている。

しまいに小六が気を換えて、
「時に伊藤さんも飛んだ事になりましたね」といい出した。宗助《そうすけ》は五、六日前伊藤公暗殺の号外を見たとき、御米《およね》の働いている台所へ出て来て、「おい大変だ、伊藤さんが殺された」といって、手に持った号外を御米のエプロンの上に乗せたなり書斎へ這入《はい》ったが、その語気からいうと、むしろ落ち付いたものであった。（中略）
「己《おれ》見たような腰弁《こしべん》は殺されちゃ厭だが、伊藤さん見たような人は、哈爾賓《ハルビン》へ行って殺される方がいいんだよ」と宗助が始めて調子づいた口を利《き》いた。

「あら、何故《なぜ》」
「何故って伊藤さんは殺されたから、歴史的に偉い人になれるのさ。ただ死んで御覧、こうは行かないよ」(『門』)

こうした書きぶりからすると、漱石は伊藤にあまりシンパシーをもっていなかったようだ。宮中に勤める弟子の松根東洋城からの情報として、伊藤ら元老はむやみに宮内省から金をとり、なくなるとまた寄こせと言ってくる、「人を馬鹿にしてゐる」と不快感を示している(『日記』四二年六月一七日)。

明治の列車風景――赤松麟作「夜汽車」

ところで、明治時代の列車の車内風景といえば、赤松麟作《あかまつりんさく》の「夜汽車」(明治三四年、東京藝術大学蔵)が思い浮かぶ。全線開通から一〇年後の東海道線とおぼしき列車車内を描いた、著名な絵だ。

佐伯祐三《さえきゆうぞう》の師としても知られる赤松の出世作で、油彩画の団体、白馬会に出品し、白馬賞を受けた。当時二三歳、三重県津市の中学の教師で、津に赴任する際にスケッチした原画をもとに描いたという。赤松はのちに大阪朝日新聞に挿絵記者として入社し、新聞の挿絵を描く。社会風俗を見つめる確かな目と腕の持ち主だった。

赤松麟作「夜汽車」(1901年、東京藝術大学蔵、画像提供:東京藝術大学/DNPartcom)

ようやく明け方を迎えた夜行列車の三等車。大きな風呂敷包みを傍らに置き、物思う婦人、たばこをくゆらす若い人、立ち上がって窓の外を眺める老人。薄暗いランプ照明の下、一晩よく眠れず、疲労感がにじむ乗客の姿が、茶系の沈んだ画面に浮かび上がる。

この夜行列車を特定できるか調べてみた。

手元に明治三五年の『全国鉄道滊車便覧』（復刻版）がある。実際の赤松の旅は二年ほど前だが、ダイヤにさほど大きな変化はないと考えた。津に赴任するときの夜行だから、新橋発の夜行で名古屋方面に向かう列車を探す。すると、新橋一八時〇五分発と、同二二時発が見つかった。前者は名古屋に早朝の四時一七分着なので、早すぎる。後者は名古屋に一〇時二九分に到着するので、この列車の可能性がある。絵で描かれる明け方となると、静岡四時二九分着なので、静岡県内を走行中に夜が明け、赤松は車内をスケッチしたのかもしれない。列車は名古屋まで一二時間半もかかっている。赤松は名古屋で私鉄の関西鉄道（現・JR関西本線）に乗り換え、津に向かったはずだ。

この絵について、朝日新聞の美術記者だった田中三蔵は、画面の奥、通路に立つ黒い人物に注目する。「こちら向きなのか、後ろ向きなのかも判然としない。謎めいた闇だ。作者の意図は不明だが、ここに「不安」を読みとることも可能だ。鉄道は近代化の一象徴。この列車は、その後に待つ光明と暗転へと突き進む日本の近代の姿と重ねられそうで、見飽きることがない」（平成一六年〈二〇〇四〉一月一七日朝日新聞夕刊）。漱石の鉄道観に通じる認識だ。

漱石が最後に長距離の東海道線に乗車したのは、亡くなる前年の大正四年三月の京都行きである。四カ月前に開業したばかりの壮麗な東京駅を、朝八時に発車した特別急行列車は、快足で飛ばし、日記によれば京都に一九時三〇分（『公認　汽車汽船旅行案内』〈大正四年三月〉では三二分）に着く。所要時間一一時間三〇分ほどである。その昔、二五歳の若き漱石が学友子規とはじめて京都方面に旅したのは明治二五年七月。どの列車に乗車したかは資料がないのでわからないが、その三年前、明治二二年七月の東海道線全線開通時の『神戸新橋間連通汽車発着時刻及賃金表』（大阪朝日新聞付録）によると、新橋朝六時一〇分発の列車は京都に二三時二〇分に着く。まだ急行はなく各駅停車で、所要時間は一七時間一〇分だ。起点が東京と新橋で違うし、年代も三年異なるので必ずしも正確とはいえないが、おおむねこの二三年間で、東京－京都間は五時間四〇分ほど短縮したことになる。この大幅な時間短縮は、猛スピードで近代化を遂げた近代日本の象徴ともいえるし、漱石の一生は、日本の鉄道の急速な発達と並走した、といっていいかもしれない。

## 3　興津

### 最初の遠出、興津行

記録に残っている限り、漱石が汽車に乗って遠出したのは、明治二二年（一八八九年）七月、東海道線で静岡県興津へ行ったのが最初だ。漱石二二歳、一高在学中で子規と親しくなったころだ。

前年、漱石は塩原家から夏目家に復籍し、夏目姓に戻る。夏目家は多額の養育費を塩原に払って、漱石を取り戻した。というのは、その前の年に、長男の大助、次男の直則が相次いで肺結核で死去し、家の跡取りが喫緊の問題に浮上した。三男の直矩《なおただ》が家を継ぐが、七〇歳を過ぎた老父直克《なおかつ》としては、秀才として一目置かれていた四男の漱石も手元に置きたかったのだろう。

その跡取りの直矩が一時、病気になった。幸い、快復したが、予後に気候温暖な興津に静養に行くことになった。夏休み中の漱石は兄に付き添って、興津へ向かう。七月二三日のことだ。その月の一日、東海道線で最後まで残っていた滋賀県の琵琶湖東地域が鉄路で結ばれ、東海道線は新橋ー神戸間が全通した。全線開通の直後に、漱石は東海道線に乗って興津まで旅する。興津駅はこの年の二月、開設されたばかりだった。

当時まだ、いわゆる冊子型の時刻表は存在せず、官報が列車発着時刻を告知した。その官報に基づいたさきほどの『神戸新橋間連通汽車発着時刻及賃金表』によると、当時は新橋から興津まで四本の汽車が運行されている。いずれも各駅停車で、新橋朝六時一〇分発、同九時四二分発、同一四時三〇分発、同一六時四五分発であり、興津着はそれぞれ一一時四八分、一五時三九分、二〇時二八分、二二時二九分である。九時四二分発に乗ったとすれば、この汽車は名古屋行き各駅停車（まだ急行はない）で、品川を出ると、大森、川崎、鶴見、神奈川は通過し、横浜に到着、さらに進み国府津から現在の御殿場線に入り山北、御殿場、沼津を経て、鈴川、岩淵に停まり、興津駅へは一五時三九分に着く。興津を出た汽車は静岡、浜松を経て終着の名古屋には二二時一〇分着だ。新橋から名古屋まで一二時間二八分かかっている。

風光は非常に異な処ナレドモ、風俗の卑陋《ひろう》ニテ物価の高値ナルニハ実ニ恐レ入リタリ。小生等最初は水口《みなぐち》屋と申す方に投宿せしに一週間二円にて誠にいや〳〵雲助同様の御待遇を蒙《こう》むれり。（明治二二年八月三日、子規宛書簡）

漱石は松山に帰省中の子規に、興津の様子を手紙に記す。およそ一四〇通ほどの漱石・子規往復書簡のごく初期の一つだ。漱石は当地に一〇日ほど滞在した。

今でこそ、興津といってもピンとくる人は多くないが、かつては東海道筋きっての名所だった。古代から知られ、東海道五十三次の宿場町になった江戸時代以来、とくににぎわった。目の前に三保の松原が一文字に緑の線を画し、遠くに遠州灘が広がる。興津鯛として知られる鯛も名産だ。名所だけに物価は高く、人擦れしていたようだが、風景はみごとだった。

興津から帰京してすぐ、漱石は房総の旅に出て、紀行文『木屑録《ぼくせつろく》』を書く。その中で、ごつごつした房総の風景に比較して「興津の景色はスッキリと、品よく君子の風ありき」とほめたうえで「波おだやかな七月の　光しづかな夏景色　雲のあひまに無数の帆かげ　白点々と水平線」（原漢文、高島俊男『漱石の夏やすみ』より）という詩を作った。こうした風光明媚、気候温暖なこの地には、明治に入って井上馨、伊藤博文ら元老九人のうち四人（井上、伊藤、松方正義、西園寺公望）が別荘を建てた。漱石存命中、二度首相を務め、昭和政治史にも名を残す西園寺の別荘「坐漁荘《ざぎょそう》」はその一つだ。大正、昭和前期、政変が起きるたびに、政治家や新聞記者らが元老西園寺の意向を探りに坐漁荘を訪ね、「興津詣」とよばれた。西園寺は昭和一五年（一九四〇）、九〇歳で坐漁荘で死去した。坐漁荘は戦後、愛知県犬山市の博物館明治村に解体・移築、保存されている。興津の現地にも近年、レプリカの屋敷が再現された。

宿場の脇本陣だった水口屋が明治になって旅館を経営、当地第一の格式を誇った。興津滞在の政治家を訪ねる客は、多くがこの水口屋に宿泊した。漱石訪問時にも当時の有力な軍人、曽我祐《すけ》準《のり》将軍一行が滞在しており、漱石は宿替えを余儀なくされた。「さてさて金銭ほど世ノ中に尊きはあらじと楼下にて握《にぎ》リ睾丸《きんたま》をしながら名論を発明仕《つかまつ》り候」と漱石にしてはいささか下品な表現で子規に報告している。

## 鉄道が分けた境内

当地には清見寺《せいけんじ》（臨済宗）という名刹がある。清見寺は天武天皇の時代、東海を守る清見関《きよみがせき》を守護するためにできた仏堂がその創建と伝えられ、東海道屈指の古刹《こさつ》だ。清見関は清少納言の『枕草子』にも、京都―大津境の逢坂関などとともに登場する。逢坂山を貫く逢坂山トンネルについては先に紹介したが、ここ清見寺も鉄道の敷設の影響をまともに受けた。

このあたりは山が太平洋に迫り、東海道は海辺を縫うように続く。断崖絶壁、進めないとなると遠回りでも峠越えになる。興津も狭い海沿いに街道が伸びている。清見寺は山の裾に建てられているため、東海道線はお寺の境内を突っ切る形で敷設された。街道筋にある総門と山裾の本堂の間に、線路が敷かれ、煙モクモクの汽車が境内を疾走するのだ。この地形はそのまま、現在も変わっていない。

春の一日、興津に出向いた。

現在、興津に行くには、新幹線「こだま」で静岡まで行き、東海道線を数駅引き返すのが一番早いが、せっかくだから、と東海道線の普通電車を乗り継いで行った。待ち時間を入れて東京から三時間ほどかかった。駅を降りると、並行する国道一号（東海道）の先がすぐ海だ。明治当時は、東海道沿いには宿屋が並んだというが、今その面影はほとんど見いだせない。ただ漱石も泊まった水口屋の跡地に、水口屋ギャラリーという、モダンな歴史展示館ができており、貴重な史料が展示されていた。

東海道筋にある興津は、東海道を往復する著名人が宿泊した。同館には、岩倉具視《ともみ》や伊藤の書

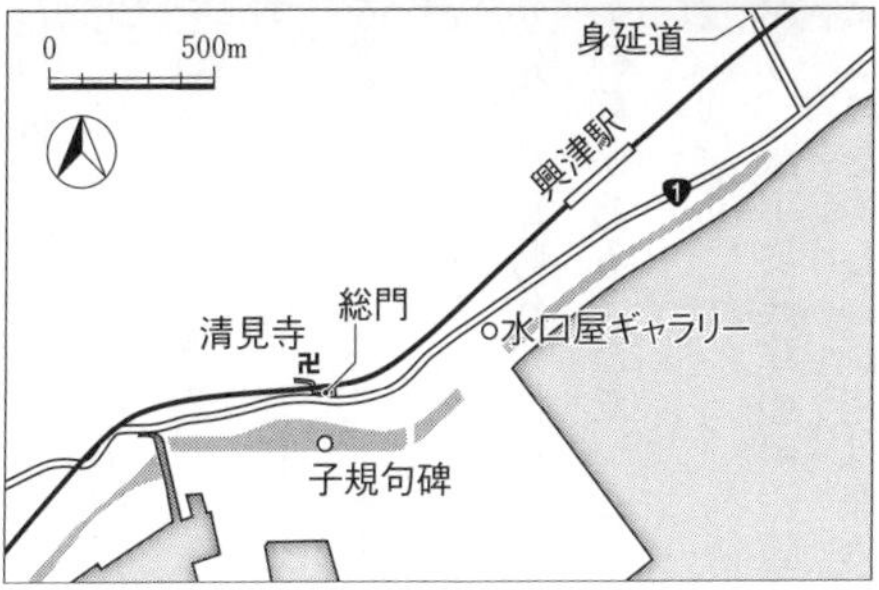


上：清見寺境内を分断して東海道線が通る
下：興津駅周辺位置関係図

や西園寺の書簡、漱石来訪とほぼ同じ時期、皇太子（のちの大正天皇）が海水浴に来た様子、昭和天皇が静岡国体（昭和三二年）に臨席のために水口屋に宿泊したときの食器などが展示され、近代史と当地の深いかかわりを知ることができる。

清見寺境内に入るには、まず国道一号に面した石段を上り、小ぶりな総門をくぐる。すぐに眼下の東海道線をまたぐ跨線橋を渡ると本堂に着く。門と本堂が鉄道で分断されているわけだ。庭には徳川家康にちなむ梅の花がいくつか咲いていた。幼い家康は今川家の人質として清見寺に住んだことがあったという。ほかに、江戸時代に滞在した歴代の朝鮮通信使の遺跡や、江戸に赴く途上、駿府で客死した琉球王子の墓がある。ただ、この寺を最も有名にしたであろう、雄大な遠州灘の眺望は、まったく失われていた。

清見寺の大広間から、いちおう、眼下に興津の町や遠州灘を見下ろせる。かつては絶景だったことだろう。だが、清見潟とよばれた美しい海辺は埋め立てられ、埠頭や倉庫に変じ、三保の松原の緑もクレーンの間から切れ切れに見えるばかりだ。昭和の高度成長期に、太平洋ベルト地帯はつぎつぎに工業地帯化され、海は汚れ、白砂青松が消えた。昭和三〇年代末から始まった港湾整備事業でここ興津と隣接する清水はすっかり様変わりした。近代化の代償は大きい。古代から愛されてきた風光が、わずか十数年で台無しになった。ここは、「負の昭和遺産」として、記憶されるべきだろう。

興津は甲州に通じる身延《みのぶ》道と東海道が交わる交通の要衝の地でもあった。今もその分岐点に古い道標が残る。漱石は子規への手紙で「汗臭き富士講連と同車にて漸々《ようよう》帰京」と記している。この記述から、富士講の連中は、富士山の表玄関の御殿場あたりから乗り込んできたのだろうと想像したが、もしかしたら連中は身延方面に下り、身延道から興津に出て、興津から漱石と同じ汽車に乗り、漱石を閉口させたのかもしれない。

## 子規の果たさぬ夢

興津に子規の句碑があるという。興津と子規にどんな縁があるのか、不思議に思って訪ねてみた。その縁は、どうやら漱石ともかかわりがありそうなのだ。

明治三三年八月末、脊椎《せきつい》カリエスで根岸の家で臥《ふ》せっていた子規は、突然、興津転地をいい出した。温暖な興津でゆっくり静養したい、興津を墳墓の地にしたい、という願いだった。行くなら汽車は貸切車両に、と具体的な心配までしている。門人の伊藤左千夫らから興津の評判を聞いて、いてもたってもいられなくなったのだ。興津在住の俳人や左千夫らが奔走し、地元医院の離れ（病室二間という説もある）を借りる手筈《てはず》まで取りつけた。だが、病状は移動を許さず、一番弟子の虚子も消極的、付き添いや費用の面からも、無理な話だった。結局、一カ月半で立ち消えになった。関係者を巻き込んだ「子規の興津転居騒動」とよばれる一幕だ。なぜ、子規は無理を承知で興津転地を望んだのだろうか。

この年の八月二六日、漱石は英国留学のあいさつをするため子規庵を訪ねた。そして九月八日、横浜港からドイツ船「プロイセン号」で旅立った。世界の中心ロンドンに向かうのである。子規はずっと海外を夢見ていた。病気になる前は、どこにでもずんずん旅をし、まだ日本になじみが薄い外来のベースボールも楽しんだ。「奥の細道」をたどって、真夏の東北を歩き、従軍記者として大陸にも渡った。それが今や根岸の里で病に臥せっている。自分だけ取り残されてしまった。漱石はロンドンへ去り、知人の浅井忠はパリで絵の勉強をしている。自分もせめてどこかへ行きたい。知らない世界へ。

小生は一昨々年、大患に逢ひし後は、洋行の人を送る毎に、最早《もはや》再会は出来まじくといつも心細く思ひ候ひしに、其人次第次第に帰り来り、再開の喜《よろこび》を得たる事も少からず候。併《しか》し、漱石氏洋行と聞くや否や、迚《とて》も今度はと独《ひと》り悲しく相成申候。（「ホトトギス」「消息」）

こんな切ない思いが、興津行きを急き立てた。漱石の旅程と子規の興津転居騒動を、もう少し詳しく追ってみよう。

八月二六日、左千夫から興津移転の話がでる
九月八日、漱石、「プロイセン」号で横浜を出発
　一四日、子規は興津移転にかかる経費につき、門人の虚子に手紙を書く
　一九日、プロイセン号、香港着

二四日、興津に下見に行ってきた左千夫らと子規の家で協議。門人間で賛否半ば
二五日、プロイセン号、シンガポール着
一〇月四日、門人の長老格、内藤鳴雪が反対を表明
八日、プロイセン号、アラビア半島アデン着
一六日、子規、興津移転を断念
一七日、プロイセン号、イタリア・ナポリ入港。漱石、ヨーロッパに到着
二八日、漱石ロンドン着

漱石が日本を離れるにつれて、子規の興津転居願望も薄れてゆくのがよくわかる。一〇月になると漱石旅立ちのショックも薄れ、興津行きの熱は冷めた。周囲はほっと胸をなでおろした。それから二年後の明治三五年九月一九日、子規は漱石の帰国を待たずに、根岸で生涯を終えるのである。

月の秋　興津の借家　尋ねけり

探しあてた句碑は、国道近くの小公園の一角にあった。案内板によると「(興津行きという) 果たされることのなかった子規の想いを偲んで」、子規没後百年に建てたという。
興津駅までの帰り、国道沿いに古い洋風の二階だての医院があった。通りがかりの人に聞くと、

閉院してかなりたつそうだ。いくつかの資料によると、この医院の離れが「興津の借家」だったようだ。むろん、家そのものは建て替えられただろうが、ここが子規の見果てぬ夢の跡と思うと、いささかの感慨をもった。

# 第二章　御殿場線・横須賀線

旧国府津機関区（絵・藪野健）

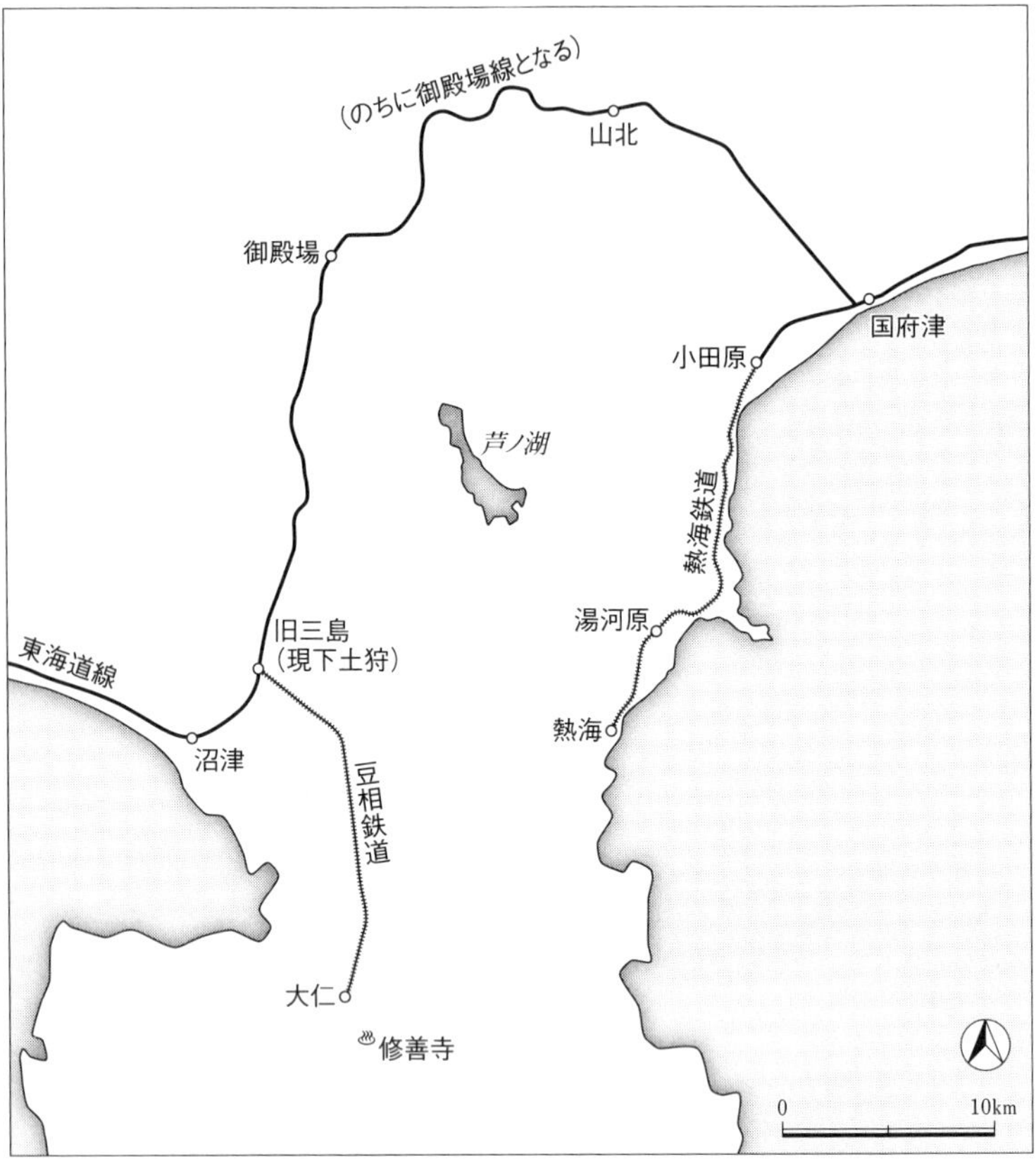


伊豆・箱根方面の鉄道概略図（明治末）

## 1　御殿場線

### 天下の嶮を迂回

名はかねて聞いていたが、はじめて降りる駅だった。神奈川県西部の東海道線国府津《こうづ》駅。

東京駅から電車で一時間一五分、ホームに降り立つと、風がさわやかで、いかにも空気がいい。海が近いからだろうか。だが、そればかりではない。駅がやたらと、だだっ広いのだ。長大な島式のホーム二面が二つに単式ホーム一面の計五線、オレンジとグリーンのラインの湘南《しょうなん》電車が行ってしまうと、ホームは閑散、静寂、風ばかり。始発駅になる御殿場線の電車は今は見あたらない。ホーム端にある改札まで行くのに、えらく時間がかかった。現在はローカル駅にすぎないが、明治から昭和の初めまでは、同線有数の基幹駅だった。広い構内は、その名残である。

明治二〇年（一八八七）、横浜駅（現・桜木町駅）から国府津まで鉄道が敷かれたのに伴い、国府津駅は開業した。古い歴史をもつ駅なのだ。二年後、国府津から御殿場を経て沼津、静岡までの路線が開通、琵琶湖東岸の未通区間も通じ、東海道線は神戸まで全通した。

「天下の嶮《けん》」とうたわれた箱根の山々を迂回し、沼津方面に出るため、国府津からは北上し、山北《やまきた》を経て御殿場に至る。この区間は、急勾配が連続し、列車を後押しする増補機関車が必要で、国府津駅は機関車の基地駅として東海道線で重要な役割を担った。急行などの優等列車も必ず停車した。同駅にはフランス人技師が設計した大規模な扇形車庫と転車台があった（章扉絵参照）。残念ながら近年取り壊されて今はない。

上り口の山北駅（標高一〇八メートル）から御殿場駅（同四五五メートル）までは、二五パーミル（一〇〇〇メートル行くのに二五メートル上がる）の坂が続く難所で、山北駅にも補助機関車を待機、連結させた。このため東海道線の急行は国府津だけでなく山間の小駅、山北駅にも停まり、近くのより人口の多い御殿場は通過した。

さて、東海道線開業のころ、国府津駅前から小田原や箱根湯本を結ぶ馬車鉄道が開設された。鉄道唱歌（明治三三年）の「国府津駅」は、「国府津おるれば馬車ありて　酒匂《さかわ》小田原とおからず　箱根八里の山道も　あれ見よ雲の間より」という詞だ。馬車鉄道はのちに電気鉄道（路面電車）に転換、同歌も「国府津おるれば電車あり」に変わった。

いずれにせよ、国府津は大観光地・箱根や温泉地・湯河原、熱海の玄関口にもなり、駅周辺は旅館や茶屋が建ち並んだ。

漱石を出迎えに

東海道線を何度も往復している漱石は、下車した記録はないものの、国府津には縁があった。明治三六年一月二四日、留学先の英国から帰国した漱石を、夫人はわざわざ国府津まで出向いて、二年ぶりに帰国した夫を出迎えている。

漱石は日本郵船の「博多丸」で長崎を経て神戸に入港、一月二三日神戸発の東海道線の夜行で帰京した。夫人の回想によると、いつ帰るか、とんと音沙汰がなかったが、何日の神戸入港の汽船で帰朝する人の中に漱石の名前があると新聞に出ていた、と知人が教えてくれた。しばらくして、今神戸に上陸した、何時の汽車に乗る、という電報が本人から来たので、夫人は父と一緒に国府津まで迎えに行ったという。なんともゆったりとした時代だ。

列車は神戸一八時一五分発の夜行急行で新橋着は翌朝九時三〇分。

ちなみに、「博多丸」にはやはり留学先のヨーロッパから帰朝した精神科医斎藤紀一《きいち》が乗船していた。斎藤茂吉の義父でのちに青山脳病院院長となる人物で、北杜夫『楡《にれ》家の人々』の主人公・楡基一郎のモデルだ。夫人の回想では、新橋駅には親戚らが大勢迎えに来たが、「漱石発狂説」は周辺でかなり広まっていたようで、こわごわ見に来た人もいたという。精神科医と同船で帰国というのも、噂の真実味を増したのかもしれない。なお、婿養子候補として斎藤紀一邸に住んでいた若き茂吉は、帰国して一高の講師になった漱石の授業を受けている。

なお、このとき実業家でのちに松方コレクションで知られる松方幸次郎も、同船で欧米から帰国したようで、漱石帰朝を報じた「神戸新聞」に帰朝談話が載っているという(江藤淳『漱石とその時代　第二部』)。それによると、アメリカで鉄道の進歩、とくに電気鉄道の発展に一驚し、「追々《おいおい》否遠からぬ将来に於て、蒸気鉄道は皆廃《す》たれて悉皆《しっかい》電気鉄道となる時機が来る」と語る。こちらでいえば、朝七時に神戸を出て名古屋に行き、当地で工場を視察、午後四時ころまでには戻ってこられる、つまり「一八〇哩《マイル》(二八八キロ)の旅行に三時間を費やすに過ぎない」と、具体的に述べている。ちなみに、当時日本では、大都市でようやく市内電車(路面電車)が走り出したころであり、東海道線の列車(もちろん蒸気)で神戸－名古屋間は、速い汽車で五時間四〇分ほどかかった。

漱石は神戸を夜、発っているから国府津は朝の七時三分着だ。夫人は前夜、国府津の旅館に泊まって列車を待った。当時、駅周辺にはこうした鉄道利用客のための宿屋が軒を並べた。

## 国府津をめぐる『青年』と『三四郎』

国府津のこうした存在感は、森鷗外の小説でも知られる。

鷗外に『青年』(明治四三年)という小説がある。漱石の『三四郎』に刺激されて執筆したとされる作品で、『三四郎』と同じく、田舎から上京してきた知的な青年が、東京で学び、魅力的な女性と出合い、翻弄されるという話だ。もっとも、こちらの女性は、『三四郎』の美禰子《みねこ》と違い、若死にした大学教授の夫人で、主人公より年齢も社会経験もはるかに上の魔性の女。青年はそそのかされて、夫人が滞在する箱根湯元にのこのこ出かける。箱根に行くには国府津で乗り換えねばならない。青年は新橋を夜九時に出る急行で国府津に下車、国府津着は深夜になる。

間もなく汽車が国府津に着いた。純一はどこも不案内であるから、余り遅くならないうちに泊って、あすの朝箱根へ行こうと思った。革包と膝掛とを自分に持って、ぶらりと停車場を出て見ると、図抜けて大きい松の向うに、静かな夜の海が横たわっている。(『青年』)

青年はいくつかの宿に断られたあげく、派出所に行って巡査に案内を頼み、三流どころの不潔な宿屋を紹介されて、やむなく泊まる。

今も改札を抜け、小さな駅前広場を出ると、興津と同様、目の前に国道一号が横切り、その先に相模灘《さがみなだ》が広がる。ただ国道沿いに大きなマンションが建ち、駅前から海は見渡せない。駅舎も中学校の校舎のようなコンクリート四階だての建物で、味気ない。

国道沿いのマンションの隣に、老舗《しにせ》風の立派な旅館があった。看板に創業明治二一年とある。青年がはじめに訪ねて断られた旅館かもしれない(むろんフィクションだが)。道沿いに瓦屋根の古い店もいくつか残っていたが、旅館はほかに見つからなかった。

さて、青年は巡査に案内された三流旅館で布団を敷いて寝ていると、いつのまにか、女の声がする。部屋は相部屋だったようで、女もここに泊まるらしい。女は「もしもし」と話しかけ、明日朝一番の上りは何時か、と尋ねるが、プライドの高い青年はあえて女のほうを見ず、かばんに旅行案内（時刻表）があるから、見てあげようか、と答えると、それには及ばない、と女は返事をし、青年はそのまま眠ってしまう。翌朝、目を覚ますと、女はもういなかった。

長い紹介になったが、わが『三四郎』の冒頭、京都から乗ってきた女と名古屋の宿で同宿するシーンと、きわめて似ているのがおわかりだろうか。当時、三流の旅館では相部屋はあたりまえだったのかもしれないが、それにしても『三四郎』と同じような設定に驚く。

漱石はふだんから創作メモを小型の手帳に書きつけていたが、『三四郎』執筆のころのメモにこんなのがあった。

〇汽車、1　女ノ話。同ジ停車場デ下リル。同ジ宿屋ノトマリ
　　2　髯ノアル人ニ逢フ、其話シ
2、〇汽車、第2ノ女ノ話、（帰ル時、母カラノ手紙）

『三四郎』の冒頭のシーンだ。髯とは車中で会った広田先生のことだろう。

このメモの少し先に、

○国府津宿

という字が唐突に書きつけてある（『漱石全集19　日記・断片　上』）。

どういうことだろうか。メモ段階では、『三四郎』が女と同宿するのは名古屋のほか、国府津も候補だったが、乗り換えや列車時刻の関係で、名古屋にしたのだろうか。いずれにせよ、国府津には旅客相手の、それもかなり危ない宿があったことが知られる。まるで漱石のメモを見たごとく、鷗外は、国府津の旅館で若い男女が同じ部屋で泊まる、というシーンを描く。『青年』の発表は『三四郎』のわずか二年後である。

## ハコ乗り取材を受ける漱石

英国から帰国の六年後、漱石は満州・朝鮮を旅し、やはり東海道線の夜行で帰京する。

八時二十分の急行に乗る。土曜日なので上等満員、寝台一つもなし。（十七日）沼津で夜が明ける。少しも寐られず。和田維四郎に逢ふ。今御帰りかと云ふ。国府津で臼川がぶらりと車中に這入つてくる。昨夕小田原へとまつたから御迎かたぐ〳〵来たといふ。（『日記』明治四二年一〇月一六日）

満州・朝鮮からの帰り、漱石は京都に立ち寄り、高雄や栂尾《とがのお》などを見物したあと、京都駅から乗車するが、そのときの日記だ。臼川《きゅうせん》とは弟子の野上豊一郎《とよいちろう》のことで、作家野上弥生子《やえこ》の夫、のちに法政大学総長になった。当時は国民新聞の記者だった。臼川は数日後、同紙に「汽車の中──国府津より新橋まで」という漱石の帰国車中談を載せた（『漱石全集25　別冊 上』）。新聞記者は「ハコ乗り」といって、忙しい要人からじっくり話を聞くために、同じ列車や車に乗って取材することがある。この談話記事も「ハコ乗り」の記事の一種だろう。内容は、満州では日本人がいたるところで活動し、日本人もえらいと思った、などという、まあ軽い印象記だ。冒頭の「もう汽車には厭《あ》きて了《しま》った」には、実感がこもる。

『TRAIN　SERVICE　列車時刻表』（明治四三年五月）によると、神戸を一八時三〇分に出る急行は寝台や食堂車もつく優等列車で、京都には二〇時一四分に着く。ここで漱石を乗せ、同二〇分に出発（日記どおりだ）、沼津に翌朝五時二八分着、国府津発は七時二三分だ。臼川は小田原から電気鉄道（路面電車）で国府津へ来、そこからこの急行に乗車し、帰京車中の漱石と会ったのだろう。「御迎かた〴〵」とあるので、漱石帰京の列車はすでに承知していたようだ。新橋駅到着は九時、夫人と小さい子どもたち、小宮豊隆や松根東洋城ら門弟が迎えに来ていた。さすがにこのときは、夫人は国府津までは行っていない。

## 三島駅から下土狩駅へ

満韓旅行の翌年、漱石は伊豆・修善寺へ静養に行く。明治四三年八月六日、新橋駅一一時発の東海道線列車に乗り、三島で豆相《ずそう》鉄道に乗り換えた。この三島駅は、じつは現在の三島駅ではない。御殿場線終点の沼津の二つ手前の下土狩《しもとがり》駅が、当時の三島駅だ。どういうことか。

東海道線が三島近くを通ると決まると、宿場町として栄えていた地元は鉄道駅の設置に反対、代わって隣の沼津に駅ができ、三島は取り残された。これはならじと、御殿場－沼津の複線化工事をきっかけに地元は駅を請願、北西の町はずれに、ようやく三島駅（現・下土狩駅）が造られた。

一方、伊豆長岡と三島を結ぶ私鉄・豆相鉄道（現・伊豆箱根鉄道駿豆《すんず》線）が開通、この三島駅が接続駅になった。のちに豆相鉄道は大仁《おおひと》まで延伸する。漱石はこの鉄道で、大仁へ向かった。

昭和に入って、丹那トンネルが開通すると、トンネルの延長線上に新たに三島駅が設置された。もともと町の中心はこちらだった。豆相鉄道の接続も新たな三島駅に移った。旧三島駅は御殿場線の小駅、下土狩駅と改名してかろうじて生き残った。

下土狩駅に降りてみた。島式ホーム一面だけだが、かつて東海道線と伊豆への鉄道の乗り換え駅だっただけに、ゆったりとした敷地で、線路がいくつも伸びている。大正時代の写真を見ると、東海道線ホームに間借りする形で、豆相鉄道の小さい電車がちんまり待機していた。漱石はこのホームで乗り換えたのだろう。

下土狩駅から三島駅まではタクシーで六、七分だった。三島から「こだま」で東京へ。ちょうど一時間ほどだ。明治末、東洋城が新橋から乗った普通列車は新橋発一三時一〇分、三島着一七時五六分（『漱石研究年表』）だから、新橋から三島まで四時間四六分ほどかかったことになる。

### 御殿場線の栄枯盛衰

御殿場線をめぐる話題をもう一つ。

下土狩の次（当時）が御殿場線の終点（起点）の沼津だ。この駅は国府津と同様、機関車の付け替えが行われるので、全列車が停車し、停車時間も長い。

室のなかはざわ付いてくる。明かるい世界へ馳《か》け抜けた汽車は沼津で息を入れる。――顔を洗う。
窓から肉の落ちた顔が半分出る。疎髯《そぜん》を一本ごとにあるいは黒くあるいは白く朝風に吹かして
「おい弁当を二つくれ」という。（『虞美人草』）

京都を夜行急行で発った二人の青年と老父娘の二組は、偶然同じ汽車に乗り、朝を迎える。停

車時間を利用して、青年らはホームに下りて顔を洗ったようだ。当時大きな駅につくと、乗客はホームの手洗い所で、煤煙《ばいえん》で汚れた顔や手を洗い、トイレに行ったという。青年らは食堂車でハムエッグの朝食をとり、老父は窓を開けて弁当を買う。

『虞美人草』発表と同じころの『瀛車瀛船旅行案内』（明治四〇年三月）でこの列車を推理してみると、京都二〇時二〇分発急行と同二一時二五分発の急行があった。前者は先に述べた満韓旅行から帰京した汽車で、沼津五時二八分着、三四分発、新橋九時着であり、後者は沼津七時一五分着、二二分発、新橋一一時着である。いずれも沼津で七分から八分停まっている。

御殿場線の旧トンネル（左）

さて、先にも触れたが、山間を通る御殿場経由では時間も手間もかかるため、伊豆半島付け根に長大な丹那トンネルを掘削、東海道線は丹那トンネル経由に変更された（昭和九年）。御殿場経由の線は、御殿場線と名を変えて、ローカル線に格下げになり、運行数も激減。しかも太平洋戦争中、金属供出の要請で同線は複線レールがはずされ、哀れにも単線になってしまった。今、御殿場線の車窓からは、単線にしては幅広い軌道の跡や朽ちかけた鉄橋の橋台が見える。山間部には複線時代の名残の旧トンネルがぽっかり口をあけ、そぞろ栄枯盛衰の思いにひたらせる。

鉄道と食

旅の楽しみの一つは、車中で食べる食事にある。窓の外に流れる景色を眺めながらの食事は、心躍る。では食堂車か駅弁か。食堂車がまだ健在だったころ、この選択はなかなか悩ましいものだった。『虞美人草』であらためて検討してみたい。

漱石がプロの作家になって最初の小説『虞美人草』は、東京と京都の二都物語である。東京の二人の青年が、それぞれ屈託を抱えて京都の旅に出かけ、比叡山に登り、嵐山を歩き、保津川下りを楽しむ。一方、京都に住む老父とその娘は、教え子で娘の夫となるはずの新進の学者を頼って、京都を引き払い、東京に出る。この二組が、同じ夜行列車で東京に向かう。青年たちは旅を終えて帰京するために、老父と娘は、東京に移り住むために。小説は、二組のペアが京都・七条ステーションを「八時発の夜汽車」に乗る、という設定だ。

明治四〇年三月、漱石は東京帝大に辞表を出して、朝日新聞社に小説記者としての入社を決めた。入社前の骨休め、はたまた心機一転からか、三月末、友人がいる京都に旅する。入社直後の六月から掲載が始まった『虞美人草』には、このときの京都旅行の経験が各所に見られる。往復の列車内の様子も参考にしただろう。

では実際に、どの汽車で京都を往復したか。

明治四〇年三月の『滊車滊船旅行案内』で調べてみた。前年、山陽鉄道が国有化されたのを踏まえ、三月一六日、東海道線の時刻は改正されたばかりだった。

当時、東海道線は、新橋－神戸間で最急行（特急の前身、昼間）一本、夜行急行が三本あり、さらに新橋－下関間の直行急行があった。漱石は、行き（三月二八日）は新橋午前八時発の最急行列車に乗り、京都に二一時三七分に着いたはずだ。春寒の夜で、しきりに寒がった。帰り（四月一一日）は夜行で、京都発二〇時二〇分の急行だったようだ。漱石が帰京後、知人に送った手紙によると、新橋ステーションに翌朝の「九時半ころ」着いたと記しているからだ。この急行の新橋着は午前九時だが、「九時半ころ」と記しているのは、列車が遅延したからか。漱石が朝食を食堂車でとったか駅弁かは、わからない。

## 明治の食堂車

さて、先の「御殿場線」編でも触れたが、夜汽車に乗った『虞美人草』の登場人物たちは、朝を迎えると、それぞれ車内で朝食をとる。青年組は食堂車に行く。車内を移動して食堂車に向かう途中、例の親子づれのわきを通る。京都の街中でしばしば見かけており、気になっていたのだ。「擦れ違って通り越した二個の小宇宙は今白い卓布を挟んでハムエクスを平げつつある」（『虞美人草』）。青年の一人は紅茶を、もう一人はコフィー（コーヒー）を頼む。ハイカラな朝食だ。

当時の食堂車は洋食が中心だった。列車に乗るのはおもに中・上流階級の人びとだし、まして食堂車の利用者は限られていた。車内の厨房は狭く、設備も限られ、調理の都合からも、和食より洋食がむいていた。

かわぐちつとむ『食堂車の明治・大正・昭和』には、明治四三年の列車食堂「みかど」ホテルの食堂車の献立・値段表が載っている。

朝食の定食（料理二品、パン、コーヒー）五〇銭、七〇銭

夕食の定食（スープほか三品、菓子、果物、パン、コーヒー）一円、一円二〇銭

単品では　ハムエンドエッグス　二五銭、ビーフステーキ　三〇銭、カレーエンドライス二〇銭、紅茶、コーヒー一〇銭、アイスクリーム一二銭

東京市電の運賃が四銭（明治四四年）、東京の喫茶店で飲むコーヒーが五銭程度だった時代だ。食堂車はかなり高価な値段設定といえる。

京都の親子は沼津駅で弁当を買う。

「おい弁当を二つくれ」という。孤堂先生は右の手に若干《そこばく》銀貨を握って、へぎ折を取る左と引《ひ》き換《かえ》に出す。お茶は部屋のなかで娘が注《つ》いでいる。

「どうだね」と折の蓋《ふた》を取ると白い飯粒が裏へ着いてくる。なかには長芋《ながいも》の白茶《しらちゃ》に寝転んでいる傍《かたわ》らに、一片《ひときれ》の玉子焼が黄色く圧《お》し潰《つぶ》されたようとして、苦し紛れに首だけ飯の境に突

き込んでいる（同）

どうもあまりおいしそうではない。二人は言葉少なに冷えた飯を口に運んだ。

もともと洋食ずきの漱石は駅弁より食堂車を好んだようだ。のちに長野に講演旅行に夫婦で行った際の日記には、乗った列車には食堂車もなくボーイもいないので、仕方なく大宮で弁当を買った旨が記される。ふたつで五〇銭だった。当時の駅弁（幕の内）は一五銭くらいだから上等弁当だ。

『虞美人草』は新時代の青年たちと旧時代の父と娘を、対照的に描く。文明開化・博覧会の東京と、瓦屋根に雨がそぼふる古都・京都との対比だ。食堂車と駅弁も、そうした対照を表している。

大町桂月の紀行

食堂車は明治三二年、私鉄の山陽鉄道（現・JR山陽本線）にはじめて登場した。山陽鉄道については第五章で紹介するが、革新の気運に満ちた会社だった。導入されたばかりの食堂車に、さっそく乗車し、飲食を楽しんだ文人がいる。明治の作家、随筆家、編集者の大町桂月だ。漱石とまんざら縁がないわけではない人物だ。現在はおもに紀行作家として明治文壇史にかろうじて残る程度だが、当時はかなり知られた文士だった。

土佐・高知出身（号の桂月は、高知郊外で月の名所として知られる桂浜にちなむ）で一高、東京帝大に進み、雑誌『帝国文学』の編集委員にもなった。帝大関係者が出す文学雑誌で、『坊っちゃん』で帝大出の赤シャツがこれ見よがしに読む雑誌だ。帝大で漱石の数年、後輩にあたる。卒業後、一時、島根県の中学教師になったが、再び上京。当時の有名出版社・博文館に入社し、編集者、文芸批評、随筆などの執筆活動のかたわら、日本各地を旅行し、紀行文を書き続けた。みちのくの神秘の湖・十和田湖や奥入瀬《おいらせ》渓谷を広く世に知らせたのは、桂月の筆だった。十和田湖の北にある秘境・蔦温泉で死去した。酒と旅を愛する明治の文人だ。

明治三三年一〇月、桂月は島根県出雲に残した妻子を迎えにいく。新橋から神戸までは、東海道線、神戸からは山陽鉄道である。

翌日午前十一時、神戸に着き、山陽鉄道にのりうつる。この汽車は、動揺甚しけれど、食堂の設けあるのみが他処の汽車に其例を見ざる便利の点也。須磨、舞子、明石など、景勝の地を、幾皿の肉と一瓶の酒とに陶然としてすごし、岡山にのりかえて、作州の津山に着きしは、午後七時なりき。（『迎妻紀行』）

肉とはビーフステーキかコールドミートか。微醺《びくん》をおびつつ、食堂車の車窓から、白砂青松の浜が続く瀬戸内海を眺めているご機嫌な文人の姿が、目に見えるようだ。

食堂車はすぐに官営鉄道にも導入され、そのころの官鉄の食堂車の写真が残っている。中央に通路、左右に白いテーブルクロスのかかるテーブルが並び、一方に四脚の、片方には二脚の椅子、窓にはカーテンがかかり、奥には白い詰襟の給仕が立つ。調理や給仕らは、外国航路を経営していた日本郵船から招いたといわれる。

さて、編集者になった桂月はその数年後、雑誌「太陽」で漱石を紹介する。「ホトトギス」に連載中の『猫』が評判になったものの、まださほど文壇で知られていないころだ。

「さつぱりしたる趣を解する人なるも、少し陰気にして、真面目にして、胃病故に、一層神経質となりて、猫を友に、一室にとぢこもり、ジヤムの味を解して、酒の趣を解せず、道楽もせず、旅行せしことも少なく、随《したが》つて、趣味せまくして、一部の青年を喜ばしむるに足るも、未だ社会の経験に富める人をして甘心せしむるに足らず。詩趣ある代りに、稚穉気あるを免れず」。胃病、猫、ジャムなど漱石のキーワードを配した、ユーモラスな一文だ。

これを読んだ漱石はさっそく、連載中の『猫』に取り入れる。隣の学校と小事件を起こす苦沙《くしゃ》弥《み》先生を、猫が揶揄《やゆ》して「だから大町桂月は主人をつらまえていまだ稚気を免かれずというている」。創作を楽しむアマチュア時代の上機嫌な漱石がうかがえる。

その少し後だろうか、桂月は漱石に「太陽」用に原稿を頼んでいる。そろそろ人気作家になってきて忙しくなった漱石は、申し出を丁重に断った。後に漱石は桂月について聞かれ、文はいっこうに感心しないが、人柄は「今の世に珍しい利口気のない、まことに善い人だ」と評している。

漱石は大正初めの『行人』でも、登場人物を食堂車に行かせる。あれこれあった和歌山の帰り、主人公は母、兄夫婦と大阪から帰京する。専用の寝台コンパートメントで一夜を明かした四人は、朝、食堂車に行く。

食堂はまだ大分《だいぶ》込んでいた。出たり這入ったりするものが絶えず狭い通り路《とおりみち》をざわつかせた。自分が母に紅茶と果物を勧《すす》めている時分に、兄と嫂の姿が漸《ようや》く入口に現れた。不幸にして彼らの席は自分たちの傍《かたわら》に見出《みいだ》せるほど、食卓は空《す》いていなかった。彼らは入口の所に差し向いで座を占めた。そうして普通の夫婦のように笑いながら話したり、窓の外を眺めたりした。自分を相手に茶を啜《すす》っていた母は、時々その様子を満足らしく見た。(『行人』)

当時食堂車で朝食に果物のデザートが供されるのは驚きだが、それはともかく、非日常の食堂車では他者との関係性、「見る」「見られる」の構図が生まれる。兄夫婦の不仲を心配する母とその視線を意識している夫婦、とりわけ嫂の振る舞い。一人黙々と箸を動かす弁当と違い、食堂車はちょっとした劇場空間と化す。

## 諸説ある駅弁の始まり

さて、駅弁のほうは、明治一八年七月に日本鉄道・宇都宮駅で販売されたのが最初、というのが定説だ（小菅桂子『近代日本食文化年表』）。梅干し入り握り飯二個にたくあんを添えて、二銭だったという。もっとさかのぼって、同一〇年神戸駅（弁当）、一六年熊谷駅（すし、パン）、一七年敦賀駅（弁当）、一八年小山駅（おきなすし）、同年横川駅（すし）……という説もあるらしい。鉄道がどんどん延伸され、乗車の時間が延びるに従い、需要が増したのだろう。安価で簡便な、いわば行動食だったようだ。

明治二〇年には山陽鉄道姫路駅で、折詰弁当が売り出された。駅弁の「三種の神器」（玉子焼き、かまぼこ、魚料理）の惣菜を入れ、米飯と惣菜を別々の折に入れた、いわゆる幕の内弁当だ。その後、主要な駅で弁当が売られ、「ベント、ベントー」と叫びながらホームを売り歩く駅弁売りは、昭和後期まで、主要駅の風物詩だった。列車の窓が開かなくなった最近は、弁当売りはいなくなったが、駅構内の弁当売場では、豪華で特色あるいろんな弁当が並んで、目移りして困るほどだ。

『虞美人草』の翌年に発表された『三四郎』でも、東海道線で上京する三四郎が浜松駅で駅弁を買うシーンがある。幕末の安政年間創業という浜松の老舗弁当店「自笑亭」は、平成二三年、当時の惣菜を配した「三四郎弁当」（千円）を販売した。『三四郎』の当時、浜松駅で駅弁を販売していたのは、「自笑亭」だけだったという。

木の二段の折り詰めで、おかずは玉子焼き、かまぼこ、ウナギ、レンコンなど伝統的な食材だけでフライなどはない。当時の食の雑誌「食堂楽」を参考にしたという。残念なことに、数年で販売休止になった。

『虞美人草』の最終章は、主人公の家に登場人物がすべて集まり、物語の結末がつけられるが、最後に現れるのが、ヒロイン藤尾だ。小野と大森に行く予定で新橋ステーションに行ったが小野は現れず、袖にされた気位の高い藤尾は憤怒の形相で人力車で戻ってくる。

現在では想像しにくいが、当時の大森は海手側がすぐ海岸であり、夏は海水浴場としてにぎわい、山手側も梅林などがある景勝地だった。近くには温泉や旅館も並び、ちょっとした東京の隠れ里だった。つまり男女の密会の場でもあった。大森へ行くということは、特別の意味があった。二人は午後三時に新橋ステーションで待ち合わせした。当時はむろん電車の京浜東北線はなく、東海道線を汽車で行く。時刻表（『瀛車瀛舩旅行案内』明治四〇年三月）を見ると、一五時八分発横須賀行き、同四〇分沼津行があり、いずれも二十分ほどで大森に着く。わけあり男女にふさわしい、夕暮れ時である。通常の行楽ではないことは、明らかだ。

現在、食堂車はすっかり姿を消してしまった。まことに残念だ。私は二〇代のころ、関釜フェリーで韓国に旅行するため、寝台特急「あさかぜ」で下関に向かった。出発してしばらくして食堂車に行くと、ばったり職場の先輩に出会った。ご夫婦で九州旅行にいくという。酒好きの先輩に、まあ一緒に、と誘われ、それから熱海、静岡、浜松……と食堂車でえんえん飲み続けた。車内の揺れもあってか酔いが回り、翌朝、あやうく下関を乗り越しそうになった、という愉快な思い出がある。翌日の関釜フェリーは二日酔いと船酔いで、さんざんだったが。JRは富裕層むけの豪華列車ばかりでなく、「あさかぜ」クラスの食堂車つき寝台特急や手軽な食堂車を、ぜひ復活してもらいたい。なにも食堂車で、気取ったフランス料理なんか食べたくないよ。

## 2　横須賀線

特別な路線

夏の海と雲を思わせるブルーとクリーム色のツートンカラーがスマートな横須賀線。昭和の東京圏の子どもたちにとって、オレンジとグリーンの湘南《しょうなん》電車とともに、横須賀線はあこがれの電車だった。今は総武線に乗り入れて千葉方面に延伸し、東京駅は地下ホームだし東京－品川間は暗い地下を、品川－鶴見間は旧貨物線を走り、かつての高級感はいささか減殺《げんさい》されてしまったけれど。

横須賀線は、当初から特別な線だった。

幕末、幕府は三浦半島の横須賀に造船所を建設、江戸湾海防の要《かなめ》とした。維新後、新政府は海軍鎮守府《ちんじゅふ》を当初、横浜に設置したが、明治一七年（一八八四）、横須賀に移転、造船所も引き継ぎ、横須賀は日本海軍の最も重要な軍事拠点になった。だが、三浦半島の地形は険しく、東京方面から人員、資材を運ぶには海上輸送しかなかった。一方、陸軍も半島突端の観音崎に砲台を建設、こちらも兵器等の輸送に同じ悩みをもった。そこで海軍大臣西郷従道《つぐみち》、陸軍大臣大山巌《いわお》がそろって総理大臣伊藤博文に横須賀までの鉄道線路の開設を請願、認められた。

横須賀方面に分岐のため、東海道線沿線に大船駅が新設された。当時大船あたりは一面の野原だったという。横須賀線は明治二二年六月、開通。工事着工からわずか一年半、日本の大動脈である東海道線全通とほぼ同時期だった。工事費は特別に東海道線建設費から支出された。軍部の強い要請で造られた、典型的な軍事路線だ。北鎌倉あたりで線路が円覚寺《えんがくじ》の境内《けいだい》を無遠慮に貫通、また鶴岡《つるがおか》八幡宮の段葛《だんかずら》も分断しているのは、軍部の権勢の表れ、とされる。

現在、横須賀駅のホームの屋根を支える柱に、開通当時のレールが使われている。「明治時代の外国製古レール」との表示がある。「一八八五」と製造年の刻印も。一八八五年は明治一八年だから着工の直前だ。ドイツ製やアメリカ製が多い。汽車もレールも、まだ輸入するしかなかった。

開通と同時に鎌倉にも駅ができた。鎌倉幕府の発祥の地であり、著名な古刹が点在し、江戸時代から文人墨客が訪れる地ではあったが、明治初めまでは田畑が広がる寒村だったという。明治半ば以降、鎌倉が東京近郊の恰好の保養地、別荘地になったのは、まさに横須賀線のおかげだった。

鎌倉行き

漱石は鎌倉にしばしば出かけた。

たぶん、最初に訪れたのは、明治一八年、東京大学予備門（第一高等学校の前身）の友人たちと、江の島に徒歩旅行に行った帰りだと思われる。東京・神田猿楽町の友人の下宿を出発、東海道をわらじ履きで歩き続け、藤沢から片瀬海岸に深夜到着、海岸で毛布をかぶって雑魚寝《ざこね》した。江の島までは当時、橋はなかった（干潮時は歩いて渡れた）ので、漱石は翌日、人夫に背負われて渡った。一行は海岸沿いに腰越《こしごえ》、由比《ゆい》ガ浜を経て鶴岡八幡宮で休み、再び早足で出発したが、漱石は途中で足の裏が腫れたらしく徒歩を断念、川崎駅から汽車で帰ったという。横須賀線はまだない。

大学を卒業し、師範学校教師時代に、北鎌倉の円覚寺に参禅した。参禅の様子はのちに『門』に描かれる。すでに横須賀線は開通していたが、北鎌倉駅開業は昭和に入ってからだから、漱石は鎌倉駅で降り、そこから歩いて、あるいは人力車で円覚寺に向かったのだろう。

明治期の大ヒットソング「鉄道唱歌」が発表されたのは、漱石参禅数年後の明治三三年。あの軽快なメロディにのって、新橋から神戸までの東海道線の沿線風景が歌われる。ところが、横浜を過ぎるといきなり支線の横須賀線に入って、鎌倉、横須賀と五番にわたって寄り道してしまう。「北は円覚建長寺　南は大仏星月夜　片瀬腰越江の島も　ただ半日の道ぞかし」といった具合だ。

作詞の大和田建樹《たてき》は国文学者で古都好きであり、また軍港横須賀の重要性を考慮したといわれる。鎌倉の知名度はさらに上がった。

明治四四年、漱石は久しぶりに鎌倉に行く。

七月二一日、旧友で満鉄総裁の中村是公《よしこと》を東京、麻布狸穴《まみあな》の満鉄東京支社に訪ね、その足で一緒に鎌倉・長谷《はせ》にある是公の別荘に行った。「十一時過満鉄に行く。そこで午餐を認《したた》め。夫《それ》から自働車で停車場へ行く。鎌倉行。（略）二時過鎌倉着電車で長谷迄くる」と日記にある。人力車でなくまだ珍しかった自働（動）車で新橋まで行く。さすが満鉄。明治四五年六月の『列車時刻表』を見ると、新橋発一二時四五分、横須賀行直行があるので、これに乗車したのか。鎌倉駅は一四時三二分発だ（着時刻不明。一、二分前か）。所要時間一時間四七分。ちなみに現在は五三、四分だ。鎌倉からは、電車とあるので、鎌倉まで延伸したばかりの江ノ電で長谷まで行ったようだ。別荘は長谷寺のすぐ後ろ、光則寺のわきの見晴らしのいい場所で、材木座海岸が一望できた。翌日は逗子《ずし》に近い小坪《こつぼ》で蛸《たこ》釣りを楽しんだ。

帰りは「午睡三時三十三分の汽車で急行新橋着」とある。やはりさきの『列車時刻表』を見ると、たしかに鎌倉発一五時三五分発の新橋直行列車がある。この列車は戸塚、程ヶ谷、横浜にだけ停車し、川崎や品川は通過、新橋停車場には一七時一分に到着している。車中で汽車に大便所や寝台車をつけるのには大議論があった、という話を是公から聞いた。満鉄の列車のことだろう。二年前、一緒に旅した満州旅行をなつかしく振り返ったに違いない。

## 『こころ』と鎌倉

翌明治四五年（大正元年）の夏にも、漱石は鎌倉に行く。子どもたちのために、材木座海岸に近い紅ケ谷《べにがやつ》に貸別荘を借りた。漱石はこの夏、数回東京―鎌倉を往復する。便利な横須賀線があってこそだ。一家は八月末まで鎌倉に滞在、女中のほか門下生の林原耕三も監督者として付き添った。次男伸六が猩紅熱《しょうこうねつ》を発症、地元で入院する騒ぎもあった。漱石は当地で子どもたちと一緒に海に入った。材木座海岸は遠浅の海水浴場として知られる。この経験はのちに『こころ』の冒頭のシーンに生かされる。

私は毎日海へ這入《はい》りに出掛けた。古い燻《くす》ぶり返った藁葺《わらぶき》の間を通り抜けて磯《いそ》へ下りると、この辺《へん》にこれほどの都会人種が住んでいるかと思うほど、避暑に来た男や女で砂の上が動いていた。ある時は海の中が銭湯《せんとう》のように黒い頭でごちゃごちゃしている事もあった。（『こころ』）

「私」はこの海岸で、「先生」と運命的な出会いをする。先生は外国人を連れていた。この設定は、鎌倉がすでにハイカラな避暑地だったことを示す。二人は沖に出て海と戯《たわむ》れる。

私は自由と歓喜に充《み》ちた筋肉を動かして海の中で躍《おど》り狂った。先生はまたぱたりと手足の運動を已《や》めて仰向《あおむけ》になったまま浪《なみ》の上に寐《ね》た。私もその真似《まね》をした。青空の色がぎらぎらと眼を射るように痛烈な色を私の顔に投げ付けた。「愉快ですね」と私は大きな声を出した。（同）

強烈な真夏の太陽と光り輝く海。躍動する身体。物語が進むにつれて悲劇性が増し、モノクロームの世界に沈み込んでいく中で、出だしのこの色彩感、幸福感は際立つ。漱石が実際に海水浴をしたときの日記には、明治天皇危篤《きとく》、崩御《ほうぎょ》の記述が続く。輝かしい生の裏側に潜む死の気配。天皇の死と時代の終焉。二年後の『こころ』の輪郭が、浮かび出したのかもしれない。

**是公と鎌倉行**

さて、横須賀線に乗った日時がよりはっきりわかるのは、海水浴を楽しんだほぼひと月後の大正元年九月一一日、先の是公と満鉄理事犬塚信太郎の三人で、北鎌倉、東慶寺に釈宗演《しゃくそうえん》を訪ねたときだ。満鉄職員のために、釈に満州に来て講話をしてもらいたい、との是公の要請に、漱石は旧友の菅虎雄《すがとらお》に口添えを頼み、釈の内諾を得た。この日は正式に依頼する是公に付き添ったのだ。

Jは停車場《ステーション》前で買った新聞に読み耽《ふけ》った儘《まま》一口も物を云わなかった。雨は何時《いつ》の間にか強くなって、窓硝子《ガラス》に、砕けた露の球のようなものが見え始めた。自分は閑静な車輛のなかで、先年英国のエドワード帝を葬《ほうぶ》った時、五千人の卒倒者を出した事などを思い出したりした。
(『初秋の一日』)

Jは犬塚、停車場は新橋だろう。彼らは、数日後に迫った明治天皇大喪に関する記事から日が離せなかったに違いない。新橋駅を発つころは今にも降り出しそうで、動きだしてから秋の雨が窓を濡らした。気象庁の当日の天気データを調べると、この日の東京の降水量は〇・三ミリで平均気温二三・二度。列車で南下するに従い、雨模様になったようだ。『列車時刻表』によると、横須賀直行便が新橋発午前八時一五分、九時一〇分、一〇時二〇分とあり、鎌倉発がそれぞれ九時二七分、一〇時五四分、一二時七分だ。八時一五分発は最速の列車だからこれに乗ったのかもしれない。「閑静な車輛」とあるので、一等車だろう。横須賀線は短い路線だが、横須賀に軍港があり、鎌倉や逗子(葉山)の別荘地も控えているので、早くから優等車両が連結されていた。

三人は鎌倉駅で下車、人力車に乗り、雨の中を鎌倉特有の切通しの坂を上る。ススキの原から虫の音が聞こえ、道端に真っ赤な鶏頭の花を見た。東慶寺門前の稲田の端で立小便をした後、漱石は境内に入り、釈と再会した。約二〇年前に円覚寺で教えを受けて以来だった。

用務を終えて雨の中、再び切通しを下って鎌倉の町に戻った。その夜は、長谷にある是公の別荘で泊まったのだろう。

翌朝《あくるあさ》は高い二階の上から降るでもなく晴れるでもなく、ただ夢のように烟《けむ》るKの町を眼の下に見た。三人が車を並べて停車場に着いた時、プラットフォームの上には雨合羽を着た五，六の西洋人と日本人が七時二十分の上り列車を待つべく無言の儘《まま》徘徊していた。

御大葬と乃木大将の記事で、都下で発行するあらゆる新聞の紙面が埋まったのは、夫《それ》から一日置いて次の朝の出来事である。（同）

例の『列車時刻表』を見ると、たしかに鎌倉発七時二〇分の上りがある。ただしこれは大船止まりである。このころの横須賀線は大船ー横須賀間の運行と新橋ー横須賀直行便が混在していた。漱石は七時二九分に大船に着き、すぐに東海道線に乗り換えた。山北《やまきた》発の東海道線列車が七時三一分に大船駅ホームに入ってくる。三三分に発車するので、これに乗り換え、新橋停車場に八時四一分に到着したと思われる。

なお、帰京の日の東京は終日雨、降水量は一六・四ミリ、気温一八・四度と先日より五度も低い、肌寒い日だった。雨は一〇時ころに一時間三・四ミリと激しく降った。漱石らは持参した雨合羽のお世話になったことだろう。

喪章写真の真実

三人が新橋停車場に着いたあとの足取りは不明だが、この日三人で、写真館へ行ったと思われ

漱石と中村是公（左）、犬塚信太郎の三人が写る（『漱石写真帖』より）

る。有名な喪章《もしょう》をつけた漱石の肖像写真はこのときの撮影だろうからだ。是公、犬塚と三人で写っており、明治天皇の大葬にあわせ、腕に喪章を巻いている。朝早く新橋に着いたのだから、時間は十分ある。

と推測したが、原武哲『喪章を着けた千円札の漱石』が新たな知見を与えてくれた。

写真は漱石一人だけが三葉と是公、犬塚の三人で写っているのが一葉ある。千円札のモデルになった、やや正面向きの一葉は、漱石没後、娘婿の松岡譲《ゆずる》が編集した『漱石写真帖』にあり、「大正元年九月　小川一真氏撮影　同氏写真館閉館の砌《みぎ》り、以下の三枚と共に種板を譲り受けて　現に漱石山房に蔵す」と説明がついているという。

小川一真《いっしん・かずま》とは当時著名な写真師で、銀座日吉町に店をもち、全国の古社寺宝物を撮影、岡倉天心らと美術誌「国華《こっか》」を創刊、写真一切を担当した。漱石は学生時代、学生服姿の写真をここで撮っている。小川写真館は大葬の儀式を撮影する写真団体の代表でもあった。

漱石らが、日吉町の小川写真館で写真を撮ったことはこれでわかった。日吉町は現在の銀座八丁目あたりだから、新橋停車場に近い。問題は撮影日である。『写真帖』には大正元年（一九一二）九月とあるだけだ。

当時、漱石の門下生で行徳二郎という青年がいた。漱石家の雑用などを引き受けて、重宝されていた。原武はかつて、行徳の遺族から漱石の喪章を着けた写真の一葉を見せてもらった。その台紙には漱石の自筆のペン書きで「行徳二郎君　夏目金之助　大正二年二月六日」と書かれ、写真裏には行徳の字で、「（略）九月十九日木曜東京ニ着シ午后三時半ニ至リ夏目ノ門ヲ敲《たた》ク　先生ヤガテ帰邸セラレ今日撮影シタルガ二三ニ姿勢ヲ変ヘラレ面倒ナリシト語ラル　コハ三容ノ中先生愛好ノモノ（略）」と裏書してあるという。すると、撮影日は九月一二日ではなく、一九日ということになる。

原武は、一二日は大喪の日の前日だから、小川写真館は準備で多忙をきわめただろうから当日は休業で、撮影は一九日になった、とみている。ポーズをいろいろとらされて漱石はうんざりしたという、臨場感のある感想が書かれているように、行徳の記録は信憑性が高い。ただ、疑問も残る。超多忙な満鉄首脳二人と漱石（こちらはそれほど忙しくないが）が、わざわざ写真のために別の日に再び落ち合うだろうか。それに大喪の日が終わっても、喪章はつけるものだろうか。

### 芥川と横須賀線

さて、漱石の門下生で、横須賀線と縁が深かったのは芥川龍之介だ。芥川は大学卒業後、横須賀にある海軍機関学校の英語の嘱託教員になり、一時、鎌倉に住んだ。冬の夕暮れ、授業を終えて、くたびれて横須賀駅から列車に乗った。がら空きの二等車のシートに疲れた体を沈める。列車は動き出す。すると、垢《あか》じみた田舎娘が三等の赤切符を握りしめて二等車に入って来、芥川の近くに座った。列車がトンネルに入り、娘がいきなり窓を開けると、煤煙がどっと室内になだれ込み、芥川はむせて咳をした。当時はまだ蒸気機関車だから、トンネル内で窓をあけるとたいへんだ。叱りつけて閉めさせようとするとき、列車はトンネルを抜け小さな踏切に差しかかった。そこには小さな男の子が三人固まって並んでいて、列車に向かって手を挙げ、喚声を上げた。

窓から半身を乗り出していた例の娘が、あの霜焼けの手をつとのばして、勢よく左右に振ったと思うと、忽《たちま》ち心を躍らすばかり暖《あたたか》な日の色に染まっている蜜柑《みかん》が凡《およ》そ五つ六つ、汽車を見送った子供たちの上へばらばらと空から降って来た。私は思わず息を呑んだ。そうして刹那に一切を了解した。(『蜜柑』)

たぶんこれから奉公に出る娘は、見送りにきた幼い弟たちに蜜柑《みかん》を投げ与えて、別れのあいさつをしたのだ。

横須賀の次の駅、田浦《たうら》駅近くのトンネルを通過したときの話だろう。横須賀線は海軍将校や別荘族だけでなく、当然、沿線の貧しい人びとも利用する路線だった。神経過敏な都会人芥川は、田舎の小娘が車窓からほうり投げた蜜柑のオレンジ色に虚を突かれ、日々の倦怠《けんたい》感、疲労感を一時、忘れることができた。ごく短い作品だが、印象深い横須賀線小説といえよう。

横須賀線は大正一四年、全線電化され、電気機関車が客車を牽引した。昭和五年（一九三〇）からは東京・横須賀間で電車運転が始まった。例のブルーとクリーム色のツートンカラーに装われるのは、戦後の同二五年ころからという。

「旅行案内」と呼んだ時刻表

ここで本書に頻出する時刻表について、説明しておきたい。

昔も今も、鉄道で旅する際は、時刻表のお世話になる。汽車旅が多かった漱石も、活用したに違いない。作品にも登場する。たとえば『それから』では、

彼はまた『旅行案内』を開いて、細かい数字を丹念《たんねん》に調べ出《だ》したが、少しも決定の運《はこび》に近寄らないうちに、また三千代の方《ほう》に頭が滑《すべ》って行《い》った。立つ前にもう一遍《いっぺん》様子を見て、それから東京を出ようという気が起った。（『それから』）

再会した三千代と今後どうしていくか、決めかねる代助は、ひとまず旅に出ようと、旅の準備をする。「旅行案内」とは、細かい数字とあるように今でいう時刻表のことだ。列車の発着時刻

のほか名所案内などもついている。漱石は、作品や日記にしばしば汽車の時刻を書き入れているが、おおむね時刻表どおりだ。

日本の最初の時刻表は、鉄道が開通した当初に工部省鉄道寮が公布した一枚刷りの「鉄道列車出発時刻及運賃表」といわれる。のちに官報が創刊されると、官鉄、私鉄の発着時刻が、改正ごとに掲載された。現在と同様の月間の冊子形式になったのは、明治二七年、東京の庚寅《こういん》新誌社が発行した『汽車汽船旅行案内』からである。同社社長の手塚猛昌《たけまさ》という人物は慶応義塾出身で、師の福沢諭吉から英国の『ブラッドショウの時刻表』を教えられ、発刊を思いたったという。手塚はのちに東京市街鉄道の設立にも参加した。山陽鉄道の中上川彦次郎といい、阪急の小林一三といい、鉄道関係には福沢門下生が少なくない。実学重視の福沢精神の表れだろうか。

ブラッドショウとは一九世紀半ばの英国の出版人で、鉄道の急速な普及を目の当たりにして時刻表を創案した。『ブラッドショウの時刻表』といえば、長年、時刻表の代名詞であり、英国国内だけでなくヨーロッパ旅行の最高のガイドブックだった。漱石もスコットランドへ旅したときは、この時刻表を開いたことだろう。だが同書はカバーする地域を広げすぎたためか一九六〇年代に廃刊になり、代わって普及したのが、『トマス・クックの時刻表』だ。鉄道を利用してヨーロッパ旅行をする人にとって、あの赤い表紙の時刻表は必携品だった。トマス・クックは、もと

はホテルや汽車の切符の手配をする旅行業者で、漱石もロンドン留学途上、イタリア・ジェノバで、クックの代理店に切符の手配を頼んだ、と日記に記している。クック社は時刻表に参入、成功した。

この『トマス・クックの時刻表』も二〇一三年、廃刊になり、後継として『ヨーロッパ鉄道時刻表』が現在、刊行されている。日本語の解説がつく版もある。

日本でも鉄道網が整備されるとともに、時刻表の需要は増え、先の『汽車汽船旅行案内』のほか、明治三〇年代以降、『鉄道船舶旅行案内』（交益社）、『鉄道航路旅行案内』（駸々堂）、『全国鉄道汽車便覧』（天正堂）など類似誌が次々に創刊された。鉄道院も『列車時刻表』を、さらに外国人も利用できる英語併記の『TRAIN　SERVICE　列車時刻表』を刊行、激しい競争が繰り広げられた。一般の人びとが汽車に乗って移動し、旅する時代、つまり大衆社会になってきたのだ。

# 第三章　市内電車・甲武鉄道

甲武鉄道のカブトムシ電車（絵・藪野健）

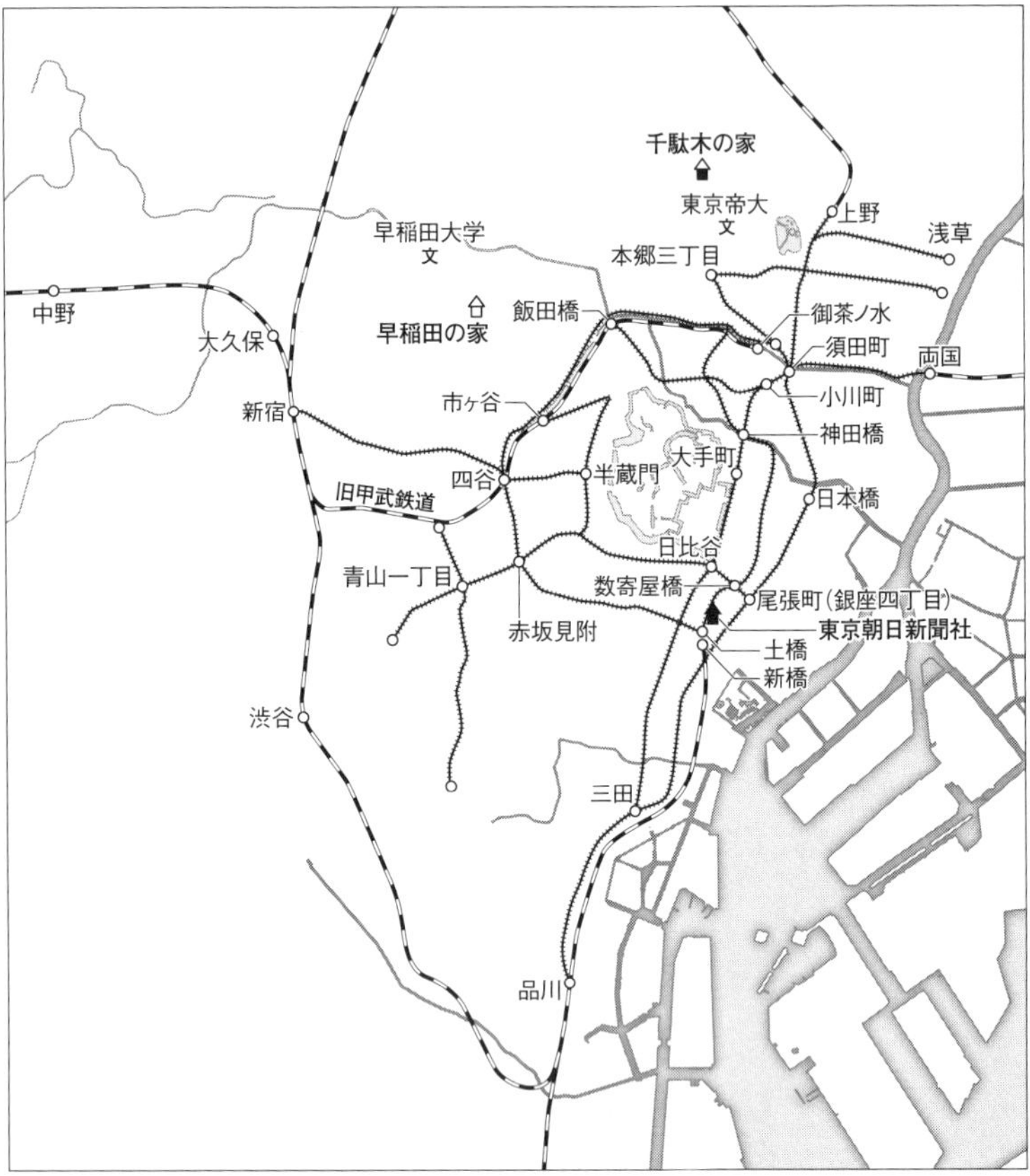


東京市内鉄道概略図（明治40年ごろ）

## 1　市内電車

東京をつなぐ市電ネットワーク

漱石が英国留学から帰国した明治三六年（一九〇三）は、東京ではじめて市電（路面電車）が開業した年でもあった。ロンドンではすでに地下鉄が走り、漱石も乗った。東京はといえば、やっと道路上に市電が動き出すところ。漱石はその違いに彼我の差をあらためて感じたことだろう。西洋に追いつき追い越せ、とがむしゃらにがんばってきた日本だが、まだまだその差は大きかった。

帰国した漱石はしばしば市電を利用し、東京をめぐり歩いた。

外は既に薄暮となつてゐた。電車は外濠線に乗つたが、当時は市内に旧馬鉄系、街鉄系、外濠系の三電鉄のあつた時代と思ふから、外濠線に乗ればお茶の水で降りてそれから先は歩くと云ふ訳だつたかと思ふ。（野村伝四『散歩した事』）

門下生で東大の学生だった野村が、漱石と寺田寅彦の三人で散歩に出かけ、夕暮れ、当時、漱石の住んでいた千駄木《せんだぎ》に帰るときのことだ。上野、浅草に行き、そこから市電で新橋停車場まで来て、駅前の有楽軒という洋食屋で夕食をとった。帰りも市電だ。明治三八年八月のこと、千駄木方面まではまだ市電は来ていないから、御茶ノ水まで乗り、そこから歩いたようだ。

漱石の生きた明治から大正にかけては、東京はじめ大都会では市電と人力車がおもな交通手段だった。明治初年に登場し、またたくまに普及した人力車は、今でいうとタクシーであり、急ぎや荷物があるときに使われたが、市電こそは市民の足だった。市電はまず、馬車鉄道として出発した。

新橋―横浜間にはじめて蒸気鉄道が開通したのは明治五年。その一〇年後の明治一五年に、新橋―日本橋間に、鉄の軌道《レール》の上を馬車が走る東京馬車鉄道が開通した。英国から輸入した馬車を二頭の馬が引く二頭立ての馬車鉄道だ。同社は路線を日本橋からさらに先の上野、浅草まで延長した。この東京馬車鉄道のほかに、蒸気鉄道と並行して新橋―品川を結ぶ品川馬車鉄道も開業、馬車鉄道はガス灯とともに文明開化のシンボル、東京の新風俗として錦絵《にしきえ》などにしきりに描かれた。品川路線はのちに東京馬車鉄道に合併された。

馬車鉄道は便利でハイカラだったが、馬糞《ばふん》がそこら中にちらばって不潔だし、生きた馬の世話も容易ではない。そのころ、日本にも発電所が開設され電力会社が開業、東京電灯（東京電力の前身）が上野公園で開かれた第三回内国勧業博覧会で、試験的に路面電車を運転し、評判をよんだ（明治二三年）。車両はアメリカからの輸入だった。

時代の動きをいち早く読んだ東京馬車鉄道は、馬の代わりに電力を動力とする電車に転換、社名も東京電車鉄道と変更し、明治三六年八月、新橋－品川間で電車運転を開始した。東京での最初の市電の営業運転であり、京都、名古屋に次ぐ全国三番目の市電だった。翌月には東京市街鉄道（街鉄《がいてつ》）が数寄屋橋－神田橋間で路線を開き、翌年一二月には東京電気鉄道（外濠線）が土橋《どばし》（新橋の近く）－御茶ノ水間で開通した。わずか数年で東京市内は市電のネットワークが構築され、三社がそれぞれさらに路線を延長する三社鼎立《ていりつ》時代を迎えた。さきの野村の一文は、そのころを回想したものだ。旧馬鉄系とは、東京電車鉄道を指す。三人は街鉄に乗れば本郷三丁目まで帰れたが、外濠線を利用したため、お茶ノ水で降りたようだ。

### 日比谷焼き打ち事件と市電

市電の登場はまた、日露戦争の時代でもあった。

日露戦争はポーツマス条約で終結したが、条約への不満が爆発して日比谷公園で群衆と警察隊が衝突、東京市内が大混乱した日比谷焼き打ち事件（明治三八年九月）が発生した。この事件、じつは市電の出現と無縁ではない。

条約に不満をもつ対露同志会を中心とした講話問題同志連合会が、二年前にできたばかりの広大な都市公園、日比谷公園で抗議の国民大会を計画した。不穏な情勢を察知した政府は、事前に大会禁止を命じ、公園の六カ所の出口を角材で封鎖した。だが、群衆は徒歩で、市電で、続々日比谷公園に集まって来る。彼らはついに角材のバリケードを乗り越え、公園内になだれ込み、大会は強行開催され、政府弾劾《だんがい》の叫びがこだました。

大会終了後、興奮冷めやらぬ群衆は街頭に繰り出し、投石し、警官隊と衝突、今の銀座七丁目にあった政府寄りの国民新聞社や日比谷公園前の内務大臣官邸を襲撃した。夕刻には市内の多くの警察署、派出所を襲い、焼き打ち、破壊した。翌日も騒擾《そうじょう》は続き、市電も不通、政府は東京市内に戒厳令を敷き、武装警察の管理下に置き、新聞雑誌の発行停止を命じた。この暴動で、市内の七割の交番、派出所が焼かれ、負傷者二〇〇〇人、死者一七人を数えた。当時の交番は、人ひとりが入れるほどの小さいボックスだったので、破壊されやすかったのだろう。路上に放置された市電の車両も襲われ、一五台が焼かれた。市電の普及で職を奪われた人力車夫らも、率先して車両に火をつけたといわれる。

暴動の主役は職工、職人、人足などだった。彼らは戦場では兵士として血を流し、帰国しても報われることの少ない、戦争のしわ寄せを最も受けた都市無産大衆だった。おもに下町あたりに住み、市電ネットワークの最大の利用者でもあった。一台に数十人が乗れ、ひっきりなしに行き交う市電は、短時間に大量の人間の移動を可能にした。開業直後の東京電車鉄道では、一台の定員四二人で一分ごとに発車したという。日比谷公園という、大群衆が集合できる都市公園が東京の中心部にできたことも、騒動を大規模化させた。日比谷公園は戦争の戦勝記念大会など政府主催の公的な催し物にも使われたが、時と場合で反政府集会の受け皿にもなる。つまり、市電と都市公園の登場が、都市暴動を大規模化させた。大衆が目に見えるかたちで世の中に現れ、社会を変えていく時代、つまり日本は本格的な大衆社会を迎えたのだった。

明治三九年三月、電車三社は運賃を三銭から一挙に五銭に改定するという値上げを申請した。堺利彦らの日本社会党は日比谷公園で反対の市民大会を開催、閉会後のデモで電車などに投石する騒動が起きた。この騒ぎで大杉栄《おおすぎさかえ》が検挙されている。九月にも運賃値上げ反対運動は再燃、各地で電車破壊などの事件が起きたが、その前月の八月、漱石に絡む妙な「事件」が起きた。

## 漱石の妻君、大会に参加す

社会党の有志十人ほどは、反対のチラシを配るため、隊列を組んで東京市内を歩いたがその中に「堺氏の妻君、夏目（漱石）氏の妻君」が加わっていた、という記事が、都新聞に載った。記事を読んで驚いた漱石の知人が、新聞の切り抜きを漱石に送った。むろん、まったくの誤報だったが、漱石は、値上げ反対の行列（デモのこと）にこそ加わらないが、「小生もある点に於て社界《ママ》主義故《〔ゆえ〕》堺枯川《こせん》氏と同列に加はりと新聞に出ても毫《ごう》も驚ろく事無之候」と返事を書いている。堺や社会主義に、一定のシンパシーをもっていたようだ。

この誤報は、以下のようないきさつだったようだ。堺家にはナツメという名の猫が飼われていた。当日のデモの途中、堺家に昼食に寄った参加者が、これがナツメさんですか、としきりに猫をかわいがった。これが誤って伝えられて、なぜか夏目夫人もデモに参加した、という記事になったという（黒岩比佐子『パンとペン』）。堺が飼い猫をナツメと命名したのは、『吾輩は猫である』を愛読していたかららしい。

　堺は漱石と面識はなかったが、ファンレターを寄越したことがあった。『吾輩は猫である』を読んで感心し、エンゲルスの肖像写真を印刷した平民社の絵ハガキで、こんな感想を漱石に送った。


　新刊の書籍を面白く読んだ時、其の著者に一言を呈するは礼であると思ひます。小生は貴下の新著「猫」を得て、家族の者を相手に、三夜続けて朗読会を開きました。三馬の浮世風呂と同じ味を感じました。堺利彦

『吾輩は猫である』の上編が刊行されたすぐ後のことで、日比谷焼き打ち事件の記事によって、「平民新聞」の跡を継いだ「直言」が発行停止をくらい、平民社が解散に追い込まれたころだ。

　堺は権力と対峙する社会運動に献身しつつ、『猫』を読み、笑い、家族とともに楽しむ。面白ければ著者に便りを出して感想を述べる。苦境の中でも余裕ある心のもちよう、フットワークの軽

さに、堺のおおらかな人柄が見える。

漱石は、『野分』の主人公白井道也にも、値上げ反対運動で捕まった人の家族を救援するための演説会へ行こうとして、妻に社会主義者と間違われる、と心配されると「間違えたって構わないさ。国家主義も社会主義もあるものか、ただ正しい道がいいのさ」といわせている。

日比谷事件のときも運賃値上げ反対運動のときも、電車が攻撃を受けたわけは何だろうか。

権力機構の末端である交番が狙われるのは理に適うが、電車はいつも便利に利用され、庶民の足としての役割を果たしていたはずだ。暴動によって乗務員が逃げ出した電車は、道路上に放置されたため、破壊欲の格好の対象になったためだろうが、深読みすれば、電車に象徴される急速な近代化に、人びとはうっすらと反感をもち、等身大の人びととの営みが圧迫されている、と感じていたのかもしれない。

## 坊っちゃんの再就職先

漱石はそのころ、『猫』と並行して『坊っちゃん』を執筆していた。松山とおぼしき地方都市で大活劇を演じた坊っちゃんは帰京後、「街鉄の技手《ぎて》」に就職する。なぜ、坊っちゃんの再就職先は街鉄の技手だったのか。

市電などの電鉄会社は当時、新興成長産業だった。『吾輩は猫である』で、実業家鈴木藤十郎は、街鉄株を六〇株もっていると自慢する。銀座、日本橋、上野、品川といった繁華街は、おもに馬車鉄道系列の東京電車鉄道が走ったのに対し、日比谷、小川町方面は街鉄が路線を広げていた。千駄木の住居に最も近い本郷三丁目を通る路線も街鉄であり、漱石はごく自然に、市電の会社といえば街鉄を選んだのだろう。路線拡張中だから、エンジニア（技手）の求人も多かったはずだ。

各会社がかってに路線を延ばすから、経路は複雑化し、不便だという声が上がった。合理化し三社を合併して一つの会社に統合する動きが現実化し、明治三九年九月、三社を統合した東京鉄道株式会社が誕生した。『坊っちゃん』は同年四月号の「ホトトギス」に掲載されたから、街鉄という会社はじつは『坊っちゃん』発表後五カ月後に消えてしまうのだ。さらに五年後の明治四四年、東京鉄道は東京市に買収され、東京のおもな路面電車はすべて東京市営になった。都電の前身である。

坊っちゃんは市電のエンジニア、つまり技術系の公務員として後半生を送ることになる。あの直情な性格で公務員が務まったか心配ではあるが。技手とは運転士や車掌のような現業部門ではなく、現業を指揮・監督する技術者とされる。物理学校卒業だから現業はありえないが、さりとて帝国大学出ではないから幹部にはなれず、技術系の中間管理職といったところだろう。

## 市電に乗る三四郎

三四郎も市電に乗った。

三四郎が東京で驚いたものは沢山ある。第一電車のちんちん鳴るので驚いた。それからそのちんちん鳴る間《あいだ》に、非常に多くの人間が乗ったり降《お》りたりするので驚いた。次に丸の内で驚いた。尤《もっと》も驚いたのは、どこまで行《いっ》ても東京がなくならないという事であった。(『三四郎』)

『三四郎』は明治四一年の作だ。東京はそのころ市電のネットワークが縦横に張りめぐらされ、わずか数年で世界でも有数の公共交通が発達した都会になった。市電の路線がどんどん延び、東京はたしかに境が消失しつつあった。


「電車に乗るがいい」と与次郎がいった。三四郎は何か寓意《ぐうい》でもある事と思って、しばらく考えて見たが、別にこれという思案も浮かばないので、

「本当の電車か」と聞き直した。その時与次郎はげらげら笑って、

「電車に乗《のっ》て、東京を十五、六辺乗回《のりまわ》しているうちには自《おのずか》ら物足りるようになるさ」という。

「何故」

「何故って、そう、活《い》きてる頭を、死んだ講義で封じ込めちゃ、助からない。外へ出て風を入れるさ。その上に物足りる工夫はいくらでもあるが、まあ電車が一番の初歩でかつ尤《もっと》も軽《けい》便《べん》だ」(同)

大学の友人与次郎は、講義に物足りなさを感じて元気のない三四郎に、東京中を走り回る市電に乗れとアドバイスする。市電の車窓から街の様子を眺め、乗り合う客の言動から世の中の動きを知れば、世界は広がり、視野が開ける。ふたりは市電に乗り、新橋、日本橋をめぐる。市電は都市を見とおすメディアなのだ。私は、大正時代にある大阪の若い実業家が、のちの阪急王国帝王の小林一三《いちぞう》に、自社工場の近くのキタ（大阪北部）に家をもちたいが、ともちかけると、「きみは案外バカだね。ミナミに住んで毎日、市電でキタに通えば、通勤しながら町の動き、人びとの暮らしがわかり、商売のためになる」と忠告された、という逸話を思い出した。

さて、漱石は東京朝日新聞社に入社して半年後の明治四〇年九月、東京、早稲田南町に転居する。早稲田は生まれた町であり、親近感があったためだろうが、当時はまだ「都の西北」の「早稲田の森」が続き、田んぼが広がる郊外だった。だがこのあたりにも都市化が次第に波及し、飯田橋から江戸川（神田川）沿いに市電が敷設され始める。同年一二月には江戸川橋まで通じた。早稲田南町の家から歩いて一五分ほど、漱石家は便利になった。もし市電延伸計画を見越して早稲田に引っ越ししたとしたら、漱石先生もなかなか目先が利く男だ。

## 『彼岸過迄』の停留所

市電が小説のプロットの重要な鍵になるのは、『彼岸過迄《ひがんすぎまで》』だろう。

現在、神田小川町《おがわまち》といってもピンとくる人はそう多くないだろう。平凡な都心部の交差点の一つにすぎないのだから。だが、市電が普及しだした明治から大正にかけては、小川町は交通の要衝で、通り沿いに唐物屋《とうぶつや》（輸入品店）、宝石店、時計店などのハイカラな店がたち並ぶ、東京でも有数の繁華街だった。

今は神保町《じんぼうちょう》、駿河台《するがだい》から須田町《すだちょう》に至る東西の靖国通りと、お茶の水の聖橋《ひじりばし》から大手町方面に南北に走る本郷通りがクロスする交差点だが、当時は南北の大通りは小川町で止まっており（小路はあったようだが）、T字路になっていた。ここに市電の停留所があった。

『彼岸過迄』はいくつかの連作短編を一つの小説にまとめた作品で、その第二編の「停留所」は、この小川町の市電の停留所が舞台だ。

主人公田川敬太郎は、ある日の午後四時から五時までの間に、小川町停留所で降りる、眉と眉の間にほくろのある紳士の行動を偵察し、報告するよう求められる。紳士は三田方面から来る電車に乗ってくるという。

現地に行った敬太郎はしまったと思う。小川町停留所は複数あるのだ。都心から北上し、須田町、本郷方面に向かう電車はT字路を右折してすぐ右手の停留所で止まる。神保町方面への電車は左折してすぐの停留所だ。両方面からくる上りは、T字路の手前の停留所が使われる。紳士は都心から来るから、右手か左手の停留所のどちらかだ。当時、停留所はいわゆる「安全地帯」はなく、しるしのポールがあるだけだし、夕暮れが迫って、両方を見通すことはできない。敬太郎は迷った末、右手の停留所の近くで紳士を待つことにした。すると、すぐ近くに、やはり自分と同様、だれかを待ち受けている若い女がいた。それらしき紳士が電車から降りると、二人は近くの西洋料理屋に入っていった……。まるで推理小説のような展開だが、市電ネットワークの発展による都市構造の変貌が背景にある。

### 小川町交差点の観察

漱石は小川町交差点をじつに細密に描写する。よほど土地勘があったのだろうと漠然と思っていたら、半藤一利『続・漱石先生ぞな、もし』でその理由がわかった。

漱石は明治四四年八月、朝日新聞主催の関西巡回講演旅行で発病、大阪で入院し、ひと月後、やっと帰京したが、帰りの汽車で揺られたせいか、肛門に痛みが出た。

帰宅後、すぐに医師に連絡し、泌尿器科の佐藤医師の治療を受ける。もう入院はまっぴらだ、とほぼ一日おきに佐藤診療所に通院した。治療、切開の様子は、『明暗』冒頭で、細かく描かれるが、この佐藤診療所が、小川町のすぐ近くにあった。『続・漱石先生ぞな、もし』の地図によると、大通り沿いの唐物屋のわきの小道を入ったところ（現・神田錦町一丁目）だから停留所のすぐ近くだ。通院は翌四五年春まで続いた。『彼岸過迄』は同年一月から四月までの掲載だから、漱石はほぼ一日おきに通っている町を舞台に小説を書いたわけで、詳しいはずである。複数の停留所のなぞも、そのときに「発見」したのだろう。

さて、小川町のすぐ近くの路地裏に、敬太郎の友人の須永が、母親と二人でひっそり暮らしている。須永の家は「須田町の方から右へ小さな横町を爪先上《つまさきのぼ》りに折れて、二、三度不規則に曲った極めて分り悪《にく》い所」にあり、手斧目《ちょうなめ》や忍び返しがつく板塀に囲まれた家だった。たぶん意識的にあいまいに書かれた須永の家の所在地は、はっきり明示されている小川町停留所と対照的だ。江戸以来の旧弊な家並みに住む母と息子は、近代を象徴する電車道のすぐ裏手に、ひっそりと住んでいる。明治は前近代と近代が、背中合わせで共存している時代なのだ。

小川町の交差点に行ってみた。

JR御茶ノ水駅東口から、ニコライ堂わきのだらだら道を七、八分南下すると、小川町交差点に出る。この道は今でこそ広い大通りで、大手町方面に貫通するが、先に記したように、当時はごく細い小道だったようで、交差点は事実上T字路だった。市電（路面電車）はとっくに廃止され、車がひっきりなしに行き交うばかり。市電のかわりに地下鉄（千代田線）が地面下を通っている。

地上はカフェやファストフード店がたてこむ、どこにでもある十字路で、当時の面影を探すのは難しい。裏通りも雑居ビルがたち並び、これといった特徴は見つからず、とても小説の舞台になるような奥行きは感じられなかった。

大正に入ると、市電はさらにネットワークを広げ、早稲田方面にも変化があった。飯田橋から今の大久保通りを牛込柳町《うしごめやなぎちょう》、若松町と延伸、大正三年（一九一四）には新宿角筈《つのはず》までつながった。漱石宅に最も近い停留所は、江戸川沿いの江戸川橋から牛込柳町になった。漱石は晩年、名古屋から自宅を訪れる若い僧に、東京駅からの市電の乗り方を詳しく手紙に書いている。「電車は東京駅の前の大通りを向つて左へ走るのへ乗るのです。それで水道橋迄来て乗り易《か》へます。其所から新宿行といふのへ乗つて牛込柳町といふ停留で下ります。そこから宅迄五六分です」（大正五年一〇月一八日付書簡）。東京ステーション前↓小川町↓神保町↓水道橋（乗り換え）↓飯田橋↓牛込北町↓牛込柳町という経路だ。東京駅の前の通りを左へ行くと、二重橋や帝劇や日比谷公園があるので見物するといい、と、東京がはじめての僧に、親切な案内も付け加えている。

## 2　甲武鉄道

### 汽車とカブトムシ

　甲武鉄道は現在のJR中央線の前身の鉄道で、私設鉄道として明治二二年（一八八九）四月に新宿ー立川間、同八月に立川ー八王子間が開業した。令和元年（二〇一九）は開業一三〇年にあたり、「開業一三〇年」のワッペンを貼った中央線快速電車が走った。

　もともとは玉川上水の水運の代わりとして馬車鉄道が構想されたが、動力を蒸気に変更して建設が具体化した。東中野付近から立川まで、定規で引いたように一直線のルートで知られる。東海道線のように、街道に沿って鉄道が敷かれることが多い中、甲州街道の調布、府中あたりの住民や宿場関係者が、汽車の煤煙や騒音を嫌い、鉄道敷設に反対したから甲州街道沿いは忌避された、とよくいわれる。だが、直線ルートは、人家が少なく林や畑ばかりの武蔵野台地であり、面倒な用地買収や建設が容易だったため、という説のほうが説得力をもつ。

「開業130年」のワッペンを貼った中央線快速電車（2019年4月）

甲武鉄道は都心に路線を延ばす。皇居外堀の地形を利用して、新宿から牛込《うしごめ》（現・飯田橋駅南西）、飯田町（同・東）まで延伸した（明治二八年）。飯田町駅は長い間、長距離列車のターミナルとして機能し、鉄道国有法により三九年に甲武鉄道が国有化された後も、甲府、松本方面のターミナルといえば、飯田町駅だった。

さらに甲武鉄道は中野－飯田町間を電化し、電車運転を始めた（明治三七年）。電車といえば当時、旧都電の前身の市電（路面電車）を指すが、甲武鉄道の電車は蒸気列車（汽車）と同じ専用軌道を走る。この電車区間はすぐに複線化され、頻繁に走行、旧国電（旧国鉄の近距離電車）のさきがけとなった。もっとも外観は、路面を走る市電とあまり変わらなかった。ただ、屋根の前後から昆虫の角のような長いポールが二本突き出た形が特徴で、カブトムシ電車ともいわれた（章扉絵参照）。路線は御茶ノ水まで延伸した。国有化後も、当時の人はこの路線を甲武線とよんで親しんだ。四一年発表の『三四郎』でも、ごくあたりまえに甲武線と書かれている。一般に中央線とよばれるようになるのは、大正に入ってからのようだ。

旧甲武線沿いでほとんど唯一、といえる当時の遺構がＪＲ四ツ谷駅にあるのを知り、総武線に乗って四ツ谷駅に行ってみた。目指すは四ツ谷駅の信濃町《しなのまち》寄りに残る旧御所トンネルだ。うれしいことにこれはまだ現役で、総武線の下り（新宿方面行き）に利用されている。

赤坂御所（現・迎賓館）の敷地の下を通るトンネルで、明治二七年、甲武鉄道が造成、都内最古の現役トンネルといわれる。のちに造られた中央線の上下線と総武線上り線のトンネル出入口はコンクリートで補強されているが、こちらはほとんど当時のままだ。石積みのアーチと赤茶のレンガで重厚に積み上げた入口が、地下鉄丸ノ内線のホーム端から見下ろせる。最新鋭の黄色い総武線の電車が、古色蒼然《そうぜん》たるトンネルに吸い込まれる様子は、なかなか見ごたえがあった。このトンネル、今は総武線下りだけだが、草創期は複線だった。当時の写真を見ると、複線のレールがトンネル内に伸び、蒸気機関車と電車が、窮屈そうに出入りしている。

四ツ谷駅近くの旧御所トンネル

ああああ、もう少しの間だ

その『三四郎』では、この線路をめぐり鮮烈な印象を残す出来事が起きる。若い女性が同線で鉄道自殺するのだ。

九州から上京し、大学に入学したばかりの三四郎は、大学の先輩で敬愛する野々宮さんの借家を訪ねる。「野々宮の家は頗《すこぶ》る遠い。四、五日前大久保へ越した」。旧甲武線の新宿駅の一つ先、大久保駅の近くだった。日暮れになり三四郎が帰ろうとすると、大学病院（本郷の東京帝大病院だろう）に入院している妹から呼び出しがかかり、野々宮さんは出かけてしまう。大久保駅からは電車で御茶ノ水に行ける。御茶ノ水から本郷は近い。電車は頻繁に運行する。

当時、帝国大学に通う学生や教師は、おもに現在の文京区あたりに住んでいた。大久保は本郷から「頗る遠い」のに、野々宮さんはここに居を構える。この設定は甲武鉄道が電車運転を始め、このあたりも通勤が可能になったからだ。都心部に人が集中し、上京した地方出身者は、交通の発達に伴って郊外に居を構える時代が間もなくやってくる。漱石は東京の都市空間の膨張、変貌を、こういう形で表現したのだろう。

さて、留守番を頼まれた三四郎が夕食後、一人物思いにふけっていると、家の裏手あたりから「ああああ、もう少しの間だ」という悲痛な女の声が聞こえてきた。その直後、庭先のすぐ下の線路を、列車が轟音とともに通過する。三四郎は「ぎくんと飛び上がった」。

土手下の線路は死んだように静かだった。しばらくすると、停車場のほうから提灯《ちょうちん》をもった数人の男たちが、レールを伝ってやってきた。「もう少し先だ」という話し声は手にとるように聞こえる。

「轢死《れきし》じゃないですか」

三四郎は何か答えようとしたがちょっと声が出なかった。そのうち黒い男は行き過ぎた。これは野々宮君の奥に住んでいる家の主人《あるじ》だろうと、後《あと》を跟《つ》けながら考えた。半町《はんちょう》ほどくると提灯が留《とま》っている。人も留っている。人は灯《ひ》を翳《かざ》したまま黙っている。三四郎は無言で灯の下を見た。下には死骸が半分ある。汽車は右の肩から乳の下を腰の上まで美事に引き千切《ちぎ》って、斜掛《はすかけ》の胴を置き去りにして行ったのである。顔は無創《むきず》である。若い女だ。（『三四郎』）

この事故の様子をあらためて検討してみよう。

先述したとおり、大久保あたりは、飯田町駅をターミナルとする汽車と、電車（カブトムシ電車）の両方が走っていた。野々宮さんが妹の見舞いに本郷に行くためには電車に乗る。汽車は飯田町行きで御茶ノ水には行かない。

汽車は「轟《ごう》と鳴って」庭の孟宗藪《もうそうやぶ》のすぐ下を通る。しばらくするとまた別の汽車がやってきて、孟宗藪の下を高い音を立てて過ぎ去っていった。この汽車が女を轢く。電車ではない。ではこの汽車を特定できるだろうか。小説ではあるが、漱石・鉄道ファンとしては調べてみたくなるのだ。

事件は「日が暮れた」後、「宵の口」に起こる。大久保駅から提灯をともして駅員がやってくるから、もう暗くなっていただろう。季節は九月初旬。当時の『瀛車瀛船旅行案内』（明治四〇年三月）を見ると、その時分だと、上りの汽車は大久保駅発一八時二九分、二〇時一三分がある

（いずれも八王子発飯田町行き）。その間、大久保通過の長距離列車（長野発飯田町行き）が、新宿に一九時一一分に着いているから、この列車は一九時すぎに現場を走り抜けたと考えられる。一方下りは大久保駅発一八時三一分、二〇時一九分だ（八王子行き）。二〇時過ぎは宵の口とはいえないので、一八時か一九時台ではないか。

事故直後に大久保駅から駅員が現場に来ることや「汽車が遠くから響いて来た。その音が次第に近付いて孟宗藪の下を通るときには、前の列車より倍も高い音を立てて過ぎ去った」という書きぶりから、問題の汽車は中野方面から驀進《ばくしん》してくる列車だろう。すると女を轢いたのは上り大久保発一八時二九分か大久保通過の長距離列車だろうか。漱石はこのくだりを書くのに『旅行案内』を参考にしたとは思えないので詮索はこのくらいにするが、同じ線路をカブトムシ電車と蒸汽列車が走っていた旧甲武線で、絶望した女が崖下の線路際で迫りくる汽車をじっと待っていた、というシーンはおそろしい。

現地に行ってみた。

野々宮さんの家は「大久保の停車場を下りて、仲百人《なかひゃくにん》の通りを戸山《とやま》学校の方へ行かずに、踏切りからすぐ横へ折れると、ほとんど三尺ばかりの細い路《みち》になる。それを爪先上《つまさきあが》りにだらだらと上《のぼ》ると、疎《まばら》な孟宗藪がある。その藪の手前と先に一軒ずつ人が住んでいる。野々宮の家はその手前の分であった」。三四郎が野々宮の家を訪ねる道筋である。早稲田に住む漱石にとって、戸山ヶ原、落合、大久保あたりは散歩の範囲内であり、このあたりの通りや路地はよく知っていたはずだ。

中央・総武線の大久保駅北口を出る。当時の駅は現在より新宿寄りにあり、現駅の南口あたりが出口だったという。駅を出て、かつて仲百人通りといわれた大久保通りを渡ると、高架線沿いに、やや上り加減の細い道が続く。左側は中央線の高架線、右手には婦人矯風会のビルがあり、四、五階建てのアパートやマンションが雑然と建つ。すぐ先に百二公園という小さな児童公園があった。百人町二丁目の公園という意味だろう。

公園の数十メートル先を歩いていくと、経済学者の故大内力《つとむ》さんのお宅があった。表札でわかった。帰宅してから調べてみると、漱石の愛読者だった大内さんは『三四郎』を読んで、大正時代の自宅周辺について、こんな文章を書き残していた。「駅を出た中央線はこの道（仲百人通り）を踏み切りで横切っていた。それから先は、今の高架とは反対に、堀り割《ママ》りになった低いところを通り、柏木の踏切り（今の小滝橋《おたきばし》通りのガード）を通って東中野に向っていたのである。三四郎がだらだら上った道は、堀り割りの線路より二〜三メートルは高いところを通っていた」「野々宮さんの家が線路ぎわの崖の上にあって、庭から線路に飛び下りられるということになると、それは今の私のうちのすぐ近くということになる」（『百人町界隈』）。すると、この公園の先あたりが、野々宮宅と推定できそうだ。ただ、かつて土手下に敷設されていた線路は、高架になって頭の上を走り、孟宗藪があった空き地あたりは低層のマンションが建て込み、場末感すら漂う現状は、三四郎の時代を振り返るよすがはまったくなかった。

## 鉄道自殺をなぜ取り入れたか

漱石はなぜ、鉄道自殺を『三四郎』に取り入れたのだろうか。

明治四一年七月二日の東京朝日新聞に「青年の轢死――吃《ども》りを悔《くや》みて」という記事が載っている。吃音《きつおん》に悩む芝区の足袋《たび》商の三男（一九）が、荏原《えばら》郡蒲田《かまた》の踏切で轢死体で見つかったという内容だ。その二日後の七月四日には「同列車に二人の轢死　▽男は根岸　女は田端」という記事が掲載された。一昨夜九時一四分上野着の仙台発上り列車が九時ころ、下谷区上根岸町を進行中、二四、五の書生風の男が線路に飛び込み、轢死した。ほぼ同じころにやはり上根岸の踏切で婦人の腰部以下の死体が発見された。同列車が田端停車場の南数丁にさしかかるおり、二二、三の婦人が轢死を遂げ、上半身は現場に残り、下半身は汽車に引きずられて上根岸まで運ばれたと知れた。同列車に二人の轢死のため、情死も疑われたが、場所が離れているので、別々の轢死だろう、という、いかにも悲惨な記事だ。

七月初めといえば、漱石は『三四郎』の構想を練っていた時期だ。起稿は八月上旬と推定される（掲載は九月一日から）。漱石はこれらの記事を読んで、これから書こうとする小説のヒントを得たのかもしれない。そのころの手帳には「○病院」「○汽車轢死以前」などという字が見てとれる。構想のメモだろう。漱石の脳裏に、『三四郎』が動き出した表れか。

## 日露戦争後、増加する鉄道自殺

もう一つ、見逃せないことがらがある。そのころ、鉄道自殺（轢死）が、ある種の社会現象になっていたようなのだ。

平岡敏夫の労作『日露戦後文学の研究』によると、明治四〇年六月、博文館の文芸雑誌「文芸倶楽部」の増刊号は、一〇人の作家の特集を組んだ。そのうち、国木田独歩《くにきだどっぽ》『窮死』と江見水蔭《えみすいいん》『蛇窪の踏切』の二編もが、轢死を取り上げている。

『窮死』は独歩の最晩年の作で、一時期、大久保に住んでいた独歩が、実際に大久保付近で轢死体を目撃し、衝撃を受けて書かれたという。貧しく、しかも病んでいた若い土方（土木作業員）文公は、年配の土方に親切にされ、一宿一飯の恩を受ける。その親切な土方はしかし、車夫と喧《けん》嘩《か》し、死んでしまう。翌日、新宿－赤羽間の鉄道線路に一人の轢死体が見つかった。やりきれなくなり、雨に打たれて土手からずるずると線路に滑り落ちた文公だった。「大久保」「轢死」は、『三四郎』と重なり合う。『蛇窪の踏切』も若い女が轢死する話だ。漱石はこの特集号を読んでいた可能性がある。

その後も、作家水野葉舟《ようしゅう》が『霧』（四一年一一月）という小説で若い女の轢死を登場させる。しかも現場はまたしても大久保だ。漱石の弟子の野上臼川《きゅうせん》の『崖下の家』（明治四三年六月）は、先妻の娘が自ら轢死する、という悲惨な小説である。タイトルからして、漱石の『門』の影響が濃い作品だが、若い女性の轢死は、『三四郎』との関連も指摘される。

鉄道が発達し、轢死という鉄道自殺の形態が新しく生まれた。平岡は、日露戦争という「かつてない規模の戦争による戦後社会の歪み、矛盾も激化し、その端的な象徴として、鉄道自殺の飛躍的増加が指摘できるのである」と述べる。同書に鉄道自殺者の統計が掲載されているが、明治四一年にはじめて千人を超えた。その数は明治三五年のほぼ倍だが、興味深いことに、総自殺者は四〇年（七九九九人）のほうが三五年（八〇五九人）より少ないのだ（総自殺者数は『日本帝国統計年鑑』より）。鉄道網の発達で鉄道が身近になったから、ともいえるが、それだけではあるまい。『三四郎』は、戦後不況で貧窮化した低所得者層が、絶望して鉄道という近代の申し子のもとに身を投げる、という時代状況を示している小説でもあるのだ。

じつは鉄道は、そのはじまりから不吉な影が付きまとっていた。一八三〇年、英国リバプール―マンチェスター間に最初の旅客鉄度が開通した記念の日、祝賀客の国会議員が線路に降りて談笑中、隣接する線路に急接近してきた汽車にひかれ死んだ。栄えある開通記念日が、最初の鉄道死亡事故の日になった。英国の作家で漱石も影響を受けたチャールズ・ディケンズは、鉄道を「つねに死という陰惨で不吉なイメージと結びつき、列車（ないし機関車）は常にある種の動物、ないしは怪獣の姿をとり、しかも盲目的破壊のシンボルとなっている」と見ている、と英国文学や鉄道に詳しい小池滋は指摘する（『英国鉄道物語』）。ディケンズは死亡事故現場に現れる幽霊に悩まされる信号夫が、悲劇的な最期を遂げる小説も書いている。漱石が絶賛するトルストイの『アンナ・カレーニナ』も主人公アンナの鉄道自殺がクライマックスだ。漱石や同時代の作家たちは、近代文明の精華である鉄道のもう一つの側面、まがまがしい暴力性を感知していたのだろう。

さて、現場で立ちすくんだ三四郎が、なんとか土手を這いのぼって座敷に戻り、轢死した若い女の顔を思い浮かべていると、ふと、上京する汽車で水蜜桃《すいみつとう》をくれた男が「危ない危ない、気を付けないと危ない」といったことを思い出した。近代文明や社会の発展の裏には、底深い裂け目がぽっかりあいている。いつ落ちるとも限らない。郵便事業や電信と同様、鉄道は中央集権的な国民国家を作り上げる基幹事業であり、国家機構の頂点と末端をつなげる強力なネットワークを形成する。しかも、鉄道には郵便や電信と異なり、巨大な動力装置、暴力性が必然的に備わっている。気をつけないと危ない、あるいは気をつけても、いつのまにか巻き込まれ、深みに落ちるかもしれない。

### 中央本線の主要駅の変化

甲武鉄道の終着八王子からは、官設で西に向かって線路が敷かれ、難工事だった笹子《ささご》トンネルも完成、明治三六年に甲府までつながった。また、国有化後の明治四五年、万世橋《まんせいばし》駅が開業し、同駅が新たな中央線のターミナルとなった。東京駅と同じく辰野金吾《たつのきんご》による設計の赤レンガの壮麗な駅舎で、駅前には、日露戦争で戦死した軍神広瀬中佐の像が建てられ、東京の名物駅になった。この駅舎は関東大震災で焼失した。

昭和に入って、電車の駅として飯田町駅と牛込駅の間に飯田橋駅が開業、これにより牛込駅は廃止。その後、中央線長距離のターミナルは新宿駅に移され、飯田町駅は貨物駅に格下げになり、戦後は印刷用紙輸送の拠点、紙流通センターとして生き延びてきたが、平成九年（一九九七）、これも廃止された。ホテルエドモント、飯田町アイガーデンテラスあたりがその跡地で、近くの目白通り沿いに「甲武鉄道　飯田町駅」という碑が建っている。

漱石は何度か、甲武鉄道（中央線）に乗っている。明治四四年六月の信州旅行の帰りは、上諏訪から列車で帰京した。知人への手紙には、夜帰京したとある。『TRAIN SERVICE列車時刻表』（四三年五月）によると、一九時四六分飯田町駅着の長距離列車があるので、これかもしれない。飯田町駅は舟運の便のいい日本橋川沿いにあり、改札口も日本橋側にあった。当時の写真を見ると、駅前広場があり、駅舎正面には社紋の兜《かぶと》の飾りがとりつけてあった。漱石はこからは人力車で早稲田の自宅に帰ったのだろう。現在このあたりは、アイガーデンテラスの裏手にあたるうえ、日本橋川の上に首都高がかぶさり、ここにターミナル駅の表玄関があったと想像することは難しい。

## 3　総武鉄道

### 青年漱石の房総紀行

漱石が房総半島を横断する総武鉄道に乗った、という記録はない。若いころ、房総旅行に行ったが、当時はまだ鉄道は敷かれていないから、船と徒歩だった。鉄道があれば、当然利用しただろう。漱石が乗らなかった総武鉄道の歴史をたどっていくと、鉄道と近代史をめぐる、ある側面が浮かび上がる。

明治二二年八月七日、友人四人と房総に旅立った。興津から帰ってまだ一週間もたっていない。二二歳、まことに元気な青年漱石だ。

出発地は隅田川河口の霊岸島。そこから船で保田《ほた》（千葉県鋸南町《きょなんまち》）へ渡り、館山《たてやま》、小湊《こみなと》と歩き続けて銚子に出て、利根川、江戸川を利用して東京に戻った。二四日間に及ぶ長旅だった。

帰京後、郷里の松山に帰省中の子規あてに、漢文による紀行『木屑録《ぼくせつろく》』を書き送る。木屑とはおがくず、木くずの意味で、つまらないものという謙遜だ。とはいえ、漱石がはじめて他人に見せるために書いた文章ということで、またはじめて漱石という筆名を記した点で、研究者やファンには見逃せない作品だ。だが、なにせ全文が漢文なので、歯が立たない。そこで『木屑録』を現代語訳、解説した高島俊男の名著『漱石の夏やすみ』に従って、旅程を追跡したい。

保田では十日ほど滞在したらしい。もっぱら海に入った。「房州旅行中、おれは毎日海水浴をした。日にすくなくも二三べん、多くば五たびも六たびも。海のなかにてピョンピョンと、子どもみたいにとびはねる。これ食欲増進のためなり」(『漱石の夏やすみ』)。やたらパワフルだ。近くの鋸山《のこぎりやま》にも登った。切りたった崖の絶景とさびれた寺を、凝った漢文でしたため、詩も作っている。豊前《ぶぜん》(大分県)出身の同行者が「耶馬渓《やばけい》のほうが広く巨岩奇岩が多い。でも羅漢像はこちらに及ばない」と語ったのを『木屑録』に記録している。のちの熊本時代、漱石は耶馬渓の旅に出かけているが、この記憶が頭にあったかもしれない。二年後、子規も鋸山に登った。二人の偉大な文学者が来訪したとして、近年、鋸山中腹の日本寺境内に、二人の顔をあしらったレリーフが作られた。

保田からは歩きっぱなし。いくら若いとはいえ、真夏の海沿いの徒歩旅行はきつかっただろう。真っ黒に日焼けした。日蓮が生まれた場所とされる小湊の誕生寺を訪ねて僧と対話し、舟で海に出てエサのイワシを追う鯛の群れに感嘆した。九十九里浜を北上、銚子に至る。銚子についての詳しい記述はないが、歩き旅の終点なので、さぞほっとしたことだろう。ここからは船である。

## 舟運銚子の近代化

銚子は江戸時代以来、東回り海運と利根川舟運の結節地で、東北と江戸を結ぶ重要な中継地だった。銚子から江戸に行くには、利根川を上り、野田近くから江戸川に入り、江戸に下る。今も続く銚子や野田の醬油業の隆盛は、利根川なくしては語れない。関東平野で生産される原料の大豆や小麦を利根川の荷船で運び、醸造、製品化し、江戸川を経由して大消費地の江戸、東京に運んだ。明治中期の舟運と鉄道については、こんな解説がある。「明治二〇—三〇年代の産業資本確立期は、交通の部面では鉄道を中心とする資本主義的陸運体系が成立し、沿岸海運と内陸水運とに依存していた従来の国内商品流通体系の再編が進行していく時期といえる」（老川慶喜『明治期地方鉄道史研究』）。鉄道は速度、利便性で河川水運にまさる。舟運の衰退は、船の運行より洪水（水害）対策を重視した河川行政の変更など、いくつもの要因があるが、鉄道の普及が加速させたことは間違いない。

舟運が発達している房総地方では、なかなか鉄道敷設の許可が降りなかった。関東で鉄道普及が最も遅かったのは、今の千葉県だ。そこで、舟運と競合せず、かつ軍の施設のあるルートに変更して、私鉄の総武鉄道が発足した。明治二七年にまず市川―佐倉間が開通した。直後に開戦した日清戦争では、陸軍連隊のある佐倉から兵員が総武鉄道で東京方面へ運ばれた。この総武鉄道が銚子まで延伸したのは同三〇年だから、二二年当時の漱石は、大回りでも利根川―江戸川ルー

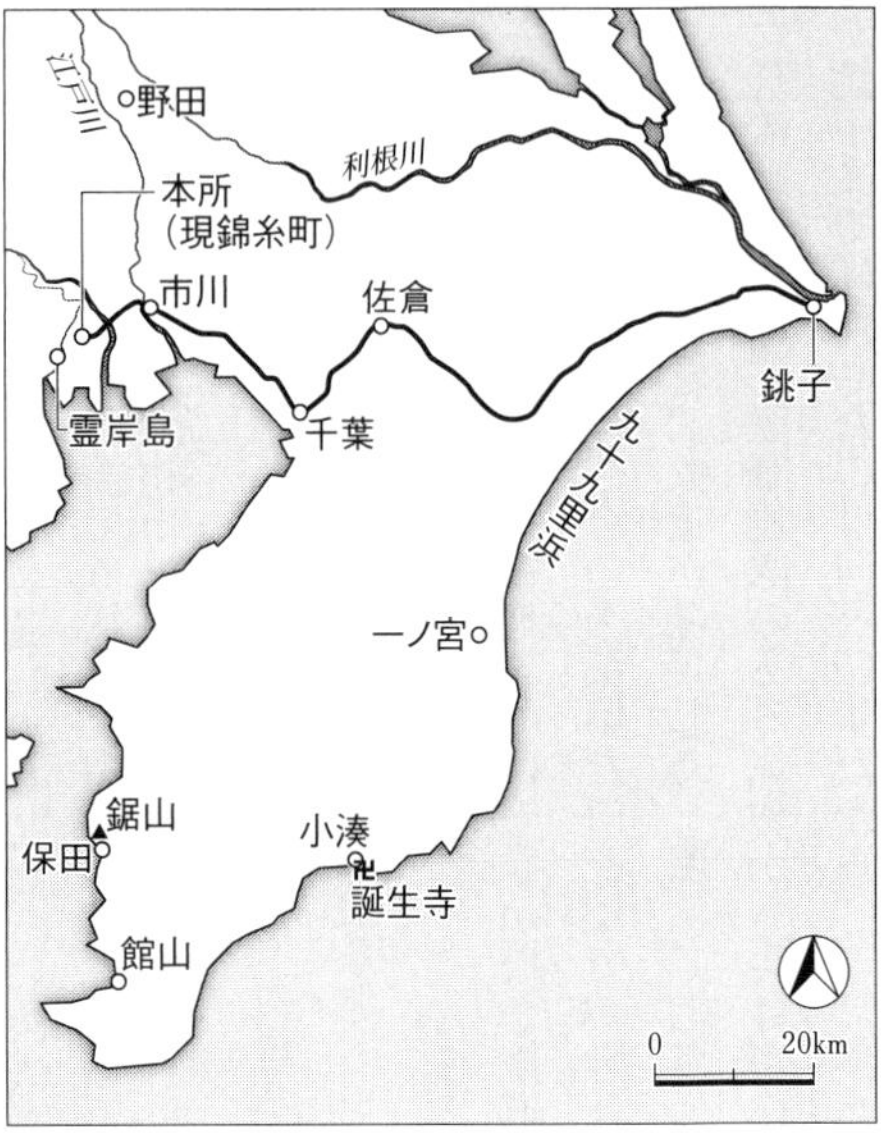

総武鉄道

トで東京に帰るしかなかった。

漱石を乗せた船は、銚子を出ると野田近くの三ツ堀に明け方着き、飯屋に上がった、とあるので、泊まりがけの旅だった。しばらく陸路で江戸川岸に出、再び船で江戸川を下り、東京に着いたようだ。漱石の旅の翌年、利根川と江戸川を結ぶ利根運河が開削され、銚子－東京間に汽船直結航路が開かれ、便利になった。銚子を一六時に出ると東京に朝九時に着いたという。それでも一七時間かかる。鉄道なら四時間一〇分から二〇分程度だ（三二年、本所〈現・錦糸町〉から銚子まで)。この利根運河の開削などで明治三〇年代までは利根川下流の舟運はまだ活発だったが、その後衰退していった。物流や人の移動は舟運から鉄道へシフトしていく。さまざまな面で社会が大きく変わろうとする時代だった。なお、総武鉄道は四〇年国有化され、官営の総武線になった。

漱石はこの房総旅行がよほど印象深かったらしく、『草枕』『門』『こころ』の三作に、旅の挿話を織り込んでいる。とりわけ『こころ』では、クライマックス直前の重要な場面だ。下宿先のお嬢さんをめぐって、息が詰まりそうになった先生とKは、二人して房総旅行に出かける。小湊の誕生寺を訪ねたとき、日蓮にあまり関心を示さない先生に、Kは「精神的に向上心がないものは馬鹿だ」となじる。この言葉はのちに、先生からKに向けて投げ返され、Kをうちのめす。

## 房総鉄道、芥川の夏休み

房総旅行から二七年後の大正五年(一九一六)の夏。

四九歳の漱石は、東京・早稲田の漱石山房の書斎で、『明暗』を書き続けていた。近代人のエゴをぎりぎり追いつめる『明暗』を午前中に執筆すると、午後はゆったりと好きな漢詩をつくった。そんな夏の終わりかた、門下生の芥川龍之介と久米正雄から連名の手紙が来た。芥川は二四歳、デビュー作の『鼻』を漱石から激賞されたばかりだった。避暑に行った上総《かずさ》一ノ宮からの便りだ。友人とのんびり海浜で「ボヘミアンライフ」を楽しむ、芥川の「夏やすみ」だ。

手紙には「我々は海岸で、運動をして、盛に飯を食つているんです」とか「我々ライズイングジエネレエシヨン（次代を担う人たち）の為めに」などと、若さあふれる、あえていえば若さを誇示するような字句が並ぶ。
発信地の一ノ宮といえば、小湊の先、九十九里海岸が始まるところで、かつての房総旅行で間違いなく歩いた地だ。漱石は覚えていたに違いない。知人がその地に住んでいるとも書いているので、土地勘もあったかもしれない。一ノ宮には明治三〇年に私鉄の房総鉄道（のちに国有化）が通じているので、芥川はむろん鉄道で行った。その一ノ宮から、若い人の便りが来た。漱石は二人に温かい返事を書く。たて続けに四通も。

君らの手紙があまりに溌溂《はつらつ》としているので、無精の僕ももう一度君らに向って何かいいたくなったのです。いわば君らの若々しい青春の気が、老人の僕を若返らせたのです。

たぶん、青年時代の房総の旅を思い出し、ペンを執る気になったのだろう。五〇歳前で老人というのも驚くが、当時はそんな感覚だったようだ。これらの手紙で漱石は、新進作家として文壇で認められようと野心を燃やす二人にこうさとす。

牛になる事はどうしても必要です。われわれはとかく馬になりたがるが、牛にはなかなかな

り切れないです。（略）

あせっては不可《いけま》せん。頭を悪くしては不可せん。根気ずくでお出でなさい。世の中は根気の前に頭を下げる事を知っていますが、火花の前には一瞬の記憶しか与えてくれません。うんうん死ぬまで押すのです。（略）何を押すかと聞くなら申します。人間を押すのです。文士を押すのではありません。（八月二四日付書簡）

狭い文壇などを気にせず、しっかりと地に足をつけて自らの道を進みなさい。漱石の数ある手紙の中で、最も知られた手紙の一つだ。

秋のあいだ『明暗』を書き続けていた漱石は、持病の胃潰瘍が急に悪化し、大正五年一二月九日、早稲田の自宅で絶命した。一二日の朝、青山斎場に出発する直前、芥川は漱石と最後の別れをした。棺の中には「南無阿弥陀仏」と書かれた細く刻んだ紙が、雪のように振りまかれ、漱石の顔を半ば埋めていた。

それから一一年後の昭和二年（一九二七）の夏。

多彩な作品を書き残し、著名な作家になった芥川は、東京、田端の自宅で服毒自殺をとげた。「将来に対する唯《ただ》ぼんやりした不安」と、遺された手記にあった。まだ三五歳だった。駿馬さながらさっそうと世に出た芥川だったが、牛にはなれなかったようだ。

# 第四章　日本鉄道・信越線

信越線めがね橋（絵・藪野健）

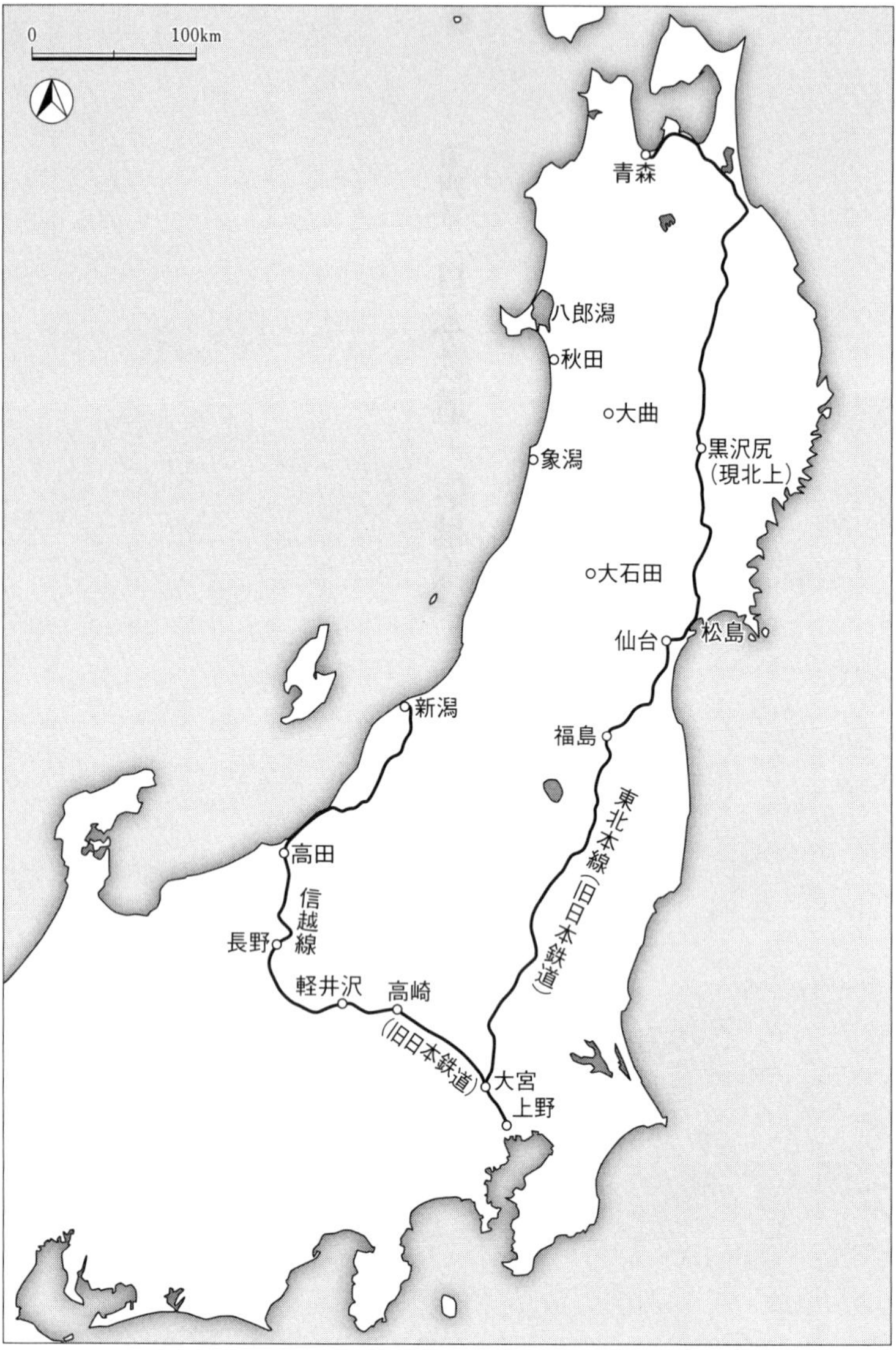


東北本線・信越線（明治44年ごろ）

# 1　日本鉄道

## 東北を貫く日本鉄道の発足

漱石は東北地方とはあまり縁がない。だが、若いころ、一度だけ北へ旅し、松島へ行ったことがあるようだ。明治二七年（一八九四）九月の子規宛の手紙に、「去月松島に遊んで瑞巌寺《ずいがんじ》に詣でし時」というくだりがある。わかっているのはそれだけ、経路や日時などは不明である。

前年の夏、子規は一カ月に及ぶみちのくの旅に出かけ、松島を訪ねている。芭蕉の『奥の細道』をたどる旅だった。帰京後、すぐに漱石に会っている。子規のことだから、旅のあれこれを吹きまくったに違いない。漱石が翌年、松島に出かけたのは、子規の勧め、影響があったのではないか。

先にも述べたように、漱石の松島行きはデータがまったくないので、今回は畏友の子規にピンチヒッターに立ってもらって、子規のみちのくの旅を取り上げ、明治中期の東北の旅、鉄道の事情を概観してみたい。幸い、子規は紀行文『はて知らずの記』を残しており、かなり詳しく旅程をたどることができる。

子規は明治二六年七月一九日、上野から汽車で出発した。宇都宮、福島、仙台と鉄道の旅を続け、松島に遊び、その後、鉄道未通の大石田《おおいしだ》、象潟《きさかた》、秋田、八郎潟、大曲《おおまがり》、黒沢尻へは徒歩や人力車、馬車、舟の世話になった。帰路、水沢から再び汽車に乗り、八月二〇日昼、帰京した。真夏の三三日間の旅、日清戦争の従軍を除き、生涯で最も長い旅だった。病気持ちの子規に、こんな大旅行を可能にさせたのは、東北を縦断する鉄道ができたからだった。

上野から青森までの鉄道が全通したのは、明治二四年である。東海道線全線開通の二年後であり、意外に早く鉄道は北に通じた。関東、東北地方の産業開発、殖産興業のためだが、北海道の開拓、ロシアを意識した北辺の警備という国策上の要請もあった。

この鉄道を建設したのは、日本鉄道株式会社という民間会社だった。日本鉄道は、明治中・後半期、JR旧東北本線、高崎線、常磐線、日光線、さらには山手線の一部に及ぶ大鉄道網を組織、最盛期には一三七六キロ、機関車三五〇両を保有する巨大な鉄道会社で、計画では九州にも鉄道を敷設するつもりだった。日本鉄道という壮大な名前のゆえんだ。

明治五年に新橋－横浜間にはじめて鉄道が開通、すぐに阪神間も開通し、鉄道の有用性は広く知られたが、当時は殖産興業、富国強兵を目標とする明治新政府の基礎固めの時期であり、財政に余裕がなかった。佐賀の乱、西南戦争と内戦が続き、鉄道建設にあてる政府資金はさらに不足した。そこで、華族、旧士族らの民間の資力を集めて鉄道を建設する機運が生まれ、一四年一一月、日本鉄道会社が発足した。まず上野―高崎間の工事に着手、一七年六月、明治天皇が臨席して同区間の開業式が開かれた。この年の一一月に起きた秩父《ちちぶ》事件では、開通したばかりのこの鉄道によって、憲兵隊や歩兵が現地に運ばれ、暴動を鎮圧した（第一章）。二〇年一二月仙台まで、二三年一一月盛岡までと順次、路線を延ばし、二四年九月についに青森まで延伸、上野―青森間七三二キロが鉄道で結ばれた。官営の東海道線より長い鉄道路線の誕生である。

日本鉄道は一応民間企業ではあったが、じつは半官半民の性格をもつ国策会社だった。もともと旧有力大名らの華族の資金をあてにした会社だから、鉄道建設の技術力はない。建設は技師集団がそろっている政府の鉄道局に全面的に委託する。さらに国有地にある線路や停車場などの鉄道用地や建築物は無償貸与、鉄道用地の国税免除、株主への一部利子補給など、政府が全面的にバックアップした。このため有事の際は政府の命令に従う義務があった。秩父事件の際、上野から特別列車で兵員を熊谷に輸送したのは、その一例だ。

日本鉄道が北へ着々と線路を延ばしていた明治二二年。この年は大日本帝国憲法が発布され、明治日本の大きな節目であり、子規と漱石にとっても、はたまた日本の近代文学にとっても、記念すべき年だった。

ともに時鳥、子規と漱石

以前から大学予備門で顔見知りだった二人に、親しい交友が始まるのはこの年の一月ごろ、互いに落語好きがきっかけという。子規は手書きの文集『七草集』を脱稿した直後、喀血した。当時最も恐れられていた結核の兆候だった。子規は「卯の花をめがけてきたか時鳥《ほととぎす》」とする句をつくる。子規は卯年生まれであり、ほととぎすは結核の代名詞のように使われていた。以降、自ら「子規」と号する。時鳥と子規は同義である。

そのころ漱石は、長兄と次兄を結核でつぎつぎに失い、養子先の塩原家から夏目家に復籍したばかりだった。子規の喀血を気遣い「帰ろふと泣かずに笑へ時鳥」という句で激励した。ほととぎすは「不如帰」（帰るに如《し》かず＝帰るにおよばない）とも書くからであった。『七草集』は友人たちに回覧され、漱石も読み、感想をしたためた。その評にはじめて「漱石」と署名した。つまり、「子規」と「漱石」が、そろって誕生したのが、この年だった。二人とも二二歳になる年である。

以後、二人は強い友情に結ばれ、漱石は子規の足跡をたどるように生きていく。

松島行きも子規の旅の影が濃いし、房総旅行の漢文紀行『木屑録』は子規ひとりに向けて書かれた。俳句をつくり始めるのも子規の影響からで、つくっては子規に批評を乞うた。子規は漱石の才能を高く評価し、励ました。小説家漱石のデビュー作『吾輩は猫である』は、子規が編集し、没後弟子の高浜虚子が引き継いだ雑誌「ホトトギス」に掲載された。子規と出会わなければ、夏日金之助は夏目漱石にはならなかった。のちに漱石は大学教師をやめて朝日新聞社に小説記者として入社する。これは、子規が大学を中退して日本新聞社に入社し、文学で身を立てる決意をしたのと、相似形である。

## みちのくに旅立つ子規

さて、上野−青森間全通から二年後の明治二六年七月、子規はみちのくに旅立つ。前年、母と妹を松山から東京・根岸に迎えて一家を構えるとともに日本新聞社に入社、この年の三月には帝国大学を中退、本格的に俳句革新に乗り出したときだ。だが、結核の心配もあり、健康に一抹の不安を抱えていた。

俳句研究に没頭する子規は、芭蕉の代表作『奥の細道』の足跡をたどる必要があると、かねて思っていた。同書を書き写したほか、道中各地の名所旧跡を調べ、行く先々で会いたい俳句宗匠をリストアップ、在京の宗匠に紹介状を書いてもらった。新聞日本に連載するため、旅費は同社から支給される出張旅行だった。大学も中退して覚悟を決めた子規にとって、文芸家として真価を問われる旅でもあった。紀行『はて知らずの記』は旅先から随時送られ、明治二六年七月二三日から九月一〇日まで、同紙に断続的に掲載された。

二百年前の元禄二年（一六八九）の芭蕉は、深川の草庵から舟で出立、隅田川を北上して千住《せんじゅ》に至り、そこから歩き出したのに対し、子規は上野から汽車で北に向かった。旅する二人の相違を挙げてみると、芭蕉は当時四五歳で曽良という同行者がいたが二六歳の子規は単身である。芭蕉は中年すぎとはいえ健脚、健康だったが、子規は病気もちであり、実際、旅の途中で何度もダウンしている。芭蕉の行程は、東北、北陸、東海に至る大旅行で、ほぼ五カ月に及ぶが、子規は東北の秋田が最も遠く、一カ月の旅だった。芭蕉は旧暦三月二七日（新暦五月一六日）から九月ころまでの旅であり、子規は七月一九日から八月二〇日までの真夏だった。『奥の細道』は、実際の旅の五年後に定稿ができ、省略や虚構も交じる「文学的紀行文」なのに対し、子規は『はて知らずの記』を新聞日本に随時、旅先から送っており、リアルタイムの旅行記になっている。

明治二六年七月一九日、子規は根岸を出発する。旅の定番のわらじ、脚絆姿ではなく、駒下駄に袴といういでたち。根岸から上野停車場は遠くない。上野からは汽車だ。

まことや鉄道の線は地皮を縫ひ電信の網は空中に張るの今日椎の葉草の枕は空しく旅路の枕詞に残りて和歌の嘘とはなりけらし。（略）

みちのくへ涼みに行くや下駄はいて（『はて知らずの記』。以下、引用同）

下駄ばきでみちのくに涼みに行くとは、楽観的な子規らしい。あとでさんざん、苦労するのに。

交通の中心地、宇都宮

まず、宇都宮に行き、知人を訪ねる。

明治二四年九月二日の官報に上野―青森間の時刻表が載っている（『日本国有鉄道百年史』）。上野発は五本で、それぞれ六時三五分（塩竈《しおがま》行き）、八時五〇分（宇都宮行き）、一一時三五分（福島行き）、一四時四五分（青森行き）、一七時四五分（宇都宮行き）である。なお、青森行きは翌日の一七時一〇分到着だから二六時間二五分もかかる。みちのくは遠い。

子規がどの汽車に乗車したか不明だが、八時五〇分発だと宇都宮に一二時一二分、一一時三五分発だと同一五時三分だ。ちなみに深川の芭蕉庵を出立した芭蕉は、宇都宮近くの鹿沼《かぬま》まで三日かかっている。

「此地は交通の中心にして下野《しもつけ》の鉄道は全国中尤も延長せる程なるに今又、若松への鉄道線を今市より引かんとて力を尽す人多しとぞ」と子規は宇都宮周辺の鉄道の発展ぶりを記す。宇都宮から日光までの日光線はすでに日本鉄道の支線として開通していた。日本鉄道の好調な経営は、関東各地に私設鉄道建設の動きを呼び起こし、水戸鉄道、両毛鉄道が建設された。もっとも日本鉄道の評判は今ひとつだった。やはり私設の鉄道でスピードやサービスに秀でていた山陽鉄道としばしば比較され、時刻表どおりに走らない、社内設備が悪い、汚いといった苦情が多かったという。

宇都宮では知人宅に一泊、翌日同所から白河まで汽車で行く。難所で知られた白河の関あたりを車窓から眺めて、「きのふ都をたちてけふ此処を越ゆるも思へば瀛車は風流の罪人なり　瀛車見る〳〵山をのぼるや青嵐」なんて、いたってのんき。白河では雨が降るとすぐに青空がのぞき、「定まらぬ天気は旅人をもてなすに似たり」。旅は始まったばかり、子規は元気だ。

再び時刻表を見ると、宇都宮九時五二分発、白河一二時三五分の汽車（上野六時三五分発塩竈行き）があるので、たぶん、これに乗ったのだろう。あと二本あるが、夕方と夜だ。

白河、本宮、二本松、福島と徒歩や汽車で旅を続ける。『奥の細道』ゆかりの地があちこちに残る。「とにかくに二百余年の昔芭蕉翁のさまよひしあと慕ひ行けばいづこか名所故跡ならざらん。其足は此道をも踏みけん其目は此景をもながめけんと思ふさへたゞ其代の事のみ忍ばれて俤《おもかげ》は眼の前に彷彿たり。その人の足あとふめば風薫る」

## 松島へ

しかし真夏の東北は暑い。たまりかねて福島から飯坂温泉までは人力車に乗った。飯坂温泉近くの旅館で一休みし、昼寝をした。ここで、一六、七歳の平蔵という給仕に出会う。越後生まれで諸国をさまよい、これから日本中を渡り歩くつもりだが、いつかはアメリカに行ってみたい、どうしたらいいか、というので、いろいろ話をした。「平蔵にあめりか語る涼みかな」。明治中期、みちのくの草深い温泉に、アメリカ行きを望む少年がいたことに、驚かされる。平蔵ははたして、アメリカの土を踏んだだろうか。

桑折《こおり》から汽車で仙台へ行くが、暑さと疲労で翌日もずっと旅館で休む。塩竈から念願の松島へ小舟で向かう。旅の主要な目的地だ。芭蕉は松島まで四〇日以上かかったが、子規は一〇日で着いた。鉄道のおかげである。舟で島々を遊覧し「涼しさはこゝを扇のかなめかな」など多くの句をつくる。松島は「七十余嶋」といわれるが、塩竈から金華山までも海域を合わせれば「八百八嶋」と伝わると記す。私は先の東日本大震災の直後に松島に行き、ブルーシートに覆われた家屋をいくつも見たが、人的被害は少なかったと聞いた。すぐ隣の東松島市では電車や駅舎が被災し、多くの犠牲者を出したのに比べると、相対的に被害は軽微だった。沖に散らばる島々が津波の力を分散、減衰させたからだ、と地元の人は話していた。

子規は伊達家の別荘、観瀾亭《かんらんてい》に上り、瑞巌寺《ずいがんじ》に詣でる。翌年、漱石が訪ねる禅宗の名刹《めいさつ》だ。芭蕉は松島のあとすぐに平泉を目指した。平泉は芭蕉にとって『奥の細道』の大きな山場で、「夏草や兵《つわもの》どもが夢の跡」などの名句を残した。ところが子規はなぜか平泉に向かわず、仙台に戻ってしまう。旅の疲れで体調がすぐれなかったからだろうか。仙台には一週間近く滞在、地元の鮎貝槐園《あゆかいかいえん》という歌人と知り合い、意気投合した。槐園は歌人、国文学者の落合直文《なおぶみ》の弟で、後年、朝鮮に渡り、朝鮮総督府の顧問として朝鮮文化を研究、戦後の引き揚げの途中、福岡で亡くなったという。

紳士は尻の痛きもの

いよいよ出羽の国へ。鉄道が通じていたのは旧東北線だけだから、ここからは徒歩や舟である。

作並《さくなみ》温泉、楯岡《たておか》と歩き大石田に。疲れがたまり、歩くのがきつい。幸い、ここからは最上川を川舟で下り、古口《ふるくち》という船着き場へ。さらに酒田から鳥海山を見ながら北上する。『奥の細道』のもう一つの見せ場、象潟に着くが「昔の姿にあらず」と一言だけ。芭蕉のころは、目の前の潟一面に数多くの島々が浮かぶ景勝地だったが、文化元年（一八〇四）の地震で地盤が隆起し、風景が一変、平凡な田畑になってしまったからだ。

疲労が激しい。道端に社殿があれば仮眠をとり、木陰を見つけると荷物をおろして休憩した。馬車、人力車の世話になりつつ、秋田を経て八郎潟に着く。はて知らずの旅の最北である。

秋田に戻り、上司の日本新聞社社長陸羯南《くがかつなん》に手紙を出す。「数日の行脚にほと〳〵行きなやミ候ニ付昨日ヨリ掟を破り馬車人車等に打乗申候」。旅費が足りなくなったので三、四円借りたいと付け加えている。人力車で大曲に向かい、一泊。ここから東京の帝国大学寄宿舎にいる漱石に手紙を書く。「羽後国仙北郡大曲駅旅館　正岡常規より」、と発信するが、この駅とは、むろん停車場ではなく、街道筋の要所に置かれた人馬の休息・宿泊所のことだ。奥羽線の大曲駅はまだ影も形もない。

拝啓　寄宿舎の夏期休暇果して如何《いかん》。愚生財政困難のため真成の行脚《あんぎゃ》と出掛候処、炎天熱地の間にむし殺されんづ勢《いきおい》にて大《おおい》に辟易《へきえき》し、この頃ハ別仕立《べつじたて》の人車《じんしゃ》追ひ通しに御坐候。風流ハ足のいたきもの紳士ハ尻のいたきものに御坐候。

秋高う象潟晴れて鶴一羽
　喘《あえ》ぎ〳〵撫《なで》し子の上に倒れけり
四、五日内に帰京可致《いたすべく》候。（八月一六日）
人力車に長時間乗るとお尻が擦れて痛くなるのだろうか。親しい友人に向けた、飾り気のない手紙だ。撫子《なでしこ》の句も実感がこもる。

大曲から岩手への険しい山道をたどり、峠をようよう越す。

下り〳〵てはるかの山もとに二三の茅屋を認む。そを力にいそげども曲りに曲りし山路はたやすくそこに出づべくもあらず。

　蜩《ひぐらし》や夕日の里は見えながら
日くれはて丶麓村に下る。宵月をたよりに心細くも猶一二里の道を辿りてとある小村に出でぬ。こ丶は湯田といふ温泉場なりけり。


温泉宿は満員だったが、なんとか台所の片隅に畳二枚敷いてもらった。薄布団の縫い目に潜んでいた蚤《のみ》の大軍に閉口した。『奥の細道』尿前《しとまえ》の関で、封人《ほうじん》（関所の番人）の家に一夜を借りたときの芭蕉の有名な句「蚤虱《しらみ》馬の尿《しと》する枕もと」を思い起こしたかもしれない。

子規の「蜩や夕日の里は見えながら」句碑

私は子規の旅の一端に触れてみたい、と梅雨の晴れ間の数日、岩手県西和賀町の湯田温泉を訪ねた。子規の句碑がいくつかあるという。JR北上駅から北上線で四十分ほど、「ほっとゆだ」駅で下車、バス一五分で湯田温泉峡の湯元温泉に着く。かつては旅館や置屋が軒をつらね、芸者の嬌声《きょうせい》が絶えなかったという温泉場も、今は過疎化が進み、人通りは少ない。ジージーいうセミの声に誘われて林を少し上ると、池の向こうに句碑が見えた。「山の湯（原句は温泉）や裸の上の天の河」。当地は良質な熱い湯が自噴する地で、子規も露天の温泉に浸《つ》かって空を仰いだのだろう。真夏だから天の川もくっきり見えたはずだ。私もその晩、無臭透明、源泉かけ流しの温泉で温まった。

翌朝、子規が大曲からの峠道を下ったあたりに、「蜩や夕日の里は見えながら」の句碑があるというので、見に行った。温泉から山道を車で二十分ほど上った、スギとブナが混ざるあたりの草地に、のっそり句碑があった。お盆過ぎの夕暮れ、ヒグラシの声を背にやっと麓の村が見えてきたが、なかなか近づかない。子規一流の写生句だ。句碑はやはり地元の有志が建てたという。草地には蕨《わらび》が自生し、案内してくれた旅館のおかみさんは、しきりに蕨を摘んでいた。湯田温泉では毎年夏、子規の旅を記念して大規模な俳句大会を催し、参加者をこの碑まで案内するという。明治の子規の旅を、地元は大切にしている。

## 北上駅と子規の句碑

さて、子規はその翌日、和賀川ぞいに人力車を走らせ、黒沢尻（現・北上市）へ下った。八月一七日はちょうど旧暦七夕の前日で、各家の軒に七夕の竹が立っていた。ただ、あいにく雨風吹きすさみ当地に二泊、地元の俳人と交流したようだ。北上市の日本現代詩歌文学館に、その折に子規が詠んだとされる自筆の句があるというので閲覧させてもらった。

「灯のともる雨夜の桜しつか也」。七夕の短冊と思われる赤い紙に、墨でさっと書かれている。昭和五〇年代初めに市内の旧家から、地元俳人の短冊とともに発見されたという。この句は『はて知らずの記』やほかの句稿にも載っていないが、「筆跡や雨夜という天候、見つかったいきさつなどから、本人の自筆句といってまず間違いないと思う」と詩歌文学館学芸員の豊泉豪さんは言う。ただ、なぜ真夏に桜が詠まれたのかはわからないとも。昭和五七年（一九八二）、東北新幹線北上駅開業を記念して、市内の神社の境内に、この句の碑が建てられた。

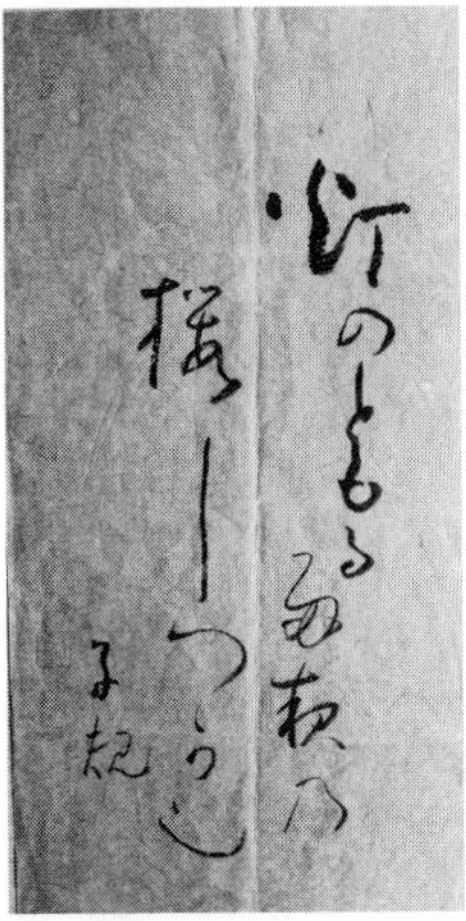

子規自筆の書付（日本現代詩歌文学館所蔵）

私もタクシーを飛ばして見に行った。子規と鉄道との縁を、あらためて感じたものだった。

北上市が編んだ『北上の歴史』は、鉄道によって東京まで馬や駕籠《かご》で一二日間もかかっていたのが、今日出発すれば明日に着くという二日間の旅に短縮した、と記す。日本鉄道の開通は、車両が少々汚くても、東北の人びとにとって大きな福音だったのだ。

一夜にして帰京

明治二六年八月一九日、「午後の瀛車にて水沢に赴く」。明治二五年一二月の『通運便覧』(『正岡子規と明治の鉄道』所収＝先の官報では黒沢尻、水沢は省略)には黒沢尻一五時一四分発、水沢一五時四九分発の列車が記載されている。子規はたぶんこれで水沢に行き、公園を散策。その夜、夜行で一気に帰京した。まさに「今日出発すれば明日に着く」のだ。「夜瀛車に乗りて東京に向ふ。背に吹くや五十四郡の秋の風　二十日は白河の関にて車窓より明け行く。(略)正午上野着」。

再び『便覧』と官報を見ると、青森発の列車が水沢を二〇時二四分に出る。この列車に違いない。仙台〇時三〇分発、白河六時二五分発、上野には一二時二五分着である。疲労困憊《こんぱい》の旅であり、汽車という文明の利器のありがたみを、つくづく感じたことだろう。「みちのくを出てにぎはしや江戸の秋」。無事帰京して、ほっとした気持ちがよく表れた句だ。元禄時代の芭蕉翁は、あと数カ月、歩き続けなければならなかった。

子規は紀行『はて知らずの記』を終えるにあたって、「はてしらずの記こゝに尽きたりとも誰れか我旅の果を知る者あらんや。秋風や旅の浮世のはてしらず」と結ぶ。道中、常ならぬ激しい疲労に襲われた子規は、長命は望めまい、とうすうす感じたのだろう。結核性の脊椎カリエスが、徐々に子規の身体をむしばんでいく。

七年後の明治三三年の夏。

熊本五高教授の漱石は、英国留学に向け夫人、長女筆子とともに熊本から上京した。留学準備で忙しい八月末、根岸の子規庵を訪れた。子規は衰弱していた。二人とも今日が永別になることを意識していた。どんな会話があったかわからないが、同行した寺田寅彦は「漱石師来り共に子規庵を訪ふ　谷中《やなか》の森に蜩《ひぐらし》鳴いて踏切の番人寝惚け顔なり」と短く日記に記している。いよいよ出立という前に、子規から短冊に書かれた送別の句が届いた。「萩すすき来年あはんさりながら」。秋の草花は来年再び見られようが、君とは会えるだろうか（もう会えまい）。九月八日、漱石は新橋五時四五分発の列車で横浜に向かい、客船「プロイセン」号に乗船、ロンドンに向かった。先に記した「子規の興津転居騒動」はこのあとである。

子規が三五歳の無念の死を迎えたのは、それから二年後の明治三五年九月一九日だった。漱石はロンドンで訃報を知り、「筒袖や秋の柩にしたがはず」という追悼句をつくった。筒袖とは洋服のことだろう。

## 2　信越線

妻君携帯で講演会に

漱石は信州に二度、出かけている。明治四四年（一九一一）六月と大正元年（＝明治四五、一九一二）八月の二年連続だ。信越線を利用した旅だった。

信越線と重なる中山道《なかせんどう》は東海道と並ぶ古くからの街道である。この中山道に沿って東京と関西を結ぶ鉄道の大動脈が計画されたが、結局、山岳地帯が続き、工事の困難さなどから東海道ルートが優先されたことは、第一章で紹介した。しかし鉄道局は、東京から日本海に至るこのルートをあきらめない。東海道ルートの代替は必要だったし、軍事上の理由もあった。

すでに東京から高崎までは、私鉄の日本鉄道によって建設（明治一七年開通）され、次いで、軽井沢―直江津間、高崎―横川間が官鉄によって着工された。軽井沢―直江津間が開通したのは明治二一年で、東海道線全線開通より一年早いのは、このルートの重要性を物語る。残る横川―

軽井沢間には、最大の難関の碓氷峠《うすいとうげ》がある。ここではアプト式軌道を採用して乗り切り、ついに同二六年開通、東京から直江津、さらに新潟まで直行できるようになり、太平洋と日本海が鉄道で結ばれた。いうまでもなく上越線はまだ未通である。

さて、漱石の一回目の信州旅行は明治四四年六月、信濃教育会から講演を頼まれたからだった。前年の修善寺大患で病に倒れた漱石が、東京・内幸町の長与胃腸病院をようやく退院したのはこの年の二月だった。家に戻った漱石は徐々に体力が戻り、しばしば散歩にも出かけるほど回復した。体力に自信をもった漱石は講演を承諾した。信州は足を踏み入れたことがなかったので、行ってみたかった。だが、病後を心配する鏡子夫人は難色を示し、同行を申し出る。

実際妻君携帯で講演会に臨むなぞは世間にあまりない図で吾ながら可笑《おかし》く思はれるが実は是は慥《こ》う云ふ訳だ、私が信濃教育会に招待されてイザ出かけるとなると妻君が忠義だての諫《かん》言《げん》が頗る厳しい、病後の人を滅多に手離して他国へ遣らりやうかと云ふ貞節の妻君の云ひ様としては尤至極である、じやと云つて妻君の諫言に閉口《へこ》たれて講演会を断るなぞは尚更夏目の面目が潰れる訳、この処苦心の結果看護人兼療養班として妻君を携帯することになつた、だが是だけではまだ〳〵世間への言訳には物足りない、即ちこゝで考へついたのは森成《もりなり》医師のことである、昨年の病気中には非常に厄介になつたその森成氏が高田に開業して居る、病気恢復後夫婦揃つて御礼に罷出《まかりで》るのだと云へば表看板は立派になる、そうじや〳〵と云ふの

で妻君携帯講演会は恙《つつが》なく出来たのだ。（高田日報 六月二〇日）

こんないきさつで、信州旅行は夫人同伴になった。この記事は、修善寺大患で世話になった森成麟造医師が開業している高田で、地元新聞の記者のインタビューに答えたものだが、まるで『吾輩は猫である』の苦沙弥先生と奥さんのやりとりのようで、おかしい。

明治四四年六月一七日朝、漱石夫婦は上野を出発する。

日記にはまず、「〇愈《いよいよ》細君の同行にて長野行」とある。よほど夫人同行が気になったようだ。続いて「〇王子の先のしそ畠、紫色、長さ二三寸（中略）〇一等列車は高崎迄しかなし。列車ボイも食堂もなし」。高崎までは旧日本鉄道である。大宮で弁当を買った。

漱石夫妻はどの列車に乗ったのだろうか。

明治四四年一〇月の『TRAIN SERVILE 列車時刻表』（鉄道院）を見ると、上野八時一〇分発の列車（長岡行き）がある。大宮九時一一分、高崎一一時三五分、軽井沢一四時二八分、長野には一七時二〇分である。一等車の連結はないという印があり、日記の記述と符合する。漱石はこれに乗ったのではないか。なお、荒正人『漱石研究年表』では、上野八時一〇分発、軽井沢一四時二〇分、長野着一七時六分の列車を利用した、と記している。ほぼ同じ時刻だ。

○高崎で山が見える。段々高くなる。横川といふ駅に碓氷嶺一里とあつた。
○トンネルヲ十程抜けて熊の平といふ停車停〔場〕 前後ともトンネルの中の小さな駅である。汽車は何の為に停るにや
下りて見ると汽缶に水を入れる為なり、よくこんな高い所で供水の便があると思ふ。汽缶車は真中に一つ、後ろに一つ、なり
○トンネル二十六を出ると軽井沢なり。プラットフォームを逍遥して列車に帰ると（後略）
（『日記』）

## 碓氷峠越えの工夫

碓氷峠は中山道の最大の難所で、江戸時代には東海道の箱根と並ぶ重要な関所があった。横川方面から急坂を上り、峠を越すとだらだら坂で軽井沢宿に至る。広重の「木曽海道六十九次」の「軽井沢宿」には、ようやく馬で軽井沢に着いた旅人が、焚火の近くで休息している様子が描かれる。

横川・軽井沢間の標高差はおよそ五七〇メートルもあった。線路の最急勾配は六六・七パーミル、つまり水平距離千メートルに対して六六・七メートル上がる。日本の鉄道で連続勾配が続く難所は、西の瀬野八《せのはち》（広島県）、東の板谷峠（山形県）といわれ、前者は二二・六パーミル、後者は三八パーミルだ。箱根連山を迂回する御殿場線も急坂で知られるが二五パーミル程度だから、

碓氷峠がいかに急峻であるかわかる数字だ。しかもトンネルが多い。

蒸気機関車はパワーはあるものの高低差にはめっぽう弱い。鉄道局はこの難所に鉄道を通すため、スイッチバックやループ式も検討したが工事が困難で、ドイツ・ハルツ山の山岳鉄道で使われているアプト式を採用した。レールの間に設けられた歯車を、機関車が嚙みしめて進む方式で、ゆっくりゆっくり、急勾配を上り、下りる。

トンネル二六、レンガ造りの橋一八の難工事の末、明治二六年、横川―軽井沢間は鉄道で結ばれた。開通時はドイツ製機関車を輸入、同区間を八〇分で結んだという。時速一〇キロ弱だったというから自転車以下だ。横川あるいは軽井沢で、列車編成の前後に補助の機関車（補機）を増結してパワーをアップした。漱石が記したように、中間の熊ノ平駅で蒸気機関車のエネルギー源である水と石炭を補給し、ガス欠に備えた。日記にはアプト式の言及はないが、ここが鉄道の難所であることは理解していたようだ。軽井沢で漱石を迎えた地元関係者から聞いたのかもしれない。トンネル内では煙が客室内に入ってくる。漱石もあわてて窓を閉めたことだろう。

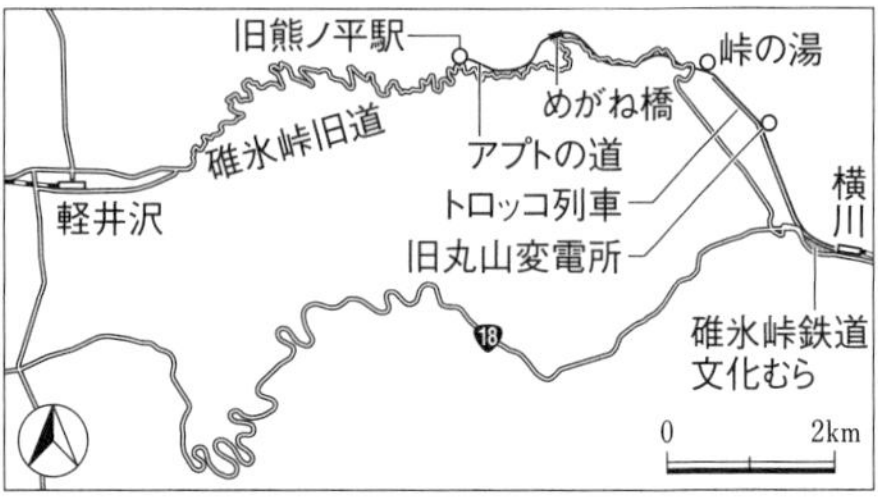

碓氷峠周辺

## 日本最初の幹線電化

蒸気機関車にとって、トンネルはやっかいだ。とりわけ石炭を炊き続ける上り坂のトンネルが続くと、排煙が不十分になり、運転士が窒息する事故も発生した。牽引する重量に制限があるため長い編成は不可能で輸送力も落ちる。そこで鉄道局はこの区間の電化を急いだ。横川近くの丸山に変電所（丸山変電所）を設け、明治四五年五月、日本で最初の幹線電化を完了させた。都市内を走る市内電車以外の、はじめての幹線鉄道の電化であり、日本の鉄道史にとっても画期的な出来事だった。アプト式の電気機関車もドイツから輸入した。電化当時は電気と蒸気の併用運転だったという。漱石の二度目の信州旅行はその年の八月だから電化直後だ。漱石は前年と違い、新たに導入された電気機関車牽引の列車で碓氷峠を上った可能性がある。残念ながらこのときの旅程ははっきりしないが、漱石ははからずも、ここでも日本の鉄道の変革期に立ち会ったことになる。

旧丸山変電所

電化によってスピードもアップし、同区間は四九分で結ばれた。アプト式は長年、碓氷峠越えの代名詞だったが、戦後、技術革新が進み、昭和三八年（一九六三）、使命を終えて廃止された。代わりに強力な電気機関車ＥＦ六三が列車の前後について、碓氷峠を上下した。当時は常に横川側に補助の電気機関車二両を連結、下り列車（横川→軽井沢）は押し上げ役、上り列車はブレーキ役を果たした。下り（勾配は上り）は一七分、上り（同下り）は二四分に短縮されたという。

私は小学生のころ、父に連れられ、軽井沢に行ったことがある。横川駅を出ると、列車がじつにゆっくりと、アプト式のレールを上っていった記憶がある。歯車を嚙み合わせて上るというしくみは知っていた。着いた軽井沢で、廃止になったばかりの軽便鉄道・草軽電鉄の線路跡を歩いたのをかすかに覚えている。横川―軽井沢間の線路は長野新幹線の開通に伴い、平成九年（一九九七）に廃止された。新幹線は今、横川の手間の安中榛名《あんなかはるな》駅と軽井沢間を、軽々と一〇分強で結んでいる。

鉄道文化遺産、めがね橋と変電所

春の一日、この廃線跡を歩いた。

横川から旧道を車でしばらく上ると、レンガ積みの美しい橋が現れる。碓氷第三橋梁、通称めがね橋だ（章扉絵参照・重要文化財）。高さ三一メートル、長さ九一メートル、日本最大の四連アーチ式鉄道橋は、明治二五年完成、碓氷線のシンボルだ。見上げると、アーチのカーブが美しく、茶褐色のレンガが古さびて一二〇年余の歳月を感じさせる。二〇〇万個以上のレンガを使用したといい、当時の土木技術の高さに驚く。

ここは整備、保存されており、橋上まで上り、遊歩道に整備された線路跡を歩く。明らかに上り勾配とわかるトンネル内を、春先の冷たい風が吹きぬける中二〇分ほど行くと、熊ノ平駅跡に着く。漱石が記したようにトンネルとトンネルの間の小広い平坦地に、ホーム跡や線路が残る。石炭や水の補給や上下線の列車の待ち合わせ場所だった。遊歩道はここまでで、横川方面に戻ると線路際で旧丸山変電所に出合った。レンガ積みの重厚な建物（重要文化財）で、この中にあった蓄電池から行き来する列車に電力を供給した。碓氷峠の電化の貴重な遺産だ。さらに歩き横川の碓氷峠鉄道文化むらに入る。信越線の資料や同線を走った往年の名列車（ＥＦ六三形電気機関車や特急「あさま」など）が集められた鉄道テーマパークで、とくにアプト式のしくみや歴史が興味深い。アプト式は二本のレールの間に敷設される歯車レール（ラックレール）と、機関車の床下につけた歯車（ラックギア）を嚙み合わせて急勾配を上るしくみだが、その実物が展示され、理解が深まる。資料館で、アプト式のアプトとはカール・ロマン・アプトという鉄道技師の名と知った。先の熊ノ平にあった開通記念碑に「阿武止氏機関車」という字が彫られていたわけが、これでわかった。昼飯は、名物「峠の釜めし」である。

### 軽井沢での逍遥

さて、軽井沢駅には漱石を迎えに、信濃教育会のメンバーが待っていた。彼らは漱石の列車に乗り込み、沿線の様子を説明した。漱石の日記にその内容が記されているが、「から松と雨敬の関係、桂公の別荘」という字句が気になった。雨敬とは、明治有数の実業家、雨宮敬次郎《あめのみやけいじろう》のことだろう。

雨敬こと雨宮敬次郎は、日本の鉄道事業では知られた人物だった。日本鉄道などの経営に参画、多くの軽便鉄道のオーナーでもあった。第六章で紹介する豆相《ずそう》人車鉄道をはじめとして、全国各地に軽便鉄道を敷設し、のちには鉄工所を設立して軽便蒸気機関車の製造、販売も行った。

病後の転地療養のために軽井沢を訪れた雨宮は、ここでアメリカ式の農場経営を試みるがうまくいかず、植林事業に転換、土地にあったカラマツを大量に植樹し、みごとなカラマツ林が生まれた。カラマツ林は軽井沢の価値を高め、高級別荘地として知られるようになった。軽井沢はもともと外国人宣教師が開発したのだが、こうして桂太郎はじめ政財界の大物も別荘を設けるようになった。桂は、雨宮の別荘に泊まってこの地を気に入り、別荘を建てたという。投機師、相場師、政商として悪名も高かった雨宮は、一方で軽井沢発展に寄与した。漱石は意外に思い、日記に記したのかもしれない。

ところで、日記には漱石は軽井沢駅のホームを「逍遥」したと記される。横川駅と軽井沢駅では機関車の付け替えが行われるので停車時間が長い。ここで、漱石は駅そばを食べたのではないか、という愉快な話がある。長野はそばの産地だし、漱石はそば好きだ。

中田敬三『夏目漱石と信州』によると、軽井沢駅にははやくも明治三〇年代には駅そばの店があったという。漱石の自伝的小説『道草』には、登場人物の経験談として「健ちゃん（主人公）、一遍軽井沢で蕎麦を食って御覧なさい、騙《だま》されたと思って。汽車の停《とま》ってるうちに、降りて食うんです、プラットフォームの上へ立ってね。さすが本場だけあって旨《うま》うがすぜ」といううくだりがある。「『プラットホームの上へたって』という写生的表現は体験者でなくては出てこないのではないか」と中田。九時過ぎに大宮あたりで弁当を食べれば、午後二時半ころの軽井沢で小腹がすくかもしれぬ。軽井沢駅で立ち食いの駅そばをすする漱石、という図柄は楽しいが、では夫人は車内で待ちぼうけかな、などと、いろいろと想像が広がる。

### 松崎天民と邂逅

前出の『時刻表』によると漱石は長野に一七時二〇分発の列車で到着している（着時間は不明）。翌明治四四年六月一八日の地元紙、信濃毎日には漱石が前日の「午後五時来長せり」とある。一八日午前一〇時半ごろから、長野県会議事堂で「教育と文芸」と題する講演をしたが、その前に夫婦で善光寺に参詣している。ここで朝日の同僚の記者、松崎天民にばったり出会った。松崎は東京近県の避暑地をめぐって通信を書く取材旅行中で、信州を訪ねていた。漱石より一〇歳ほど年下の彼は、小説記者の漱石と違ってネタをとる探訪記者（社会部記者）だったが、同じ編集部内にあって顔見知りだった。

天民によると善光寺で漱石は夫人に「この方が社の松崎天民君」と紹介、天民は「ヘドモド」

してあいさつを返したという。このときのことは夫人の回想にもある。「翌日善光寺に参詣しまして（中略）ちょうど善光寺の門前で松崎天民さんにぱったり行きあいました。私は存じた方ではなかったのですが、その後間もなく松崎さんの書かれた紀行文か何かの中に、善光寺の門前で白チョッキに麦稈帽《むぎわらぼう》で、細君を連れてにこにこやってくる人がある。誰が笑ってるのかと思ったら夏目漱石だったとか何とか書かれてしまいましたので、それ見ろ、こう書かれるとみっともよくないだろうとか何とかいっていたことがありました」（『漱石の思い出』）

それから二年半後、天民は夫人を腸チフスで亡くす。幼い息子たちも同じ病院に入院した。夫人の死を知らせる案内が朝日新聞に載った。漱石はさっそくお悔やみの手紙を書く。少し長いが、じつにいい手紙なので紹介したい。

拝啓　私は今日の新聞に出てゐる御不幸の広告と雑報欄に気がつかないで晩まで居りました。夕飯のとき妻から注意されて始めて御令閨が亡くなられた事を承知致しました。ことに御両児とも同じ御病症で目下御入院中と聞き甚だ御同情の念に堪へません。（略）病院に御出の子供さんを慰めるため妻が何か差上たいと申しますが、子供さんの年が分らないのと、それから病症が病症なので一切のたべものを御送り致す訳にも参らないので思案してゐます。此際哲郎さんや達郎さんの年を伺ふのは甚だ失礼に存じますが、今でなくとも御落付になつた時に一寸教へて下さいませんか。　敬具さらに追伸として「わざ〳〵年齢を伺つて迄差上げる程の大したものを上げるのではありません。たゞ子供さんが可愛相だからつい御面倒をかけるやうな事を申出るので御座います」と付け加える。

手紙を読んだ天民は感激して、哲郎十二歳、達郎八歳、ほかに自宅にいる俊郎四歳、と返書を出した。しばらくすると漱石から「回転活動写真機と自動車運動と積木道具」が送られてきた。積み木は自宅の俊郎に、自動車運動（車輪がついているおもちゃの自動車か）は病院にもっていき二人の病床の間に、回転活動写真機は自宅にとどめ、二人の退院後の楽しみにしたという（坪内祐三『探訪記者松崎天民』）。

手紙でわかるように、天民夫人の死をまず新聞で知ったのは鏡子夫人だ。夫人は善光寺で天民に会っていたから「あら、善光寺でお目にかかった松崎さんの奥さんが亡くなられたって」というような会話があったのだろう。見舞いのおもちゃの心のこもった品ぞろえも、日々、我が家で幼い子どもたちに接している夫人によるものだろう。なにかと不和が取りざたされる二人だが、なかなかいい夫婦じゃないですか。

最近、善光寺境内に、長野漱石会により句碑が建てられた。「生きて仰ぐ空の高さよ赤蜻蛉」。漱石は信州では俳句を詠んでいないので、信州旅行の前年、修善寺大患後の回復期に作った句を選んだという。善光寺本堂に向かって右側に入ったところにある。お参りに行ったら、探してみてください。

## 長野を起点に

漱石は明治四四年六月一八日午前、県会議事堂で講演をすませた後、一四時二一分長野発の列車（日記では「二時十分」）で、高田に向かった。世話になった医者、森成が故郷高田に帰り、開業していたからだ。もっとも、森成は長野まで漱石を迎えに来ているから、入院時のお礼は長野でできる。わざわざ高田まで行く必要はないのだが、漱石の義理堅さの表れだろうか。高田や直江津の町を見物して再び長野に戻り、篠ノ井線で松本に出、松本城を見物、諏訪《すわ》に一泊して諏訪大社を訪問、中央線で帰京した。

翌明治四五年八月の二回目の信州旅行は、友人中村是公《よしこと》と塩原、日光方面で遊んだあと、長野へ向かった。「軽井沢油屋旅館」（追分）から夫人に出した手紙があるので、軽井沢にも寄ったようだ。その後、豊野《とよの》まで列車で行き、上林《かんばやし》温泉に行った。帰りは長野から名古屋に出るつもりだったようだ。塩尻－名古屋間の中央（西）線は前年の明治四四年に開通し、長野・松本から名古屋まで直行列車が走るようになっていた。こうした情報を知って、親戚のいる名古屋回りを計画したのか。結局、名古屋回りは実現しなかったが、前年は先述したとおり、長野から信越線で直帰せず、松本、諏訪を回って帰京している。このころから周遊旅行が可能になってきたことがうかがえる。鉄道網の全国展開が完成に近づいてきた。

第五章

# 関西私鉄・山陽鉄道

南海鉄道、紀ノ川橋梁（絵・藪野健）

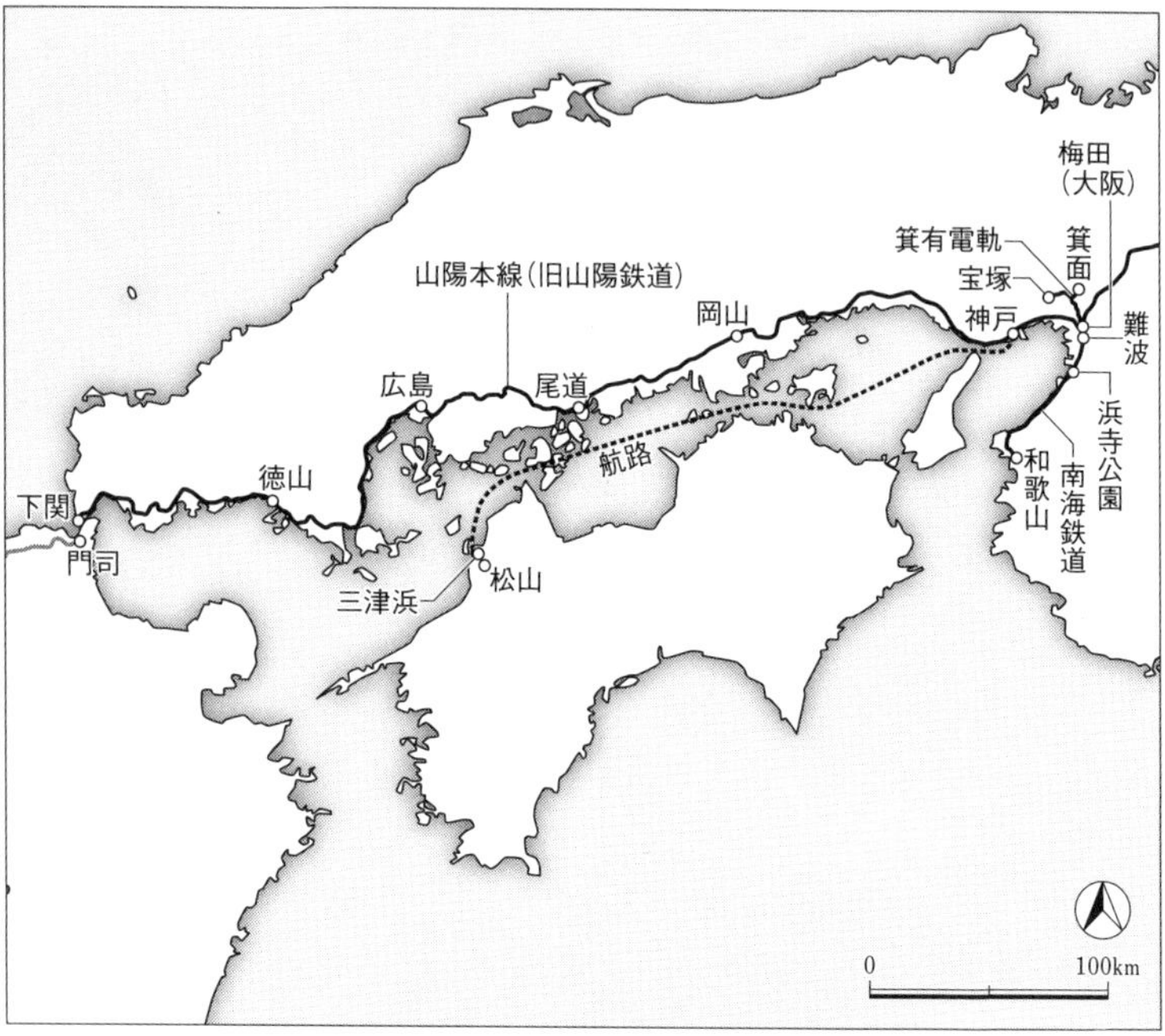


山陽本線（旧山陽鉄道）と箕有電軌・南海鉄道（明治43年ごろ）

## 1　箕有電軌と南海鉄道

### 箕面行き

関西は私鉄王国といわれる。大阪中心部のいくつものターミナルから、各私鉄が放射状に路線を延ばしている。東京圏と違って、JR線はむしろ脇役だ。東京に住む漱石は意外にも、大阪のキタとミナミを代表する私鉄、阪急電鉄の前身の箕面《みのお》有馬電気軌道と南海鉄道に乗っている。時期は明治末、関西私鉄が本格的に発達しようとするころだ。東京圏では京王も西武も小田急もまだない。漱石と近代鉄道の歩みを叙述するには、関西私鉄の存在は欠かせない。原武史『「民都」大阪対「帝都」東京』などを参考に、漱石の関西鉄道旅の意味を考えたい。

明治四四年（一九一一）八月、漱石は関西講演旅行に出かける。大阪朝日新聞が主催する巡回講演会に駆り出された。前年に修善寺大患で衰弱した漱石が、真夏の関西に長期出張したのは、体力がかなり戻ったことと、大患の際、朝日新聞社に物心両面で世話になった、そのお返しの意味があった。長編小説を書く義務が果たせていない、という自責の念もあったろう。義理に篤《あつ》い漱石らしい。

スケジュールはハードである。八月一三日兵庫県明石《あかし》、一五日和歌山市、一七日大阪・堺、一八日大阪・中之島。いずれも朝日記者が時事講演したあと、漱石がトリで登壇。漱石が目玉なのだ。

東海道線で大阪に着いた翌日の八月一二日、次の日からの講演を前に漱石は大阪北郊の景勝地、箕面に行く。大きな滝があり、紅葉の名所として江戸期から知られていた土地だ。漱石の熊本五高時代の教え子で大阪朝日の記者をしていた高原操《みさお》が案内役で、ふたりで梅田から箕面有馬電気軌道（箕有電軌）に乗車、箕面に向かった。

> 九時過箕面電車にて箕面に行く渓流の間を上る。朝日倶楽部は寺の左の崖の上にあり、甃《いしだたみ》、縄暖簾、ぢゞと婆、婆はつんぼ。（略）
> 滝の処に七丁程上る。シブキを浴びて床几に腰を掛けて話す。夫《それ》から倶楽部に帰つて千秋亭〔閣〕から料理をとつて食ふ。ひる寐。五時頃起きる。婆さんが又湯に入れといふ。やめて入らず。又電車で梅田に帰る。（『日記』）

箕面電車とは箕有電軌のことで、前年の明治四三年三月に梅田から箕面、宝塚まで開通したばかりだった。若き小林一三が経営するこの電鉄は、のちの阪急グループの第一歩となる会社だ。

朝日倶楽部は大阪朝日の社員保養所で、ゲストハウスも兼ねた施設である。朝日新聞大阪本社に、この朝日倶楽部開設についての中立書《もうしたてしょ》が残っていた。「至急中立　箕面公園内に借地して一棟の家屋を建築し朝日新聞倶楽部と為すこと」と題した意見書で、同四一年九月、社員数人が提出した。箕面山は空気がよく清遊に適する地で、「箕面電鉄開通後は僅《わず》か三四十分間にして大阪より達す」とし、電車の開通が倶楽部開設のきっかけだったことをはっきり示している。

老舗《しにせ》の茶店を買いとって倶楽部にした。当時は朝日閣とも称したようで、箕面に電車が通じた数日後の同四三年三月一三日の大阪朝日に「朝日閣」と題する紹介記事が載る。筆者は漱石を箕面に案内した高原である。

このように、開設したばかりの朝日倶楽部に漱石は案内され、涼しい緑陰の施設で旅の疲れを癒した。昼前に寄り、番人のおばあさんの会話に耳を傾け、滝を見物した帰りもここでゆっくり食事し、昼寝までした。電車が通じてなければ朝日倶楽部は存在せず、漱石も来なかったわけで、ここでも鉄道と漱石の縁を感じる。朝日倶楽部は大正年間、将棋の坂田三吉《さんきち》がライバルの関根金次郎と名勝負を繰り広げた対局の地でもあった（石原佳子「箕面の朝日倶楽部をめぐる人びと」『市政研究』二〇一一年四月号）。

ところで、漱石は朝日倶楽部で出会ったおばあさんらの会話を、「おや御免やす」「御婆さんぢつとしてゐなはれや、もう少しげ《だ》けれ」「よう剃つたけれ毛は一本もありやせんよつて、何も恐ろしい事あありやせん」などと日記に詳細に記している。柔らかい関西弁が江戸っ子の漱石にはよほど新鮮だったのだろう。一緒にいた高原は後年「先生は頻《しき》りに筆記してゐられる。成程、かういふ所の観察から、先生はそれを材料にされるんだなと思つて見てゐました」と回想している。この関西弁のくだりは、ほとんどそのまま、翌年の『彼岸過迄』（「松本の話」）に取り入れられ、「百年も昔の人に生れたような暢気《のんびり》した心持がしました」と登場人物にいわせている。

## 小林一三の箕面・宝塚開発

私も阪急電車で箕面まで行ってみた。阪急梅田駅は、ヨーロッパのターミナルを思わせる巨大なドームの下に何本ものホームが延び、ひっきりなしに電車が入線し出発する。「大阪急」のメインターミナルにふさわしい壮麗な駅だ。三〇分ほどで箕面に着く。気持ちのいい渓流沿いをゆるやかに上り、瀧安寺《りょうあんじ》という寺を過ぎると箕面大滝だ。高さ三〇メートルほどの滝が、ずどんずどんと滝つぼに落ち込む。近くのベンチに座ると、風向き次第で水しぶきがかかる。漱石の記述どおりだ。

瀧安寺の近くに朝日倶楽部はあったというので、地図を頼りに付近を探してみた。山道を少し上ると、小広い空き地に出る。山側は崖で整地された跡が歴然とし、鉄のボルトが刺さった石の構造物がいくつも土中に埋めてあった。かつて何らかの建物があったことは明らかだ。空き地の崖には「もみじの育苗園につき立ち入り禁止」という朽ちかけた看板が半ば土中に埋もれていた。「朝日倶楽部はもみじ育苗園のところ」と事前に地元の図書館から聞いていたので、ここが跡地と確信した。帰途、出会った古老に聞いてみると「たしかに昔、寺の崖の上に朝日の建物がありました」と話してくれた。建物は昭和五〇年代に取り壊されたという。

創意に富む小林一三は、箕面に動物園を開設、宝塚に温泉を開き、唱歌隊（のちの宝塚少女歌劇団）を創設した。今に続く宝塚歌劇団である。大阪毎日新聞と組んで箕面の動物園で山林子供博覧会、宝塚で婦人博覧会などを開く。さらに沿線の駅周辺にこぎれいな郊外住宅を多数分譲、ローン払いシステムを取り入れるなどして、電車通勤するサラリーマン層の需要を開拓した。池田室町の分譲住宅がよく知られる。沿線の豊中に広大な運動場を設け、大正四年（一九一五）、大阪朝日が主催する第一回全国中等学校優勝野球大会を誘致、これが現在の高校野球甲子園大会に発展した。大正七年、箕面有馬電気軌道は阪神急行電鉄（阪急）と改称、二年後に大阪と神戸を結ぶ阪急神戸本線を開業した。こうした阪急の軌跡、新しいライフスタイル創出のトップバッターが箕有電軌であり、漱石はその最初期に乗ったことになる。

### 和歌山講演と南海鉄道

さて、漱石は箕面電車で梅田に戻ると、すぐに隣接する大阪駅から東海道線、山陽線（山陽鉄道はすでに国有化）で明石に行き一泊、翌日講演し、大阪に戻って一泊したのち和歌山に向かう。大阪・難波《なんば》からは南海鉄道に乗った。事実上、日本最初の私鉄とされる阪堺《はんかい》鉄道（難波－大和川間）を母体とする南海鉄道は、明治三六年に難波－和歌山間（南海本線）を開業、同三九年の鉄道国有化を免れ、大阪南部の幹線私鉄として生き残った。「九時五十二分の汽車で和歌山に行く事にする」と日記にあるように、和歌山まで蒸気機関車牽引の列車だ。漱石は汽車と電車を書き分けている。南海本線はその年の一一月に全線電化され、近郊私鉄の役割を担った。漱石は明治三六年に完成した紀ノ川橋梁（章扉絵参照）を渡って和歌山市内に入ったはずだ。この堅牢なトラス橋は現在も南海電鉄の上り線で使われている。

『和歌山県立文書館《もんじょかん》だより』（平成二三年〈二〇一一〉七月三一日）によると、当時は「浪速号」「和歌号」と名づけられた四往復の急行があり、和歌山まで二時間ほどで結ばれたという。漱石も急行に乗車。当日は盂蘭盆会《うらぼんえ》で列車は大混雑したが、漱石一行のために貸切車両が供された。列車には近郊私鉄には珍しく、食堂車が連結されていた。「教養ある洋装美人」の女性二人が喫茶室主任として添乗、女性がサービスする食堂車として評判だったという。日記に言及はないが、漱石は食堂車を利用したらしい。というのは、数年後の『行人』で、南海鉄道の食堂車について、「給仕がみんな女だから面白い。しかもなかなか別嬪《べっぴん》がいますぜ、白いエプロンを掛けてね」とのセリフを受けて、登場人物に「自分は皿を運んだりサイダーを注《つ》いだりする女を能《よ》く心付《こころづけ》て見た。しかし別にこれというほどの器量を有《も》ったものもいなかった」なんていわせているからだ。

漱石は和歌山で「現代日本の開化」と題する講演を行った。明治日本の近代化を上すべりで外発的だと喝破した、有名な文明批評の講演だ。会場の和歌山県議事堂は市中心部に位置し、漱石もそこで講演したが、のちに郊外の岩出市の根来寺境内に移築された。このため太平洋戦争中の戦災を免れた。私は議事堂が現存すると聞き、一〇年ほど前、現地を訪れた。冬枯れの林の向こうに、ガラス窓が夕日に鈍く光る巨大な建築物が、密林の中の象のように、静かに存在していた。重い瓦屋根を載せた木造二階建て、重厚な唐破風《からはふ》の玄関が威風あたりをはらう。かたく施錠され、中に入ることはできない。この建物で一〇〇年前、あの「現代日本の開化」の講演があったのだと、感慨深かった。ところどころ漆喰《しっくい》が剝げ、ガラスの破損も目につき、修理保存が急務と感じた。近年、近くの広場に移築保存され、国の重要文化財に指定されたと聞き、安心した。

## 浜寺に如是閑を訪ねる

じつは漱石は、この講演の二年前にも、南海鉄道に乗っている。満韓旅行の帰り、大阪・天下茶屋《てんがちゃや》に住む朝日の同僚の長谷川如是閑《にょぜかん》を訪ね、一緒に浜寺《はまでら》まで行った。天下茶屋も浜寺も南海沿線で、浜寺は当時、海水浴場として著名だった。浜寺公園駅は、のちに東京駅を設計する辰野金吾《たつのきんご》の手になる瀟洒《しょうしゃ》な洋風木造駅舎で、漱石訪問の二年前に建て替えられたばかりだった。長年名物駅として親しまれてきたが、新駅舎建設に伴い、平成二九年（二〇一七）、駅のすぐ近くにこちらも移築保存された。

浜寺は美しい砂浜と松林が続く景勝地で、著名な料理屋もあった。昼食をとった漱石はまずいものを食わせる、と日記で酷評している。阪急が箕面や宝塚に着目したように、南海はこの浜寺に目をつけ、大阪毎日新聞と提携して海水浴場を開設、「東洋一の海水浴場」と謳《うた》われたという。

明治時代のままの姿を伝える浜寺公園駅舎（2019年6月、朝日新聞社）

遊園地や公会堂も建設して大阪近郊の恰好のリゾート地に育てた。だが、昭和三〇年（一九五五）以降の高度成長期に一帯はつぎつぎに埋め立てられ、工業地帯に様変わりしてしまった。

### 私鉄王国関西

関西地方では阪急、南海のほか、阪神電気鉄道（明治三八年、大阪出入橋《でいりばし》―三宮《さんのみや》）、京阪電気鉄道（同四三年、大阪・天満橋《てんまばし》―京都・五条〈現・清水五条〉）、大阪電気軌道（大正三年、大阪・上本町《うえほんまち》―奈良、現・近鉄）などつぎつぎと郊外私鉄が誕生、私鉄王国を形成した。一方、東京圏では、川崎大師の参詣客を見込んだ大師電気鉄道（川崎〈現・六郷橋《ろくごうばし》〉―大師〈現・川崎大師〉、現・京急大師線）が明治三二年に開通してはいたが、京王電気軌道（大正二年、笹塚―調布、現・京王電鉄）、小田原急行（昭和二年、新宿―小田原、現・小田急電鉄）、東京横浜電鉄（同年、渋谷―丸子多摩川〈現・多摩川〉、現・東急東横線）など、南西方面に延びるおもな郊外私鉄は、大正から昭和にかけて開業した。関西よりもおおむね一〇年ほども遅い。大阪は明治後期から大正にかけ、紡績工業や金属工業を中心に工業化が進み、「東洋のマンチェスター」ともいわれた。大阪の経済上の実力は東京をしのぐとされた。江戸期以来の商業も盛んで、人の移動が激しく、郊外に住宅地が続々開発された。漱石が参加した大阪朝日主催の講演が、大阪・中之島をのぞき、近郊を巡回したのは、大阪圏が膨張し、郊外で部数拡大が期待されたからだった。ジャーナリズムの世界では大阪朝日と大阪毎日がしのぎを削り、両者は新興の電鉄会社とタイアップしてさまざまなイベントを催し、関西独自のカルチャーを形作った。漱石の関西鉄道旅をたどっていくと、大阪が地盤沈下し、東京一極集中が進む現代とは異なる、そのころの日本のかたち、もう一つの日本が垣間見える。

## 五高の教え子、高原操のその後

一つ付け加えたい。漱石を箕面に案内した高原操のその後のことだ。

高原は巡回講演にも漱石に付き添い、漱石の「前座」で講演もした。大阪で胃病が再発し入院した漱石の世話をし、急ぎ来阪した鏡子夫人を大阪駅に出迎えてもいる。その後、自由主義的な大阪朝日の論説を代表する記者として、大正デモクラシーの有力な担い手となり、「普選（普通選挙）と軍縮の高原」ともよばれた。だが、昭和六年の満州事変をきっかけに陸軍の力が強大化し、右翼の圧迫、不買運動、戦勝に沸く世論もあって、高原主筆の大阪朝日は自由主義、国際協調路線を維持できない。結局、陸軍の大陸侵攻を追認、支持に転換する。社論の責任者だった高原は苦しい立場に置かれ、日中戦争が泥沼化しつつある昭和一五年六月、新聞の現場を去る。高原は社員への退任あいさつで、昔は自由自在に何らの束縛も受けずに社説を書けた、として「明治および大正と昭和の初めごろまでの間というものは、じつに今日と比べて文字どおり隔世の感がいたすのであります」と述べた。護憲運動の論陣を張った大正デモクラシーの時代とともに、高等学校の師でもあった漱石と箕面などをめぐった日々も、頭をよぎったかもしれない。

## 2　山陽鉄道

### 坊っちゃんの四国行き

『坊っちゃん』の主人公は、どのようにして四国に行ったのだろうか。

新橋駅で清と別れて四国の松山（とおぼしき所）に向かった彼は、東海道線を西下、船で四国に渡り三津浜《みつはま》（松山の玄関口の港）に上陸する。小説では新橋駅以降は省略、いきなり三津浜上陸なので、途中経過は推測するほかない。

漱石は明治二八年（一八九五）四月に東京から松山に赴任した。一方、『坊っちゃん』執筆は同三九年三月だ。文中に「クロパトキン」（日露戦争時のロシアの司令官）や街鉄（同三六年に設立された東京市街鉄道）が登場するように、小説の現在は日露戦争後の時代だ。つまり執筆時と体験の時期は約一〇年も離れている。このため、ここでは『坊っちゃん』の（想像上の）旅程ではなく、実際の漱石の松山赴任のルートを調べることにした。『坊っちゃん』執筆において、漱石は当然、自分の体験を踏まえているはずだ。だから『坊っちゃん』のテキストの検討は欠かせない。

松山行きの旅程について、漱石が残した手掛かりは、知人あての手紙に「去る七日十一時発九日午後二時頃当地着」とあるだけだ。つまりはっきりしているのは、明治二八年四月七日一一時に新橋駅発、九日午後二時松山到着だけである。

荒正人の『漱石研究年表』では、旅程を以下のように記す。いずれも推定と留保をつけているが。

四月七日（日）、曇。午前十一時四十五分（推定）、新橋停車場を出発する。（略）

四月八日（月）、午前七時三十五分、神戸停車場に着く。九時（不確かな推定）、神戸停車場を出発、午後五時五十六分、広島停車場に着く。宇品《うじな》から船で三津浜港に向う。

四月九日（火）、晴。満月。午後、三津浜港に着き、午後一時四十一分、三津浜停車場発の伊予軽便鉄道に乗り（後略）。

『漱石研究年表』は、東海道線、山陽鉄道を経て広島（宇品）から船で松山（三津浜）入りした、という説だ。

たしかに山陽鉄道は前年の明治二七年六月に広島まで延伸し、神戸－広島が鉄道で直結したから、このルートの可能性はある。一方で山陽路は当時、瀬戸内航路と山陽鉄道の二ルートが激烈な競争をしており、神戸から鉄道ではなく船で瀬戸内海を西に下り、三津浜港に向かったとも考えられる。検証してみた。

現在の時刻表の原型といえる『汽車汽船旅行案内』(明治二七年一一月)に、大坂商船の定期船発着日時一覧表が掲載されている。それによると、神戸発で三津浜に寄港する定期便が、細島《ほそしま》(宮崎県)行きと宇和島行きの二つあり、いずれも数日おきに運航し、出航は両者とも神戸一七時三〇分、三津浜着は翌日の午前一一時四〇分だ。ここで『坊っちゃん』の三津浜港到着のくだりを振り返ってみたい。

ぶうといって汽船がとまると、艀《はしけ》が岸を離れて、漕《こ》ぎ寄せて来た。船頭は真っ裸に赤ふんどしをしめている。野蛮《やばん》な所だ。尤《もっと》もこの熱さでは着物はきられまい。日が強いので水がやに光る。見詰《みつ》めていても眼《め》がくらむ。事務員に聞いて見るとおれは此所《ここ》へ降りるのだそうだ。
(『坊っちゃん』)

書きぶりからこの汽船はかなり大型で、三津浜で降りたのは坊っちゃんのほか五、六人にすぎない。しかも事務員の受け答えからして、この船はさらに遠方へいくと想像できる。宇品－三津浜のような短距離航路ではなく、大坂商船の長距離航路とみたほうが自然だ。三津浜午前一一時四〇分着ならば、「水がやに光る」という記述にも合致する。日記の「午後二時頃当地着」ともほぼ合う。三津浜から松山までは軽便鉄道に乗り換えるので、一、二時間はかかっただろう。むろん、小説の記述を実体験だと即断できないが、こうした旅の見聞はそのまま小説に生かされるとみていいのではないか。

以上のことから、私は、漱石は明治二八年四月七日午前一一時四五分新橋を発ち、神戸に八日朝六時五五分着（『旅行案内』の時刻表示）、神戸で半日つぶして夕方の一七時三〇分発の汽船に乗船、一晩船中で過ごし九日昼前、三津浜に着いた。つまり山陽鉄道ではなく、神戸から瀬戸内航路で三津浜に直行したと考えたい。なお、『坊っちゃん』の帰京時では「船が岸を去れば去るほどいい心持ちがした。神戸から東京までは直行で新橋へ着いた時は（略）」とあり、ここでも三津浜－神戸間は航路のニュアンスが濃い。

## 寝台車に食堂車、私鉄山陽鉄道の斬新

煩をいとわず記してきたのは、たとえ漱石が松山赴任時には乗らなかったとしても、私鉄の山陽鉄道の存在を強調したかったからだ。山陽鉄道は官設鉄道に対する強いライバル意識に加え、瀬戸内航路と激しい競合関係にあったため、新しいアイデアをつぎつぎに打ち出し、日本の鉄道の発展に多大な寄与をした鉄道だった。急行、食堂車、寝台車などは官鉄に先んじて山陽鉄道が導入した。鉄道に競争原理を導入したのだ。

明治五年に新橋—横浜間で開通した鉄道は、国が建設、運営する官設鉄道だった。明治政府は鉄道網を全国に広げる意図はあったが、建設資金が足りず、渋沢栄一ら民間が資金を集め、鉄道事業を立ち上げた。こうした私鉄が、明治中期以降に続々と誕生、三〇年代半ばには、私鉄の営業距離は官鉄の二倍を超えていた。山陽鉄道は日本鉄道（現・JR東北本線）とともに、代表的な私鉄だった。

瀬戸内海は近代以前から舟運が盛んな海域である。明治一〇年代になると関西から四国・中国、九州への航路は中小汽船会社が乱立し、大きく混乱した。このため各会社が合併し、大坂商船会社が設立された（明治一七年）。ここに殴り込みをかけたのが山陽鉄道だった。

地元有力者らが設立し、福沢諭吉門下の若き実業家、中上川《なかみがわ》彦次郎をトップに迎えた同社は、同二一年に兵庫—明石間を、翌年神戸まで伸ばして官設の東海道線と接続。さらに二四年三月岡山、一一月には尾道まで延伸した。

汽船との客の奪い合いは激化、そのため新機軸をつぎつぎに打ち出した。その一つが寝台車の導入だ。長距離夜行列車の旅で最も苦痛なのは、横になれないことだ。その点、汽船はスピードは鉄道に劣るものの、船室でゆっくり足を伸ばし、寝ることができる。そこで同社は三三年、日本ではじめて一等寝台食堂車を連結した。中央通路の両側に二段ベッドが並ぶつくりだ。負けじと官鉄もすぐに追随、東海道線の急行に一等寝台をつないだ。こちらは片側通路のコンパートメント方式だった。漱石も長距離旅行ではいつも寝台を利用している。

さきの『旅行案内』には「世間最も安き運送法と称する日本船よりも却って安きものあり」と通常大荷物運賃を半額にするという山陽鉄道の広告が載っている。明らかに汽船を強く意識している。三原−広島延伸の際、比較的平坦な北回りではなく、急勾配の難所（通称瀬野八《せのはち》）のある直行ルートをあえて採用、所要時間の短縮を図ったのも、工費の節減のほか汽船との競争も理由の一つといわれる。競争はサービスの母である。競争がなかった旧ソ連の接客業や旧国鉄が、利用客無視、サービス精神ゼロだったことを記憶している人は多いだろう。

こうした山陽鉄道の進取の精神を語るには、先に記した初代社長、中上川彦次郎を抜かすわけにはいかない。

## パイオニア実業家、中上川彦次郎

中上川は安政元年（一八五四）、豊前国中津（大分県）の中級藩士の家に生まれた。母は同郷の福沢諭吉の姉だから、福沢の甥にあたる。中上川少年は上京し、慶応義塾に学ぶ。塾を卒業後、いったん故郷中津で教師を務めるが再上京し、福沢の援助でロンドンに留学する。『福翁自伝』によると「二人の子供が外国行の年頃にならぬさきに金の方が出来たから、子供を後回しにして中上川彦次郎を英国に遣《や》りました。（略）彦次郎は私のためにたった一人の甥で、彼方《あちら》もまたたった一人の叔父さんで外《ほか》に叔父はない。（略）まず親子のようなものです。あれが三、四年も英国に居る間には随分金も費やしましたが（後略）」。福沢が甥にいかに期待していたかがわかる。中上川のロンドン留学は漱石の留学の二五年ほど前のことだ。
帰国後、工部省や外務省に出仕した後、福沢肝いりの「時事新報」創設に参加、さらに山陽鉄道創業とともに三三歳で社長に就任。同鉄道は神戸で東海道線と接続し、東京から中国地方を結ぶ大動脈を形成した。中上川は鉄道の将来性を高く買い、複線化に備えた用地買収を行い、最新鋭のブレーキを導入、鉄道車両も最新式を導入するなど、積極的な設備投資を行った。英国から技術者を招いたほか若い技術者を官鉄に派遣して実務を学ばせ、本人も鉄道の先進国英国から専門書を取り寄せて猛勉強したという。明治はこうしたパイオニア的な実業家が活躍した時代だった。

彼について面白い話がある。山陽鉄道社長在任中に生まれた四男に鉄四郎と、次女には道と名づけたという。鉄道である。元祖テッチャンですね。その後は三井銀行に迎えられ、三井グループの実力者として、明治を代表する実業家の一人になった。明治三四年に死去、叔父の福沢の死のわずか八カ月後だった。なお、美容家で女性テレビタレントのはしりともいえる藤原あきは中上川の三女である。

山陽鉄道は西に伸びる。おりから朝鮮半島の情勢が悪化し、軍部は大本営を広島に移設、大陸への兵員輸送の拠点を広島・宇品港に決めた。同二七年六月一〇日、広島延伸。その直後の七月二五日、朝鮮半島近くの豊島沖で日清海軍が激突、日清戦争が始まった。日清戦争は山陽鉄道広島延伸を待って始まった、ともいえる。兵隊や装備を満載した列車が山陽鉄道のレールを西に走った。

## 漱石が乗った山陽鉄道

ところで、漱石は意外にも松山赴任の三年前に、草創期の山陽鉄道に乗っていた。東京帝大の学生だった漱石は、明治二五年夏、亡兄の妻の実家である岡山に行く。故郷松山に帰郷する親友正岡子規と同行、新橋を発ったのは七月七日二一時五〇分発の夜行だ。漱石にとって、はじめての長旅だった。京都着翌日一五時三〇分。京都で数日滞在、このときの様子は後年、随筆『京に着ける夕』に描かれる。二人は大阪を経て神戸へ、子規は神戸から瀬戸内航路で松山・三津浜港に行ったと推測され、漱石は山陽鉄道で岡山に向かう。前年、岡山まで延伸したばかりの山陽鉄道だ。漱石の旅は、しばしば日本の鉄道の節目と重なる。

岡山で一カ月近く滞在し、後楽園などを見物したあと、子規のいる松山へ。尾道《おのみち》まで山陽鉄道、そこから汽船で三津浜に向かったか、あるいは岡山から多度津《たどつ》港経由の汽船で三津浜に行ったか。松山には二週間ほどいて、子規の母八重に歓待された。

ここまで記してきてあらためて再認識したのだが、漱石は松山赴任の前に、すでに松山を訪れており、松山は既知の町だったことだ。なぜ江戸っ子の漱石がわざわざ遠い松山の中学の教員になったのか、その理由はいろいろ推測されているが、ここが親友子規の故郷であり、見知らぬ町ではなかったことは小さくないと思われる。

日清戦争後、山陽鉄道はさらに延伸し徳山まで、明治三四年には馬関（現・下関）まで到達、ついに新橋－下関が鉄道で結ばれた。起業家精神に満ちた山陽鉄道は、下関にモダンな鉄道ホテル、山陽ホテルを開業するとともに、朝鮮半島の釜山まで関釜《かんふ》連絡船を就航させた。日本鉄道史に大きな足跡を残した山陽鉄道は、同三九年の鉄道国有法により官営鉄道に移管され、山陽本線となり現在に至っている。

# 第六章　九州鉄道・伊予鉄道

初代の門司駅（絵・藪野健）

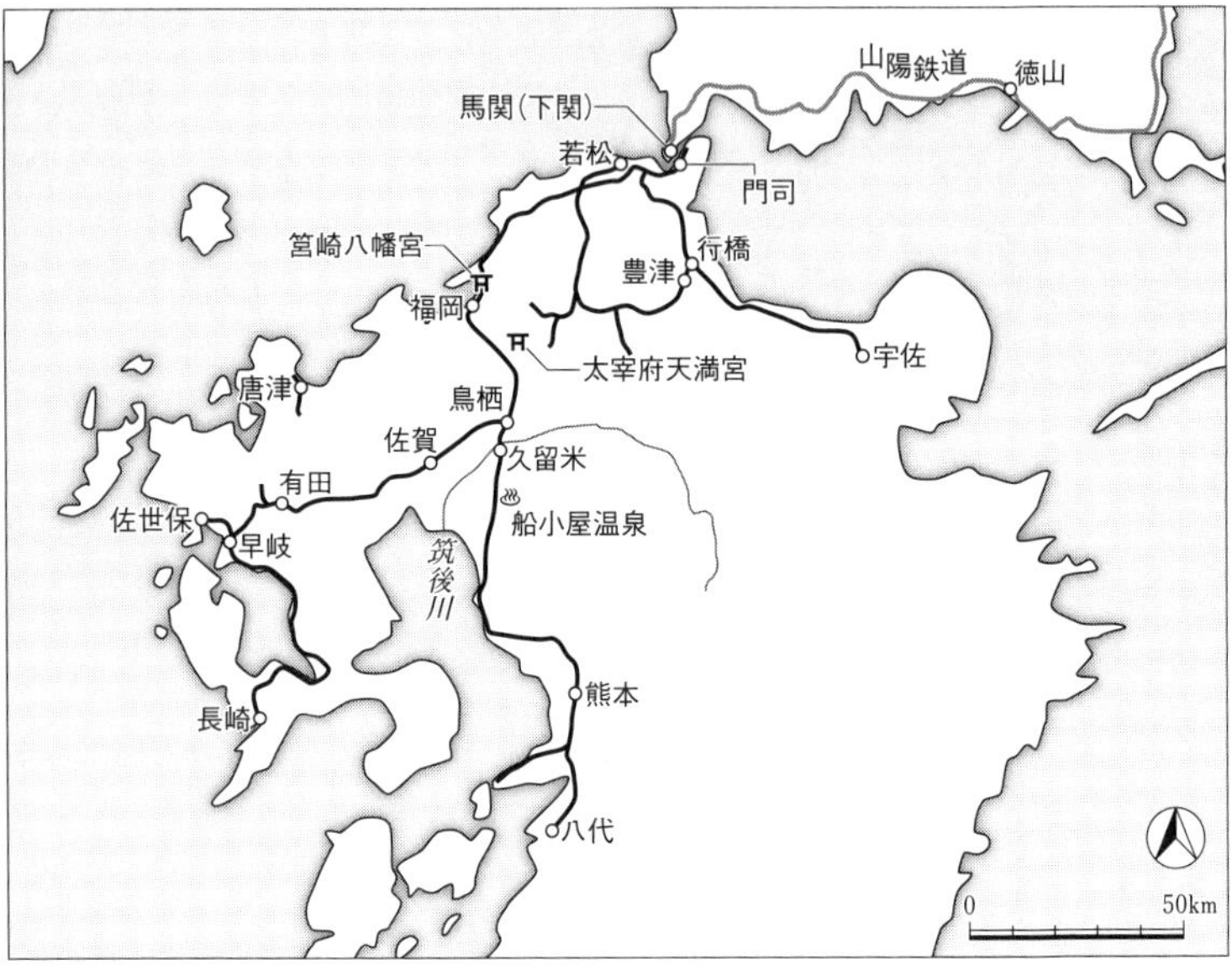


九州鉄道（明治36年ごろ）

# 1　九州鉄道

## 炭鉱と埠頭を結ぶ鉄道

　漱石は若いころ、占い師に、あなたは将来、西へ西へと行く相がある、といわれた。だからでもないが、九州には縁が深い。なにしろ熊本に四年三カ月も住んだのだから。熊本の漱石はまだ二十代の終わりから三十代前半、持病の胃病や神経の病はさほど顕在化しておらず、よく旅に出かけた。『草枕』の小天《おあま》温泉、『二百十日』の阿蘇が知られるが、いずれも徒歩や馬車だったので、それ以外の鉄道利用の旅を紹介したい。明治後期、九州の鉄道事情はどうだっただろうか。

　明治の九州は、日本の先進地域だけあって、鉄道の歴史も古い。明治二一年（一八八八）、地元の政治家らによって私設の九州鉄道が発足、二二年、博多－千歳川《ちとせかわ》間が開通、はじめて九州に汽車が走った。千歳川とは筑後川下流の別名で、まだ筑後川橋梁ができていなかったため久留米の対岸が終点になった。明治二四年には門司（現・門司港）－熊本間、二九年には八代《やつしろ》まで延伸した。北部九州は、第一章で述べたように産炭地域だったので、炭田と港を結ぶ鉄道が網の目のように張りめぐらされた。炭坑では専用鉄道が鉄道本線と炭口まで、港でも臨海線が埠頭《ふとう》まで、と鉄道網が毛細血管のようにつながった。

九州鉄道が他の鉄道と違うところは、ドイツの鉄道技術、車両を導入したことだ。ドイツ人の技術顧問を招き、車両も当初はドイツから輸入した。ドイツは英国と並んで鉄道先進国だった。新橋－横浜間をはじめ、日本の鉄道はもっぱら英国の指導で導入されたが、北海道はアメリカ流、九州はドイツ流で出発した。日本の鉄道は英国流を主流としながらも三カ国の技術を導入、比較検討し改良を重ねた。後発の強みである。

新婚旅行

さて、明治二九年四月に松山中学を辞した漱石は、熊本の第五高等学校に転じた。四国からさらに西の九州である。山陽鉄道は当時、広島までなので、松山・三津浜港から船で宮島に行き一泊し、広島・宇品《うじな》から再び船で門司へ、そこから九州鉄道で熊本へ向かった。このときは途中の博多か久留米に泊まったようだが、当時、門司－熊本間は直行で七、八時間ほどかかったというから、東京育ちの漱石は、あらためて「はるばる遠くへ来ちまった」と思ったことだろう。池田駅（現・上熊本駅、当時の熊本の玄関口）で降り、緑豊かな熊本の町へ入っていった。

同年六月に鏡子夫人と結婚、熊本市内で家庭を築き、九月上旬、夫人と北九州に新婚旅行に出かける。夫人の『漱石の思い出』によると、博多に住む夫人の叔父の訪問かたがた、各地の名所をめぐった。夫人も漱石も「新婚旅行」という言葉は使っていないが、そのころからハイカラな上流階級では結婚すると新婚旅行に行ったらしい。明治一六年一月に「井上馨の息子、勝之助が結婚し、夫婦で熱海へ旅行。新婚旅行の初め」(『明治・大正家庭史年表』)とある。Honey moonという英語はむろん、英語教師の漱石は知っていただろう。かつてヨーロッパで子孫繁栄のために新婚に蜂蜜酒を飲ませて精力をつけさせた、というのが語源とされるが、漱石は旅行中、蜂蜜酒は飲まずに(たぶん)、もっぱら俳句づくりに励んでいる。

日記などは残っていないので詳しい旅程は不明だが、できた俳句を東京の子規に送った。その中に地名や名所の前書きが付いた句があるので、足取りはたどれる。博多公園、箱崎八幡、香椎《かしい》宮《ぐう》、天拝山《てんぱいざん》、太宰府天神、観世音寺、都府楼《とふろう》、二日市温泉、梅林寺、船後《ふなご》(小)屋《や》温泉などだ。

「鹹《しお》はゆき露にぬれたる鳥居哉」(箱崎八幡)、「反橋《そりはし》の小さく見ゆる芙蓉《ふよう》哉」(太宰府天神)。子規宛の手紙に「当夏は一週間ほど九州地方汽車旅行仕候」と書いたように、いずれも九州鉄道の沿線だ。ただ、当時の旅館の設備は劣悪だったらしく、東京のお嬢さん育ちの夫人は宿屋の不潔さに閉口し、以後九州旅行は誘われても行かなかった。

## 帰京の経路

翌明治三〇年の六月、実父直克《なおかつ》が東京で死去、漱石は学期末試験等の公務多忙のため葬式には出席せず、夏休みを利用して七月八日、新婦を伴って上京の途に就いた。

このときの詳細も不明だが、熊本から門司へ九州鉄道で行き、門司から連絡船で広島へ、そこから山陽鉄道、東海道線と乗り継いで東京へ向かったはずだ。夫人連れなので、途中の門司か神戸あたりで宿泊したかもしれない。

この年の九月、山陽鉄道は広島－徳山間を開通させた。以降、九州との連絡は徳山－門司の航路になる。馬関（現・下関）までの延伸は三四年五月まで待たねばならない。

手元に徳山延伸直後の『東京九州間滊車滊船接続時刻表』（明治三〇年九月）があるので、当時の熊本－東京間の鉄道旅をたどってみたい。

熊本一一時五五分発の列車が門司に二〇時四〇分に着く（九州鉄道）。「門司徳山間滊船発着毎列車ニ接続ス」（同時刻表）とあるように門司から徳山へは接続連絡船に乗船。五時間ほどの船旅で徳山、そこから翌朝六時二〇分発の列車に乗ると神戸に一九時二三分に到着（山陽鉄道）。さらに二二時発の新橋行き（東海道線）に乗り換えれば、新橋には翌日の一九時六分に着く。熊本から東京まで直行しても二日半かかる。まだ寝台車はない。しかも連絡船に乗り換えねばない。当時の鉄道による長距離移動は容易ではなかったことがわかる。夫人はこうしたきつい長旅のためか、東京に帰ってから流産してしまい、しばらく実家や鎌倉で静養し、東京に居残った。このため、漱石は一人で新学期の始まる九月初めに熊本へ戻った。

## 帰国時に熊本へ立ち寄る？

明治三二年の正月休みには、宇佐、耶馬渓《やばけい》に旅した。行きしな太宰府に寄ったらしく「梅の神に如何なる恋や祈るらん」と一句。この句の前書きに「宰府より博多へ帰る人にて汽車には坐すべき場所もなし」とあるので、初詣客で汽車は満員だったようだ。小倉経由で宇佐までは鉄道、宇佐神宮に参った。「兀《ごつ》として鳥居立ちけり冬木立」。羅漢寺《らかんじ》、耶馬渓、日田《ひた》と旅を続け、日田の峠では、馬に蹴られて雪の中に倒れ込んだ。「吹きまくる雪の下なり日田の町」。久留米を経て帰宅した。熊本時代は漱石が最も俳句に親しんだときなので、俳句を見れば漱石の旅がたどれる。

熊本五高教授のまま英国に留学した漱石は、あしかけ三年の留学を終えて、ロンドンから「博多丸」で長崎港に帰着、明治三六年一月二〇日だった。長崎港に停泊した博多丸は二二日正午出港、同日夜神戸港着、翌二三日の夜行で神戸を発ち二四日朝九時半新橋到着、というのが、漱石帰国時の旅程とされる（第二章参照）。五高のある熊本には戻らず、東京に直行した、というのがこれまでの定説だ。ところが、博多丸の長崎停泊中、熊本五高に戻っていた、という説が浮上している。鉄道を使えば、十分可能ではある。

地元の研究者の調査によると、熊本の五高記念館に漱石の「留学始末書」（文部大臣に提出する）の写しが残り、「一月二十日長崎港着同二十一日熊本着」となっている。また五高の職員出勤簿の一月には「二十一日帰校」と記されているという（村田由美『漱石がいた熊本』）。

当時の時刻表（『全国鉄道滊車便覧』明治三五年版）をもとに、この日程で長崎・熊本往復が可能か調べてみた。すでに長崎へは九州鉄道の路線が通じている。

長崎入港は二〇日朝だ。長崎発一二時三三分の列車に乗れば鳥栖《とす》に一八時三〇分に着く。鳥栖発一九時一八分に乗り換えると、熊本に二二時一九分に着く。翌二一日午前中に五高を訪れて用務を終え、熊本一三時五〇分発の列車に乗れば鳥栖に一六時五二分に着く。一七時一一分発の長崎行きに乗り換えると長崎に二二時五六分に着く。そのまま港に行き博多丸に乗船すれば、翌二二日正午の出港に間に合う。長崎・熊本間は航路もあるが、これは調べきれなかった。

以上のように、九州鉄道を駆使すれば、漱石は五高へ舞い戻ることは可能だ。漱石は五高教授として留学しており、義理堅い性格からして、帰国あいさつのため熊本に立ち寄ったとは十分、考えられる。だが、本人も含め五高関係者のだれもが、帰国時に熊本に寄ったとの証言を残していない。やはりここは「可能性はある」ということにとどめたい。

## 日露戦争後の鉄道国有化問題

九州鉄道は、このほか小倉から行橋《ゆくはし》まで（現・日豊本線）路線を延ばし、一方で筑豊鉄道や小宮豊隆に縁のある豊州鉄道（旧田川線）などの筑豊産炭地帯の私鉄をつぎつぎに買収、九州鉄道王国を形成した。

国運をかけた日露戦争が終わり、政府は新たに日本の針路を定める戦後経営に取り組む。その柱の一つが鉄道国有化だった。当時、九州鉄道などの私設鉄道の開業距離は官有鉄道の二倍を超えていた。運賃、車両の型式、規格、輸送体制がまちまちで、統一が望まれた。とりわけ軍部は軍事輸送の観点から国有化を強く主張した。国内の鉄道と、朝鮮半島縦貫鉄道、戦争によって獲得した南満洲鉄道との一貫輸送体制にも、国有化が必要とされた。財界主流は国有化容認に傾くが、時の外務大臣加藤高明《たかあき》は国有化に反対して辞職するなど、政争も絡んだ。加藤は三菱の岩崎弥太郎の娘婿であり、三菱は九州鉄道沿線の炭鉱を所有、九州鉄道の大株主だった。

明治三九年三月、鉄道国有法は公布され、三九年から四〇年にかけ、大手私鉄一七社がつぎつぎと国有化された。九州（門司－八代）はじめ、北海道（函館－小樽）、日本（上野－青森）、総武（両国橋〈現・両国〉－銚子）、甲武（御茶ノ水－八王子）、関西（湊町－名古屋）、阪鶴《はんかく》（尼崎－福知山）、山陽（神戸－下関）など現在のＪＲ線の幹線が軒なみ並ぶ。めぼしい私鉄で国有化を免れたのは、東武鉄道、南海鉄道くらいだった。この結果、開業距離で全国の鉄道の九〇パーセントが国有化された。

### 門司駅から門司港駅へ

九州の鉄道の起点、門司駅（章扉絵参照）は明治二四年開設され、漱石も東京への行き来で利用した。山陽鉄道下関延伸に伴い、明治三四年に同社は関門連絡船を開設、九州の玄関口として門司はさらに重要性を増した。大正三年（一九一四）には玄関口にふさわしい壮麗な新駅舎が完

復元されたJR門司港駅（2018年11月、朝日新聞社）

成した。関門トンネル開通後、門司港駅と改称したこの駅舎が平成三一年（二〇一九）三月、解体修理を終えてリニューアルオープンした。左右対称の造り、木造だが目地が刻まれ石造りに見まがうネオルネサンス様式の堂々たる駅舎だ。後年付け加えられた正面車寄せの庇《ひさし》は取り外され、威厳を取り戻した。赤レンガの東京駅と同年生まれであり、ともに重要文化財だ。

漱石は英国から帰って以降、九州には一度も足を踏み入れていないから、この駅舎は知らない。ただ、駅近くの旧九州鉄道本社は明治二四年建築だから、漱石は見かけたかもしれない。この本館は今、九州鉄道記念館となり、九州鉄道時代の客車や九六〇〇形蒸気機関車などが展示されている。門司は長年、海外貿易の拠点だったため、門司港駅のほか旧門司税関（明治四五年築）、旧大阪商船門司支店（大正六年築）、旧三井物産門司支店（昭和一二年〈一九三七〉築、門司鉄道管理局、ＪＲ九州北九州本社としても使用された）など、風格のある近代建築が残り、大正ロマン風のレトロな街を形成、観光客に人気が高い。

先述したように、昭和に入って関門トンネルが開通すると、門司駅は門司港駅に改称。トンネル出入り口に設けられた大里《だいり》駅が門司駅に「昇格」したため、門司港駅は盲腸線の終点になってしまい、鉄道駅としての使命はほぼ終えた。だが、化粧直しされた壮麗な駅舎は、門司観光の目玉として存在感を増している。

関門トンネルは昭和一七年一一月旅客営業を開始し、本州と九州が鉄道で結ばれた。世界最初の本格的な海底トンネルだった。太平洋戦争のただ中で戦局は次第に厳しさを増すが、「大東亜共栄圏」の構想はまだ健在で、関門トンネルが「大東亜」交通網の一環をなすとする考えが鉄道関係者にあった。日本が主導し、中国・包頭《パオトウ》か西安を起点に、甘州、トルファン、カシュガル、カブール、テヘランを経てバグダードへ、という壮大な中央アジア横断鉄道を建設するという構想だ。アジアとヨーロッパとの連絡、ソ連南下の阻止、イスラムの復活などを目的とした。東南アジアを経由する「南方ルート」も研究対象に上がったという（原田勝正『鉄道の語る日本の近代』）。近年、中国指導部が唱えるシルクロード経済ベルト「一帯一路」の鉄道版のようなものだ。膨張する国家は、いつの時代でも似たような発想をするものだ。この構想（というか幻想）は、むろん、敗戦で雲散霧消した。

**或る列車**

九州鉄道にちなむ話題を一つ。

同鉄道は明治末、アメリカの有名車両メーカー・ブリル社に五両編成の豪華客車を注文した。一、二等座席車のほか展望車、寝台車、食堂車が連結され、内装はマホガニー材、床は絨毯《じゅうたん》、スタインウエイのピアノまで置かれていたという。しかし客車の部品一式が日本に到着したのは国有化後だったため、九州に送られず、新橋工場で組み立てられた。だが、車体が大きすぎて使い勝手が悪く、需要もさして見込めず、宝の持ち腐れ状態だった。たまに東京周辺で外国人賓客用に使われたくらいで、大正終わりにはなんと教習車に改造されてしまった。半ば忘れられていたが、昭和初年、鉄道雑誌が「或る列車」として紹介すると、「幻の豪華列車」と鉄道ファンの関心を集めたという。

その「或る列車」が近年、ＪＲ九州で「復活」した。以前につくられたこの列車の精巧な模型をモデルに、著名な工業デザイナー水戸岡鋭治がデザインと設計を担当。ＪＲ四国の中古気動車を大改造した二両編成の特別列車で、JRKYUSYU SWEET TRAIN「或る列車」と名づけられた。車体は金と黒をベースに唐草模様があしらわれ、個室や厨房もあり、車内でおしゃれなスイーツが楽しめる。週末中心におもに北部九州で運行されている。ＪＲ九州は「ななつ星」など豪華列車運行に積極的だが、そのルーツはこの「或る列車」なのかもしれない。

## 2 伊予鉄道（軽便鉄道）

停車場はすぐ知れた。切符《きっぷ》も訳なく買った。乗り込んで見るとマッチ箱のような汽車だ。ごろごろと五分ばかり動いたと思ったら、もう降りなければならない。（『坊っちゃん』）

### 軽便第一号、伊予鉄道

東京からやってきた「坊っちゃん」が、松山・三津浜とおぼしき地に、はじめて下りたったときだ。汽船からはしけで上陸した「坊っちゃん」は、「マッチ箱のような」汽車で松山入りするが、この汽車はいわゆる軽便鉄道だ。

軽便鉄道は、軌道間が七六二ミリ（標準軌は一四三五ミリ、狭軌＝日本の鉄道が採用＝は一〇六七ミリ）と狭く、字句どおり、便利で手軽な鉄道だ。軌道敷地が小さくてすみ、車両も小型で工費

坊っちゃん列車（絵・藪野健）

も安いため、建設投資が少なくてすむ。七六二ミリは、ヨーロッパの荷車の車輪間からとられたという。軽便鉄道は明治・大正期に、日本で盛んに敷設されたが、その第一号が、「坊っちゃん」の乗った伊予鉄道といわれる。

松山に小林信近《のぶちか》という実業家がいた。彼は愛媛県内の官林の払い下げを受け、ヒノキを製材にして大阪方面に送ろうとしたが、松山—三津浜の馬車賃が三津浜—大阪の海上運賃より高くつくのに驚いた。そこで陸地輸送にふさわしい手段はないかと、東京や横浜に行って馬車鉄道などを研究した。そのうちに外国で使われている小鉄道（軽便鉄道）の存在を知り、鉄道局に敷設を申請した。当初は「日本にない小鉄道を、なぜ四国の素人が」と相手にしてもらえなかったが、小林は井上勝《まさる》鉄道局長に直訴するなどして運動、ついに認可が下り、明治二一年（一八八八）、伊予鉄道として松山—三津間が開業した。漱石の松山赴任の七年前のことだ。二八年四月、東京から赴任してきた漱石は三津浜から、この軽便に乗って市内へ入った。

機関車はドイツ・ミュンヘン製の輸入車で、動輪は二つ、直径が六八センチのかわいらしいタンク機関車だ。ちなみにD—五一形機関車の動輪は一四〇センチもある。この記念すべき第一号機関車は、現在、三津浜の先の梅津寺《ばいしんじ》パーク内に保存されている。松山市内を走る人気の「坊っちゃん列車」は、この機関車をもとに近年、復元製作されたもので、松山観光の目玉になっている。もっとも、動力は蒸気ではなくディーゼルで、煙も芝居などで使われるスモークという。

伊予鉄道はその後、道後鉄道など近隣の鉄道を買収、松山から道後温泉や近郊へ路線を延ばし、地方都市では珍しく私鉄のネットワークを形作っている。現在は軽便でなく、狭軌仕様である。

漱石は道後まで通じる軽便にのって道後温泉に通った。その様子をのちに『坊っちゃん』に取り入れる。

やがて、ピューと汽笛《きてき》が鳴って、車がつく。待ち合せた連中《れんじゅう》はぞろぞろわれがちに乗り込む。赤シャツはいの一号に上等へ飛び込んだ。上等へ乗ったって威張れるどころではない。住田《すみた》（道後温泉のこと）まで上等が五銭で下等が三銭だから、僅《わず》か二銭違いで上下の区別がつく。
（『坊っちゃん』）

赤シャツやマドンナ母娘は上等の車に入るが、うらなり君は下等だ。上等の切符をもつ「坊っちゃん」は、義侠心からうらなり君に続いて下等に乗り込む。客車もドイツ製で座席定員一二人の「マッチ箱」。頭も膝もつかえそうで、知人同士なら話が弾む狭い空間だ。赤シャツとマドンナはどんな会話をしたのだろうか。

漱石が『坊っちゃん』でこの軽便鉄道を幾度も登場させたのは、漱石が松山に行った時分、東京市内の交通は人力車か馬車鉄道くらいで、市内（路面）電車はまだ登場してなかったからだろう。軌道をごろごろ走る小さな汽車は、漱石には珍しく映ったようだ。

## 豆相人車鉄道から熱海へっつい鉄道へ

東京近郊でも軽便鉄道の建設が始まる。まずは人が車を押す人車鉄道が生まれた。

東海道線が御殿場経由で開通したころ、東京から温泉地の熱海に行くには、国府津《こうづ》まで汽車、そこから船で行くしかなかった。そこで、国府津—小田原間はすでに鉄道馬車があったので、小田原—熱海間に軌道を敷く計画がもち上がった。新しい軌道は、幅六一〇ミリという、普通の軽便よりさらに小さい鉄道で、動力はなんと人間である。人力車の鉄道版か。小田原から熱海まで三時間五〇分程度だった。この豆相《ずそう》人車鉄道は明治二八年開業した。多くの鉄道を立ち上げた実業家・雨宮敬次郎が経営者の一人だった。

当時の写真を見ると、湯治客らしき数人が乗る小さな客車を、一人か二人の車夫がえっちらおっちら押している。湯河原の「和菓子処・味楽庵」の店頭には、この人車鉄道の実物大の復元車両が展示されている。なお、漱石は満州旅行で熊岳城《ゆうがくじょう》温泉に行く際、駅から温泉地まで、人が押すトロッコに乗っているが、これも人車鉄道の一種だろう（第八章参照）。

しかし当時いくら人件費が安くても、相応に費用がかかり、速度も出ない。ルートは崖わきを通る海岸線だから安全面でも不安がある。そこで動力を蒸気機関に変更し軌道も七六二ミリに少し広げて軽便鉄道に衣替えして、明治四一年再出発した。芥川龍之介のよく知られた短編『トロッコ』は、このときの改軌（軌道の幅を変える）作業の様子が描かれている。

豆相人車鉄道は熱海鉄道と社名を変更、アメリカ製の蒸気機関車が数両の客車を牽引した。この小型蒸気機関車の形状がへっつい（台所にあるかまど）に似ていると、乗車した作家志賀直哉が表現した。このタイプの蒸気はその後量産され、各地の軽便鉄道で活躍したため、いつしか「へっつい機関車」とよばれるようになった。

志賀は『軽便鉄道』という短編で、小型蒸気機関車に引かれるこの鉄道の様子をこう描く。熱海の温泉に行く「私」は、国府津から路面電車で小田原に着き、ここで軽便に乗り換える。乗り合いの車両には水兵五人、子ども連れの母親ら一〇人が一緒だった。高い海岸線を縫うように走る列車だから、事故が心配だ。水兵らは「これからがあぶないところ」「なんまいだあ」などとしゃべっている。カーブも多く、ゆれが激しい。気持ちが悪くなった女の子は窓を開けて嘔吐した。真鶴で熱海からの汽車を待ちあわせ、再び動き出すと、地元の子どもが数人、汽車と競走しだした。最後まで追ってきた少年がいきなり、立ち止まった。目に蒸気機関車が出す石炭殻が入ったのだ。

## 大正の軽便鉄道ブーム

明治三九年に幹線鉄道が国有化されると、都市内の市電や近郊の電気軌道（電車）を別にして、地方では、新しくできた「軽便鉄道法」をよりどころに軽便鉄道の新規開業が相次いだ。日露戦争後の不況や公債の支払いなどで財政事情は悪化、国は幹線鉄道の整備に手いっぱいで、ローカル鉄道まではとても手が回らない。そこで少資本でも参入できる軽便鉄道を民間の資力で建設するのを期待し、鉄道敷設の条件を緩め、補助金を交付する軽便鉄道法を制定したのだった。このため、大正時代前半は軽便鉄道建設のブームがおき、私設軽便鉄道は一三〇社を超えたという。この国有鉄道も費用節減のため、一部の路線は軽便仕様で敷設した。今も各地に残る軽便鉄道は、この時期に生まれたものが多い。こうした私設の軽便鉄道を束ねて大日本軌道を興したのが、前述の雨宮敬次郎だった。

雨宮は明治のユニークな企業家、実業家、投資家のひとり。山梨県出身で、若くして相場師として名をあげ、多くの企業に関係したが、とくに熱心だったのは鉄道事業だった。甲武鉄道はじめ熱海鉄道、大日本軌道などを率いた。この大日本軌道は、静岡、伊勢、広島、熊本など全国八社の軽便鉄道会社を束ねる、「今風に言えば軽便鉄道のチェーン店」（岡本憲之『軽便鉄道時代』）だった。のちに雨宮鉄工所も創業、多くの軽便機関車を製造、販売した。雨宮の死で大日本軌道は解散、機関車製造部門も関東大震災や昭和恐慌で打撃を受け、昭和初めに消滅したという。

軽便鉄道は旅客用だけでなく、鉱山鉄道、森林鉄道として全国各地で活躍した。山間部が多い日本の地理的条件もさることながら、小柄な日本人に、軽便は相性がよかったともいえる。器用で繊細、創造よりも改良に力を発揮する日本人には、細かい作業や先進技術の習得、習熟は上手だ。かつて韓国の学者李御寧《イーオリョン》は、日本の文化の特徴を「縮み志向」と指摘した。たしかに扇子、箱庭、俳句、盆栽、弁当を作り出した日本人は、ものごとをコンパクトにまとめるのが得意であり、凝縮、緻密に美を見出した。軽便鉄道の隆盛も、日本ならではの現象だったのだろうか。日本語に、豆本、豆電球など縮小を表す豆という独特の接頭語がある。豆相鉄道の豆はむろん伊豆からだが、そういわれれば小鉄道の感じがでている。日本人の「縮み志向」は、軽便鉄道はじめ今の鉄道模型趣味にもつながっているのかもしれない。

## 塩原の軽便鉄道

さて、漱石は大正元年（一九一二）八月、親友中村是公《よしこと》に誘われ、塩原と信州に旅行する。前月の七月三〇日明治天皇が死去、元号が大正に代わったばかりだ。一七日、上野停車場九時三〇分発の青森行き急行に乗車、一三時一一分、西那須野で下車する。ここから軽便鉄道で塩原温泉の入口の関谷まで行き、人力車で温泉地に入った。この軽便は前月に開通したばかりの路線だった。温泉地行きだからか特等車両があり、漱石は特等に乗った。上野からの急行の食堂車で見かけた男女の連れも同じ車両だった。狭い車内だから、わけありカップルに挟まれた漱石は居心地が悪かったろう。

人力車に乗り換えた漱石は、ほっとしたのか、外の景色をゆっくり観賞する。塩原高原の冷涼な空気、広々とした高原に「いゝ路なり蘇格士蘭土《スコットランド》を思ひ出す。松、山、谷　青藍の水」と日記に記す。英国留学時代に訪れたスコットランドの風景がよぎった。漱石はこの二人連れのほかにも、一緒に温泉入りした人たちを、しきりに観察し、日記に書き留めている。漱石のノートには、車中道中で出会った人びとのふるまいや発言が、事細かに書かれてある。先にも紹介したが、多くの小説に現れるさまざまなエピソードの臨場感は、こうした観察と取材メモから生まれたのだろう。なお、この塩原の軽便鉄道は、昭和に入りバスに転換された。

## 絶筆『明暗』の湯河原行き

「非道《ひど》く降って来たね。この様子じゃまた軽便の路《みち》が壊《こわ》れやしないかね」

彼は仕方なしに津田の耳へも入るような大きな声を出してこういった。

「なに大丈夫だよ。なんぼ名前が軽便だって、そう軽便に壊れられた日にゃ乗るものが災難だあね」(『明暗』)

漱石の生涯で最後になった旅は、亡くなる年(大正五年)の一月二八日からほぼ半月の湯河原行きだった。この体験は、五月から執筆を始めた絶筆『明暗』に描かれる。

主人公津田は上司の妻の吉川夫人にそそのかされて、かつて恋仲だった清子が滞在する湯河原に向かう。右の引用は、雨の中、新橋を午前に出る列車の中等室(二等か)で、相客同士が話す会話だ。ここの軽便鉄道は、志賀が描いたように、カーブが多く路肩が脆弱で、大雨が降るとしばしば崩れた。彼らは国府津まで東海道線、そこから小田原まで路面電車、さらに軽便鉄道に乗り換えるので先の会話になった。当時は湯河原へ行くのもたいへんだ。『明暗』はなかなか理屈っぽい小説で、遅い進行にいらいらするところがあるが、漱石はラストに湯河原行きを配し、物語に動きが生まれた。湯河原で清子に会って、さあどうなる、というまさにクライマックス。ここで絶筆になったのは、かえすがえすも残念だ。

これまで見てきたように、旅する漱石先生は松山以来、いろんなところで軽便鉄道に乗っている。いつもひやひやしていたのかもしれない。『明暗』では、乗った軽便が脱線して動かなくなり、津田はじめ乗客は総出でうんうん車を押して、復旧させる場面を入れている。漱石の実体験かどうかは、わからないが、脱線は珍しいことではなかった。

湯河原行きは、静養が目的だったが、このときも遊び好きの中村是公が一緒だったので、湯河原から小旅行を楽しんだ。湯河原・門川《もんがわ》から真鶴《まなづる》近くの吉浜《よしはま》まで軽便で行き、小舟に乗ってブリ漁の見物をした。

### 内田百閒の湯河原訪問

この湯河原滞在中に、弟子の内田百閒《ひゃっけん》が金を借りに来た。妻子が病気でにっちもさっちもいかなくなり、頼るのは先生しかいない、と湯河原までやってきた。やはり小田原からは軽便だ。木の葉が散ってレールの上に落ち、木の油で機関車がすべって坂があがれなくなり、客車から下りてみんなで後ろから押した、という。湯河原の宿で面会した漱石は、事情を聴き、今はもち合わせがないが、東京に戻ったら取りに来なさい、と、やさしい。百閒は一泊しビールまで飲み、帰りの汽車賃も借りて帰る。百閒は若いころから図々しいね。このときの借金は二〇〇円か二五〇円だったというから今なら二〇〇万円以上か。漱石はその年の一二月に亡くなる。借金を踏み倒すのが得意の百閒だ、ちゃんと夫人に返したのだろうか。彼は漱石から背広も譲り受けている。例の喪章を腕に巻いた写真で着用している高級背広だ。長年大事に着てきたが、昭和二〇年五月の東京大空襲で家ともども焼失した。

## 岩手軽便鉄道と宮沢賢治

軽便鉄道を調べているうち、興味深い事実を知ったので、最後に記しておきたい。

漱石が満州旅行で乗った安奉線《あんぽう》（奉天〈現・瀋陽〉－安東〈現・丹東〉）は、日露戦争中、日本軍が速成で敷いた軽便鉄道だったので、日露戦後、大陸国際列車を見越して標準軌に改軌された。日本関釜連絡船を乗り継ぎ日本と朝鮮半島、大陸とを結ぶ国際列車構想だ。この安奉線の改軌と鴨緑《おうりょく》江《こう》鉄橋の完工が、国内の鉄道ダイヤ改正を促し、日本ではじめて特別急行列車を誕生させた（後述）。その改軌工事で不要になったレールや軽便の汽車は日本に運ばれ、当時盛んに建設された各地の軽便鉄道に再利用された。岩手県花巻から発する岩手軽便鉄道もその一つだ。

岩手軽便鉄道は、花巻から北上高地の仙人峠までの路線で、のちに釜石まで通じた（現・JR

釜石線)。この鉄道を花巻の宮沢賢治はしばしば利用した。「岩手軽便鉄道　七月(ジャズ)」という詩もあり、有名な『銀河鉄道の夜』のモデルともいわれる。

「機関車の下からは、力のない湯気が逃出して行き、ほそ長いをかしな形の煙突からは青いけむりが、ほんの少うし立ちました」とは、小品「シグナルとシグナレス」の一節だ。本線の立派な信号シグナル(男)と、軽便のきゃしゃな信号シグナレス(女)の淡い恋を描いた作品で、(東北)本線と軽便鉄道の格の違いが物語の背景にある。賢治関係の本でよく登場する煙突のひょろ長い、かわいらしい機関車は、アメリカ・ボールドウィン社製で、これも安奉線からのお下がりだ。そうなると、近代日本で最も人気のある二人の作家、漱石と賢治は鉄道レールでつながっていた、といえる、かな。

## コラム 『こころ』のふるさと

ここまで、おもに鉄道の路線別に、漱石の人と作品をトレースしてきたが、ここでは趣向をかえて、「はじめに」でも紹介した『こころ』の「私」のふるさと、先生の「遺書」を受けとった実家のある地方はどこか、鉄道をヒントに推測してみたい。いったい「私」は、どこの鉄道駅から先生の手紙（遺書）を携えて上京したのだろうか。

『三四郎』の主人公のふるさとは、豊前地方の豊津と作中で明示されている。一方『こころ』では、「先生」は新潟県人（「K」も同郷）と書かれているものの、典型的な日本の田舎の風景に描かれる「私」のふるさとは、はっきりしない。三部構成の作品の「中　両親と私」はそっくり、そのふるさとが舞台だ。

「私」の実家は「古い広い田舎家」で、「山と田地が少しあるきり」だ。ただ、息子二人を大学に行かせたのだから、比較的余裕のある農家か小地主だろう。夏は「麦わら帽のうしろに日よけのハンケチ」をするほど暑く、アブラゼミやツクツクホウシがうるさく鳴くというから、海浜というより山国のようだ。病気の父のために「わざわざ遠くから相当の医者を招」き、「(天皇崩御の弔意を示すために)黒いうすもの(布)を買うため町へ出」るのだから、町(県庁所在地かそれに準じる地方の中都市)からさほど遠くない村里だろう。人力車で町の停車場へ行ける距離だ。

実家に帰郷するにあたり「私はその晩の汽車で東京へ立つ積で」とあり、また、実家で「先生」から手紙をもらうとすぐ汽車の「発着表」を調べ、「東京行の汽車に飛び乗ってしまった」。つまり、その町の停車場から東京に直結する汽車がある。しかも夜行と日中の両方だ。帰郷の際、「先生」から旅費を借りるが、その場でタンスの引き出しから札を取り出してもらったのだから、そう多額とはいえず、東京からむやみに遠方ではなさそうだ。

漱石は、自分の足を踏み入れた場所を小説の舞台に設定するのが常だ。『坊っちゃん』はむろん、『行人』の和歌山がそうだし、先述したように『こころ』でも若いころの房総旅行が、後半の重要な場面で「再現」されている。「私」のふるさとも、漱石が一定の土地勘を有する場所と推定できる。

以上を踏まえて、鉄道の路線別で検討してみよう。遠い九州はありえない。海浜ではなさそうなので東海道線、山陽線は除外する。東北方面の出身者かとする研究者もいるが、東北線沿線は漱石と縁が薄い。すると、信越線と中央線が浮かんでくる。信州は二度も旅し、一度目は長野のほか高田、直江津まで足を延ばし、松本、諏訪を回って帰京している。二度目は塩原から軽井沢を経て、長野、豊野、中野、上林温泉に行った。いずれも夏の旅だから、山国の夏の暑さを実感しただろう。越後の高田、直江津は「先生」と同郷になるから、考えにくい。そうなると、長野（豊野）か松本（諏訪）あたりが候補に挙がる。信州なら老父が読みふける新聞として、有力な地方紙、信濃毎日新聞がある。かつて漱石と同僚だった桐生悠々が主筆の新聞だ。停車場のある町はどこか、例によって時刻表を調べ、該当する列車があるか探してみた。

　漱石が『こころ』に着手したのは大正三年四月半ばで、掲載は四月二〇日からだ。幸い、同年同月訂補の『列車時刻表』が手元にある。『こころ』執筆にあたり、漱石が時刻表を参照したとは思えないが、推測が的外れにならないよう、正確を期した。

　その日、次第に昏睡し、舌がもつれてきた老父の枕元に座していた「私」に、急ぎ帰郷した兄が分厚い手紙を手渡した。「先生」からの手紙だった。部屋に戻って一瞥し、事態を把握した「私」は、時計を見ながら汽車の発着表を調べ、手紙を袂《たもと》の中に投げ入れて無断で家を飛び出し、人力車で停車場に急いだ。付き添い看護婦は夜中の看病から別室で寝ていた、というから、昼から午後にかけてのころだろう。先の時刻表によると、長野一四時三〇分発、上野二一時五〇分着の信越線列車がある。松本だと一二時五五分発（上諏訪一五時八分発、ただし塩尻で乗り換え）、飯田町二三時三〇分着の中央線がある。念のため、帰郷に利用しただろう下りの夜行を調べると、信越線では上野二〇時発、長野五時四分着、中央線では飯田町二三時発、松本一〇時五〇分着の列車があった。

「私」は停車場で、壁に紙を押し付けて書いた、母と兄あての短いメッセージを車夫にもたせ、東京へ向かう汽車に飛び乗る。「ごうごうなる」三等列車の固い座席に座って、「先生」の長い遺書を読み続けた「私」は、夜遅く上野（か飯田町）に着く。すぐに雑司ヶ谷墓地からそう遠くない「先生」の家、「奥さん」が待つ家へ、人力車でかけつける……。家族の情愛やしがらみが支配する地方（前近代）と独立した個人同士の関係が成り立つ都市（近代）。「先生の遺書」は両者を結ぶ汽車の中で、物語られるのだ。

さて、では「私」のふるさとはどこだろうか。漱石は北信を二度旅しており、数日過ごして里の景色や様子を見聞きしている。中信は諏訪で一泊したにすぎない。県庁所在地の長野なら「相当の医者」もいそうだ。そうなると、実家は北信の善光寺平あたりで、停車場は長野（あるいは豊野）駅ではないか、と推測するのだが。

# 第七章　ロンドン

草創期のロンドン地下鉄、チューブ（絵・藪野健）

漱石がいたころのロンドン地下鉄路線図

# ロンドンの地下鉄

水上を行く汽車のごとし

ようやく探し当てたその絵は、コーナーの一角に端然と展示されていた。ロンドン・ナショナルギャラリーにある、ターナーの「雨、蒸気、速度――グレート・ウエスタン鉄道」だ。平成二七年（二〇一五）秋、私は英国ロンドンの中心地、トラファルガー広場に面したナショナルギャラリーに入った。さすが英国、入場無料だ。いろんな国の観光客でごったがえしている。

広い美術館は、宗教画などの西洋絵画であふれかえり、見つけた日本語のフロア案内でも、目的のターナーのある場所はよくわからない。館スタッフに聞いて、ようやくターナーの絵が数点並べてあるコーナーに立ち至った。でも、この絵はさほど大きくない（縦九一センチ、横一二二センチ）し、全体にぼんやりした風景画だから、うっかりすると見過ごしてしまう。日本の美術展と違って、有名な絵の前に人が群がることはない。

ターナー「雨、蒸気、速度――グレート・ウエスタン鉄道」部分。機関車の先に白く描かれているのが野ウサギという

小雨模様、霧と蒸気で朦朧《もうろう》とした画面の奥から、小型の蒸気機関車と客車がこちらに向かってくる。単線のレールが、手前に伸びる。近寄ってよく見ると、客車は無蓋車のように描かれ、乗客はかたまって座っている。汽車はアーチ状の鉄橋を渡っている。光と水と空の表現で知られる一九世紀英国の風景画の大家、ジョゼフ・マロード・ウィリアム・ターナー（一七七五〜一八五一）の晩年の傑作であり、草創期の鉄道を描いた名品だ。

この絵が描かれた一八四四年は、マンチェスター－リバプール間に世界で最初に旅客鉄道が開通して一〇年余、鉄道が急速に発達しつつあった時期である。ロンドンの西の玄関、パディントン駅から大西洋航路の港町ブリストルまで、グレート・ウエスタン鉄道が全通したばかりで、ターナーもよく利用したという。開通時には、ビクトリア女王も乗車したというから国家的事業だった。同鉄道の主任技師アイサムバード・キングダム・ブルネル（一八〇六〜五九）がおもな駅舎や橋梁を設計、この絵の鉄橋もテムズ川に架けられたブルネル設計のメイドンヘッド橋で、今も現役という。なお、ヒースロー空港に直結するパディントン駅は現在もロンドンの玄関口で、ブルネル設計になる鉄骨とガラスを用いたかまぼこ型のクラシックな駅舎は、空港を往復するヒースロー・エクスプレスのカラフルな列車と美しい対照を見せている。

かの Turner《ターナー》の晩年の作を見よ。彼が画しき海は燦爛《さんらん》として絵具箱を覆《くつがえ》したる海の如し。彼の雨中を進行する汽車を描くや溟濛《めいもう》として色彩ある水上を行く汽車の如し。（『文学論』）

ロンドンに留学した漱石は、しばしば美術館を訪れている。汽車の絵のほか「戦艦テメレール号」などターナーの名品が所蔵されるナショナルギャラリーにも足を運んだ。じっくりこれらの絵を見たに違いない。もともと美術を好んだ漱石は、西洋美術に関しては、趣味的というより専門の英文学研究、文学論研究に結びつく領域として自覚的に学んだ。留学途上のパリ万博で当時、隆盛を誇ったアールヌーボー芸術に接し、ロンドンでは古代からルネサンス、バロック、ロココと膨大に蓄積された西洋美術を見て回った。

ターナーの絵について、漱石は『文学論』で、さらにこう続ける。「この海、この陸は共に自然界にありて見出し能はざる底《てい》のものにして、しかも充分に文芸上の真を具有し、自然に対する要求以上の要求を充たし得るが故に、換言すれば吾人はここに確乎たる生命を認むるが故に、彼の画は科学上真ならざれども文芸上に醇呼《じゅんこ》として真なるものといふを得るなり」。芸術は、目に見えない真実や美を見出し、それを表出することだ、という重要なテーマが、ターナーの絵を踏まえて、提示されている。ターナー自身も、朦朧体のほとんど抽象絵画といえそうな自作について、何を描いたかわからない、と問う知人に「それがどうしましたか。肝心なことはただひとつ、印象を呼び起こすことです」と答えたという。ターナーの風景画は、肉眼でとらえたものを、のちに心の眼でとらえなおして生まれた「心の絵」という人もいる（千足伸行「イギリスのロマン主義絵画」『世界美術大全集』第二〇巻　西洋篇　ロマン主義）。

産業革命への批判

この絵は一見、朦朧としているが、じつは精密に描かれている。近くに寄ってよく見ると、テムズ川に小舟を浮かべ、釣りをしている人物が認められる。汽車に向かって手を振る人がいる。機関車のボディは、火室の中で石炭が燃えているのを透視したように描かれる。驀進《ばくしん》する機関車の先に、小さく白いものが見えるが、何だかよくわからない。絵の横の解説文によると、野ウサギらしい。汽車の前に跳びだして、慌てて走り去る一瞬だろうか。どんな寓意が込められているのだろうか。

当時、芸術家はおおむね産業革命に批判的だった。だが、若いころからヨーロッパ各地を馬車で旅したターナーは、より早く、快適な文明の利器の鉄道を歓迎した。蒸気に美を見いだし、そのエネルギーに讃嘆し、世の中を大きく変える近代文明の象徴として、汽車を題材にした。一方で、ややわざとらしい野ウサギの描き方や川舟でのんびりする人物の姿は、産業革命によって危機に瀕する自然界の暗喩、ともとれる。近代文明を全面的に肯定、歓迎しているわけではなく、社会との軋轢《あつれき》も生じるだろう、と感じていたのかもしれない。近代化の両義性、重層的な認識は、漱石の近代化観、鉄道観と共通する。

ターナー好きの漱石は、『草枕』でもこの絵に言及する。

主人公の画工は「ターナーが汽車を写すまでは汽車の美を解せず、応挙《おうきょ》が幽霊を描くまでは幽霊の美を知らずに打ち過ぎるのである」と語る。俗人は世間の常識やしがらみにしばられるが、真の芸術家だけが、美の本質をつかみとるのだ。『草枕』ではさらに、朝食に供されたお椀の中の、早蕨《さわらび》と紅白に染めぬかれたエビの美しさに触れ、「ターナーが或る晩餐《ばんさん》の席で、皿に盛るサラドを見詰めながら、涼しい色だ、これがわしの用いる色だと傍《かたわら》の人に話したという逸事をある書物で読んだ事がある」と述べ、「この海老と蕨の色をちょっとターナーに見せてやりたい」とまで書いている。漱石はかなりのターナー党である。

## 『坊っちゃん』のターナー島

しかし、漱石とターナーといえば、だれでも『坊っちゃん』を思い出すだろう。赤シャツと野だいこと釣りに行くシーンだ。有名なところだが、何度読んでもおかしいので、あらためて引用したい。

「あの松を見給え、幹《みき》が真直《まっすぐ》で、上が傘のように開いてターナーの画《え》にありそうだね」と赤シャツが野だにいうと、野だは「全くターナーですね。どうもあの曲《まが》り具合ったらありませんね。ターナーそっくりですよ」と心得顔《こころえがお》である。ターナーとは何の事だか知らないが、聞かないでも困らない事だから黙っていた。(略)すると野だがどうです教頭、これからあの島をターナー島と名づけようじゃありませんかと余計な発議《ほつぎ》をした。赤シャツは、そいつは面白い、われわれはこれからそういおうと賛成した。このわれわれのうちにおれも這入《はい》ってるなら迷惑だ。おれには青嶋で沢山だ。(『坊っちゃん』)

漱石が暮らした松山の外港の三津浜の沖に、松の木が目立つ九十九島《つくもじま》という小島があった。三津浜は松山の玄関口だから、漱石は何度も目にしていたはずだ。ターナーの大作「金枝」や「チャイルド・ハロルドの巡礼」(いずれもロンドン・テイトギャラリー所蔵)には、傘の開いた松の絵が印象的に描かれている。漱石はこの島の松とターナーの絵の松との相似を面白く感じたのだろう。このうち「金枝」は近年、東京藝術大学大学美術館で開かれた「夏目漱石の美術世界」展（平成二五年）のためにロンドンから運ばれ、展示されたから、ご覧になった方も多かろう。

モネの「サン・ラザール駅」

ところで、ナショナルギャラリーには、もう一つ、鉄道絵画の傑作がある。フランスの印象派の巨頭、クロード・モネ（一八四〇～一九二六）の「サン・ラザール駅」（一八七七年）だ。睡蓮《すいれん》のシリーズで有名なモネは、パリの西の玄関口、サン・ラザール駅を一〇点以上、描いている。ナショナルギャラリーのそれは、高い天井の駅舎に二台の蒸気機関車が盛んに煙を吐いている光景で、シリーズのうちでも名品とされる。私が見に行ったときは、かの有名な睡蓮の絵には数人が集まっていたが、この絵の前はあっさり通りすぎる人が多かった。

ロンドンから帰国してすぐ、東京で開催されていた「モネ展」にサン・ラザール駅の連作の一つ、「ヨーロッパ橋、サン・ラザール駅」が出品されていると聞き、見に行った。パリ・マルモッタン美術館所蔵のこの絵は、蒸気機関車を左に配し、汽車の吐く水蒸気でもうもうとする駅構内、線路をまたぐ橋、水蒸気の向こうの街並みが描かれる。一九世紀後半、新しい都市風景として汽車や駅が注目され、題材にしたのだろうが、画家のおもな関心はむしろ水蒸気であり、光と空気のようだ。産業革命の申し子、機械文明、合理主義のシンボルの汽車が、輪郭線をぼやかした印象主義の画家たちの目に留まったのは、いかにも皮肉で興味深い。

サン・ラザール駅はじつは漱石と無縁ではない。留学するロンドンへ向かう途上、パリに数日滞在したのち、パリのこのサン・ラザール駅を朝一〇時の列車で出発、ドーバー海峡沿いのディエップに向かった。そこから船で海峡を渡りニューヘブンに至り、再び列車に乗ってロンドン・ビクトリア駅に夜七時ごろ降り立った。パリまでは留学生仲間と一緒だったが、もう一人旅だ。心細かったことだろう。漱石はその長い海峡越えの一日を「巴里《パリ》を発し倫敦《ロンドン》に至る。船中風多《おおく》して苦し。晩に倫敦に着す」(『日記』明治三三年〈一九〇〇〉一〇月二八日)と簡潔に記している。

## 縺れ合う線路

漱石はロンドンで地下鉄に乗った。地下鉄を経験したかなり初期の日本人ではないか。

ロンドンでは一九世紀後半に世界で最初の地下鉄が開通し、すでにいくつかの路線が市内を走っていた。漱石は着いて二週間後の日記に、わざわざ「Underground railway に乗る」と書く。三カ月後、知人に宛てた手紙でも、当地は汽車馬車交通の機関は備わっているが「田舎者のぽつと出には悲いかな之を利用する事が出来ぬ仕方ないから地図にたよつて膝栗毛で出掛ると一二軒尋ねる内に日が暮れて仕舞ふ」とぼやき、「汽車を乗違へて飛でもない処へ持て行かれたりする」と嘆いている。

たしかにロンドンには鉄道会社がいくつもあるため、ターミナルが市内外縁部に散在する。漱石がはじめてロンドン入りしたのはビクトリア駅であり、西の玄関はパディントン駅、ケンブリッジ大学を訪問したときは、たぶんリバプールストリート駅からだった。各ターミナルからは鉄路が四方八方に伸び、市内は地下鉄網で結ばれる。漱石の留学からほぼ一〇年後の明治四三年に、ロンドンに特派された大阪朝日記者の長谷川如是閑《にょぜかん》は、当地には「衣物《きもの》の縞柄《しまがら》のように軌道《レール》が一面に敷いて」あり、汽車の運行は「東京や大阪の往来に人力車が走っているよりも目まぐるしい」と驚き、停車場では乗るべき列車がわからず、地元の英国人さえ、日本人の自分に列車の行き先を尋ねる始末だ、とあきれる。「倫敦の近所にクラッパム・ヂャンクションという猛烈な乗換駅がある。八方から落ち合う近郊の線路が、饂飩屋《うどんや》が転んだように縺《もつ》れ合っている」(『倫敦！倫敦？』)。うどん屋が転ぶという表現に笑ってしまうが、それほど鉄道線路が錯綜していた。お上りさんの漱石が呆然としたのも無理はない。

とはいえ半年も過ぎると、さすがに慣れてきた。明治三四年四月、東京の子規、虚子宛にしたためた長文の手紙(『倫敦消息』)では、こう報告している。

先づ「ケニントン」と云ふ処迄十五分許り歩行《ある》いて夫《それ》から地下電気で以て「テームス」川の底を通つて夫から汽車を乗換えて所謂《いわゆる》「ウェスト、エンド」辺に行くのだ。停車場まで着《つい》て十銭払つて「リフト」へ乗つた。連《つれ》が三四人ある。駅夫が入口をしめて「リフト」の縄をウンと引くと「リフト」がグーッとさがる夫で地面の下へ抜け出すといふ趣向《しゅこう》さ。

三番目の下宿、テムズ川の南のキャンバーウエルに住んでいたときだ（二二四ページ写真。丸いプレートがある部屋）。漱石はここを東京の下町、「深川のはずれ」に擬している、川向こうだからだろう。家を出てケニントン駅に着くと、まず、リフト（エレベーター）で地下のプラットホームに降りる。エレベーターも珍しかったと見え「セビロの仁木弾正《にっきだんじょう》だ」と、歌舞伎の仕掛けのセリにたとえている。地下鉄を地下電気と記している。車内の空気は臭く、揺れ、吐きそうで、不快だ。停車場を四つばかり越すと、バンクに着き、ここで乗り換えて別の穴に移る。

「穴の中を一丁許り行くと所謂 two pence Tube さ」（同）。バンクからロンドンを西へ横断している新しい地下電気だ。「どこで乗つてもどこで下りても二文即ち日本の十銭だからかう云ふ名がついて居る」（同）

## シールド工法のロンドン地下鉄

ロンドンの地下鉄は、当初は浅い地下を蒸気機関車が牽引し、ところどころに野天を設けて排煙させるしくみの地表線だったが、のちにチューブとよばれる電気動力の地下鉄が登場した。漱石が乗ったチューブは、地下深いところから横にトンネルを掘ってゆくシールド工法で掘られ、まるでチューブ（管）のようだと、その名がついた。シールド工法はフナクイムシが木造船の外板に穴をあけながら、穴の周囲を体液で固めて掘り進むのを見て発想したといわれる。漱石が乗ったバンクから西へ行く路線は、東京の銀座通りともいうべきオックスフォード・ストリートの下を通る路線で、できたばかりだった。今の地下鉄セントラルラインだ。このチューブ・トンネルの直径は三・六メートルと小さく、車体も小型だったが、このサイズは現在も同様だ。私は二〇一五年のロンドン滞在中、しばしば地下鉄を利用したが、車内が狭いのに気づき、まるで東京でいつも乗る大江戸線並みだな、と感じた。

長谷川如是閑は「倫敦の地下は、大鉄管《チューブ》が上になり下になり、からみ合っている訳だ。そのからみ合っている辺には、双方の鉄管に穴を穿《あ》けて連絡をつけている」と書く。現在でも乗り換えは複雑で、表示に注意しながら狭い通路を上下左右たどらねば、目的のホームや地上に出られない。なお、如是閑は滞在中、エドワード七世の死去に遭遇、ウエストミンスター寺院で執り行われた葬儀に、日本の新聞社の代表として参列した。九年前、漱石はエドワード七世の母、ビクトリア女王の葬列を、ハイドパークわきの沿道から、下宿の主人に肩車されて見物している。

漱石がロンドンで暮らしたころの東京は、市電（路面電車）すらまだなかった。東京の上野－浅草間にはじめて地下鉄が敷設されるのは、四半世紀後の昭和二年（一九二七）だ。まだまだ彼我の差は大きかった。

チューブに乗って漱石は、ベーカー・ストリートに住むシェイクスピア学者クレイグ先生宅に通った。たぶん現在のボンド・ストリート駅で降りて、クレイグ宅に向かったと思われる。クレイグの住居は、ベーカー・ストリートの一ブロック先のグロースター・プレイスにあったようだ。

ロンドン、クラッパム・コモンの漱石が下宿した家

ベーカー・ストリートといえば、おなじみのシャーロック・ホームズである。漱石ロンドン留学時は、作者コナン・ドイルがホームズものを雑誌に発表した時期に含まれる。依頼者が訪ねてくるホームズの事務所はベーカー・ストリートに設定されている。現在このあたりにシャーロック・ホームズ博物館があるというので、私も見物に行った。ホームズグッズが所狭しと並んでおり、シャーロッキアン（ホームズファン）にはたまらないところだろう。

そのクレイグ先生が事件に巻き込まれた。ホームズは近所に住むクレイグ宅を訪ねる。すると、先客に棗《なつめ》という日本人がいた。棗の下宿で奇妙な事件が起き、棗が疑われる。犯人はこのあばたの日本人か……というのは、山田風太郎の短編『黄色い下宿人』。よくできたホームズもののパスティシュ（模倣作品）だ。どうぞご一読を。『山田風太郎ミステリー傑作選一　眼中の悪魔　本格篇』（光文社文庫）で読めます。

五番目の下宿クラッパム・コモンの近くには、例の「饂飩屋が転んだ」ように路線が絡み合うクラッパム・ジャンクションがある。テムズ川南西部にあるロンドン有数の鉄道乗換駅だ。霧の深い日、ロンドンは極端に視界が悪化する。信号所の灯はまったく見えず、駅に入ろうとする列車は、ばちばちと爆竹のような音をたてて合図をして入線する。漱石は夜、下宿のベッドの上で、しばしばこの不思議な音を聞いた。『永日小品』「霧」で当時を回想している。

## スコットランドへの旅

ピトロクリの谷は秋の真下にある。十月の日が、眼に入《い》る野と林を暖かい色に染めた中に、人は寝たり起きたりしている。十月の日は静かな谷の空気を空の半途《はんと》で包《くる》んで、じかには地にも落ちて来ぬ。といって、山向《やまむこう》へ逃げても行《い》かぬ。風のない村の上に、いつでも落附《おちつ》いて、凝《じっ》と動かずに霞《かす》んでいる。(『永日小品』「昔」)

漱石はロンドンから帰国する直前の秋、スコットランドを旅した。ただわかっているのは、ピトロクリという地名だけで、詳しい旅程や期日は不明である。ピトロクリは、スコットランドの中心地、エジンバラから北へ鉄道で二時間ほど、ネッシーで知られるネス湖やインバネスへ行く途中にある。一九世紀半ば、ビクトリア女王も訪ねたという古くからの保養地だ。近くに古戦場があるという。ロンドンの下宿に「籠城」して文学研究に没頭していた漱石が、なぜ遠いスコットランドまで行ったのかもわからない。

時期的にはクラッパム・コモンに近い五番目の下宿に住んだときだ。ここから地下鉄を乗り継いでロンドン市内北にあるキングズ・クロス駅へ向かったと思われる。この駅はロンドンの主要ターミナルの一つで、スコットランド方面に向かうグレイト・ノーザン鉄道が北方へ延び、著名な急行「フライング・スコッツマン」がエジンバラまで直行する。当時は最新鋭の蒸気機関車に牽引されて、七、八時間で着いたという（現在は四時間半ほど）。漱石もこれに乗ったのだろう。

私は漱石のロンドン滞在地を訪ねる旅の終わりに、ピトロクリに足を延ばした。幸い、漱石が滞在した館は判明し、今はホテルになっているという。日程の関係でエジンバラまでは空路で行った。今思えば、何とか都合をつけて、列車で行けばよかった。

エジンバラの駅で改札のおばさんに「ピトロクリまで」と伝えるが、いっこうに通じない。いろいろ発音したあげく「PITLOCHRY」と綴りを書いて、やっとわかってもらった。現地では「ペットロッホリー」というように発音する。『地球の歩き方』ではピトロッホリーと表記している。漱石はピトロクリで通じたのだろうか。

エジンバラ駅からローカル鉄道に乗車。牛や羊がのんびり草をはむ緩やかな草原を車窓から眺めながめて二時間、ピトロクリ駅に着いた。閑散とした田舎の駅で、数人が下車すると人気がなくなった。保養地なのだから周辺の案内図くらいあるかと期待したが、なにもなし。思案の末、しばらく小道を進んでみると、ようやく教会や商店のある通りに出た。ここがメインストリートらしい。車も走っている。インフォメーションの表示がある建物を見つけ、中に入る。対応してくれた中年の女性に、私は日本のジャーナリストで、一〇〇年前に当地を訪ねた夏目漱石という日本の作家が宿泊した館を探している、というようなことを、頭の中で英作文してから話すと、即座に「オー、ソーセキ」。どうやら私と同様、漱石の旅を追体験し、この地までやってくる日本人がそこそこいるらしい。漱石が滞在した館は今、ダンダラックホテルになっていることを確認し、地図を書いてもらった。

林の道を歩いて十数分、レンガ造りの洒落《しゃれ》た建物がホテルだった。さっそく入り、受付の女性

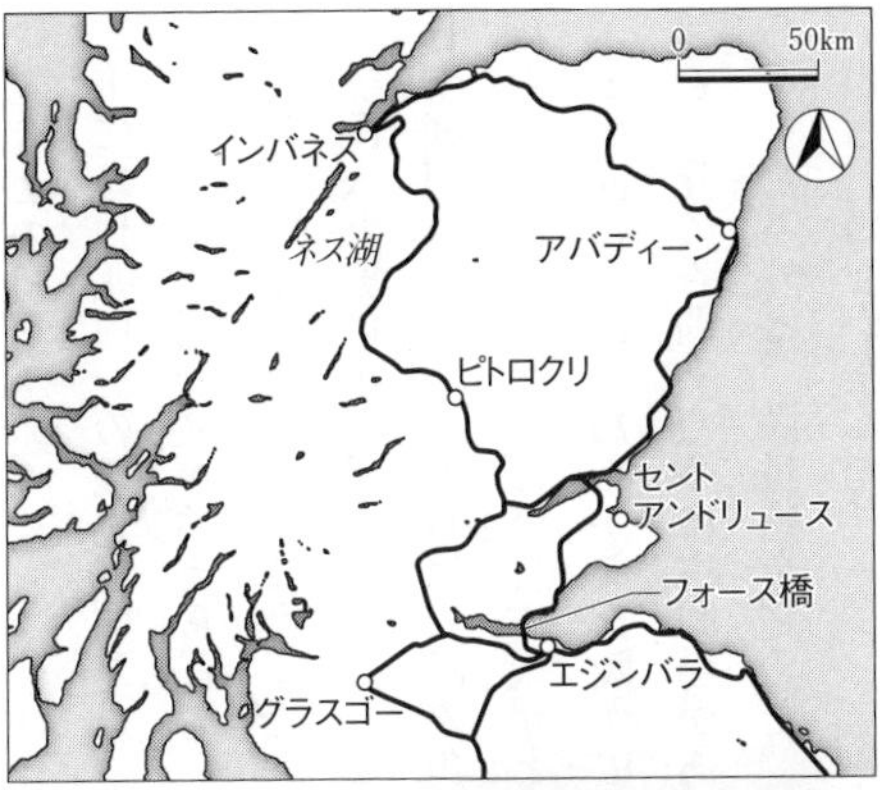

上:スコットランド、ピトロクリ周辺
下:ダンダラックホテル

に先ほどの口上を述べると、やはり「オー、ソーセキ」。ここでは漱石先生、有名人である。ロビーには地元周辺の観光パンフレットと並んで、例の喪章をつけた漱石の肖像写真が掲示され、簡単な英文の紹介文が添えられていた。日本語と英語翻訳の著作も数冊、置いてある。岩波文庫の『道草』が上下さかさまだったので、直しておいた。

支配人と庭に出て話を聞いた。この館は一九世紀半ばに造られ、館主が日本好きで、かつては日本庭園もあった。漱石は二階の角部屋に泊まったようだが、詳細は聞いていない。宿帳や写真はない。漱石のおかげで日本人がときどき、泊まりに来る。

庭の向こうになだらかな丘陵が広がり、穏やかな日差しが薄い雲を通して、あたりを淡い光で包む。丘の谷間あたりに古戦場があるのだろうか。この光景は漱石が一〇〇年前に見たのと変わらないだろうと、満足感を覚えた。ふと気づくと、近くに黒猫が忍び寄ってきた。漱石の猫を思い出し、口元が緩んだ。

## スコットランドに学んだ科学者たち

明治日本とスコットランドは縁がある。

明治政府は欧米先進国から産業、学芸、技術、制度を導入するため、官庁や学校に多くの外国人を招いた。お雇い外国人といわれる人たちだ。その中にスコットランド出身者が少なくなかった。日本沿岸各地で灯台建設を指導、日本の灯台の父といわれるR・H・ブラントンや明治初期

ドランド《ランド》

の工学教育の拠点、工部大学校（東大工学部の前身）を作ったヘンリ・ダイアーはスコットランド人だった。幕末の政商、トマス・グラバーもスコットランド・アバディーン近くの生まれだ。日本からも多くの留学生が渡った。薬学者・化学者の高峰譲吉《たかみねじょうきち》、物理学者田中舘愛橘《たなかだてあいきつ》、ニッカウヰスキーの創業者竹鶴政孝《たけつるまさたか》らはグラスゴー大学に学んだ。同大学は日本の造船技術者の最大の留学先でもあった。

日本土木史の父といわれる渡邊嘉一《わたなべかいち》（一八五八―一九三二）という人物も、グラスゴー大学に留学した。優秀な渡邊は、エジンバラ近くのフォース海峡に架かる鉄道橋・フォース橋の建設監督を任された。全長二・五キロ、当時世界最長の橋で、橋脚にかかる重量を分散させ、支柱に負担をかけないカンチレバー（片持ち梁）方式が特徴だ。これは橋梁にひし形の膨らみをもたせる独特の形状で、その姿から「鋼の恐竜」ともよばれ、世界遺産にもなっている。今も現役で当地の有名な観光地だ。渡邊はこの功績から、スコットランド銀行が発行する二〇ポンド札のすみに、カンチレバーの原理を実演する本人の写真が刷り込まれている。同銀行の発行する紙幣はイングランド銀行（日銀に相当）の紙幣と同等の価値があるという。橋は一八九〇年（明治二三）完成だから漱石留学一〇年前だ。ピトロクリへ行った漱石が、この橋を渡る汽車に乗ったかはわからない。渡辺は帰国後、幹部技師として各地の鉄道建設を指導、京阪電気鉄道や京王電気軌道などの経営に参画、東京石川島造船所（現・ＩＨＩ）の社長も歴任した。

漱石自身も、グラスゴー大学と接点がある。

留学中、領事館を通じてグラスゴー大学から日本人留学生のための試験問題作成を依頼された。先述したように、同大学には日本人留学生が多く、そのうち福澤諭吉の息子福澤三八らが第二外国語（独語・仏語）の代わりに日本語の試験を要求、認められたため、漱石に出題依頼が来た。どんな内容だったかは不明だが、日記に謝礼をもらった記述があるから、義務を果たしたのだろう。漱石のスコットランド旅行は、この件に関係していたかもしれない。漱石は留学当初、グラスゴー大学と並ぶ名門のエジンバラ大学への留学も考慮に入れたことも付け加えたい。ただスコットランドの英語はなまりがつよく、「日本の仙台弁の様なもの」で「折角英語を学びに来て仙台の『百ズー三』抔（など）を覚えたって仕様がない」と友人あての手紙にユーモア交じりに記している。

## もう一つのスコットランド旅行

このスコットランドへの旅が、漱石英国滞在中の唯一の遠出とされてきた。ところが最近、この旅とは別に、もう一度スコットランドに出かけたらしいことがわかってきた（川島幸希「夏目漱石とスコットランド　新発見の葉書」『日本古書通信』平成三〇年五月号）。

漱石と同じ船でドイツに留学した藤代禎輔《ていすけ》は、漱石のロンドン滞在当時ベルリンに住んでいた。その藤代宛の絵はがきがこのほど見つかった。差出人は「なかお」と「夏目金之助」の連名である。日付は明治三四年一〇月三一日、ピトロクリの旅の一年前だ。消印はスコットランドのエジンバラ。「なかお」は、漱石とロンドンで同じ下宿にいたこともある長尾半平と見られ、ふたりで旅したとしても不思議ではない。この絵はがきを発見した川島によると、ふたりの筆跡を鑑定すると、ふたりとも本人に間違いないという。これが事実なら、漱石の英国留学の空白期を埋める貴重な発見といえる。当時の漱石日記の記述はとびとびで、記載のある一〇月一四日はロンドン市内ハムステッドで長尾に会い、二二日は下宿で本を受け取り、一一月三日は俳句の会に出ている。二三日から二日までは空白であり、この間スコットランドに行った可能性はある。先に述べたように、当時すでにロンドンーエジンバラ間は直行の「フライング・スコッツマン」が走っているので、ロンドンから数日の旅行は十分可能だ。漱石の英国留学は、ひたすら下宿に籠り、発狂説がでるほど文学とは何かを探求する日々で、「倫敦に住み暮らしたる二年は尤も不愉快の二年なり」（『文学論』「序」）とのちに本人も記すほど、重苦しい、沈んだ月日だったとされる。もし二度もスコットランドに旅したとなると、これまでの見方の修正が必要かもしれない。

## ボーア戦争パレードに巻き込まれる

ところで、漱石はロンドンで、日露戦争の前に「戦争」に遭遇している。ボーア戦争（南ア戦争）だ。この戦争は、本書のテーマである鉄道が、戦局の帰趨《きすう》に重要な役割を果たしていた。

一九世紀後半、南アフリカには、原住民のほか、オランダ系のボーア人が支配するトランスバール共和国とオレンジ自由国が併存していた。そこへ、当地から産する金やダイヤモンドなど貴重な資源に目を付けた英国人が大量に移民し、両国と英国が対立、一八九九年一〇月、戦争に突入した。英国軍優勢だったが、ボーア軍はゲリラ戦で反抗、戦いは長引いた。結局、一九〇二年五月、二つの国が英国の植民地になることで、三年にわたった戦争は終結した。英国は勝利はしたものの、死者は六〇〇〇人にのぼり、ナポレオン戦争と第一次世界大戦のあいだの一世紀で英国が最も犠牲者を出した戦争といわれる。英国本土からすれば遠いアフリカの戦争だったが、明らかな植民地戦争であり、犠牲者も多く、国内は出兵をめぐり揺れ動いた。ちょうどそのとき、漱石はロンドンにいた。

岡田氏の用事のため倫敦市中に歩行す。方角も何も分らず。かつ南亜《なんあ》より帰る義勇兵歓迎のため非常の雑沓にて困却せり。(『日記』明治三三年一〇月二九日)

漱石は前夜、パリから汽車と船でロンドンにようやく着いたばかりだった。翌日宿を出、はじめてロンドンの街を歩くが、同じような建物が並ぶ街並みに迷い、いつしか街頭に繰り出した大群衆に押されるようにしてトラファルガー広場に行き着く。この日はたまたま、南アフリカに派遣された義勇軍がロンドンに帰還し、街をパレードする日だった。パレードを見物し歓迎する市民と、反対に戦争反対のデモ、さらに野次馬が加わり、市内は大混乱し、死者も出る大騒動になった。昨日着いたばかりの小柄な日本人が、わけもわからず群衆にもみくちゃにされるのもしかたがない特別な日だった。この日のことは、『永日小品』の中の「印象」でも、モノローグ風に、まさに印象深く描かれている。

勝利したものの英国に重荷になったボーア戦争は、日英同盟締結の理由の一つでもあり、世界に君臨した大英帝国凋落《ちょうらく》の兆《きざ》しにもなった。漱石はロンドン到着の翌日に、知らずしていきなり世界史の渦に投げ込まれたわけだ。その渦はいずれ、日本をも巻き込んでいく。なお、南ア派遣軍の総司令官キッチナー将軍はその後、日本を訪問、日英同盟下の日本は大歓迎した。漱石は『門』で、役所の同僚が新橋でキッチナーを見た、という話を入れている。英国留学中、戦局を伝える新聞で司令官キッチナーの名をしばしば目にしていたのだろう。キッチナーはその数年後、スコットランド沖で搭乗艦が沈没して死んだ。このときも漱石は「キッチナーの溺死」とわざわざ日記に記している。

そのボーア戦争は、鉄道線路をめぐる戦争でもあった。英国軍の主要基地ケープタウンからボーア軍総司令部のあるプレトリアまでは一六〇〇キロを超え、さらに各地に線路が延びた。鉄道は兵士輸送、物資補給の要だった。「鉄道網の形が戦争の進路を決定し」「主要戦は必ず鉄道の通じている町や鉄路からわけなく到達できる田園地帯で行われ」「英国が軍隊を維持できたのは鉄道による再補給があってこそ」だった（クリスティアン・ウォルマー『鉄道と戦争の世界史』）。

鋼板で車両を覆い、機関砲を備えた装甲列車が投入された。若きチャーチルが新聞記者として装甲列車で移動中、ボーア軍に襲われ、九死に一生を得たのは、このときのことだ。とはいえ、本格的な鉄道戦争（後述）はその数年後の日露戦争である。次節では、日露戦争における漱石、森鷗外の立ち位置、鉄道との関係を見ていきたい。

# 第八章　シベリア鉄道・南満洲鉄道

満州で活躍したＢ６機関車（絵・藪野健）

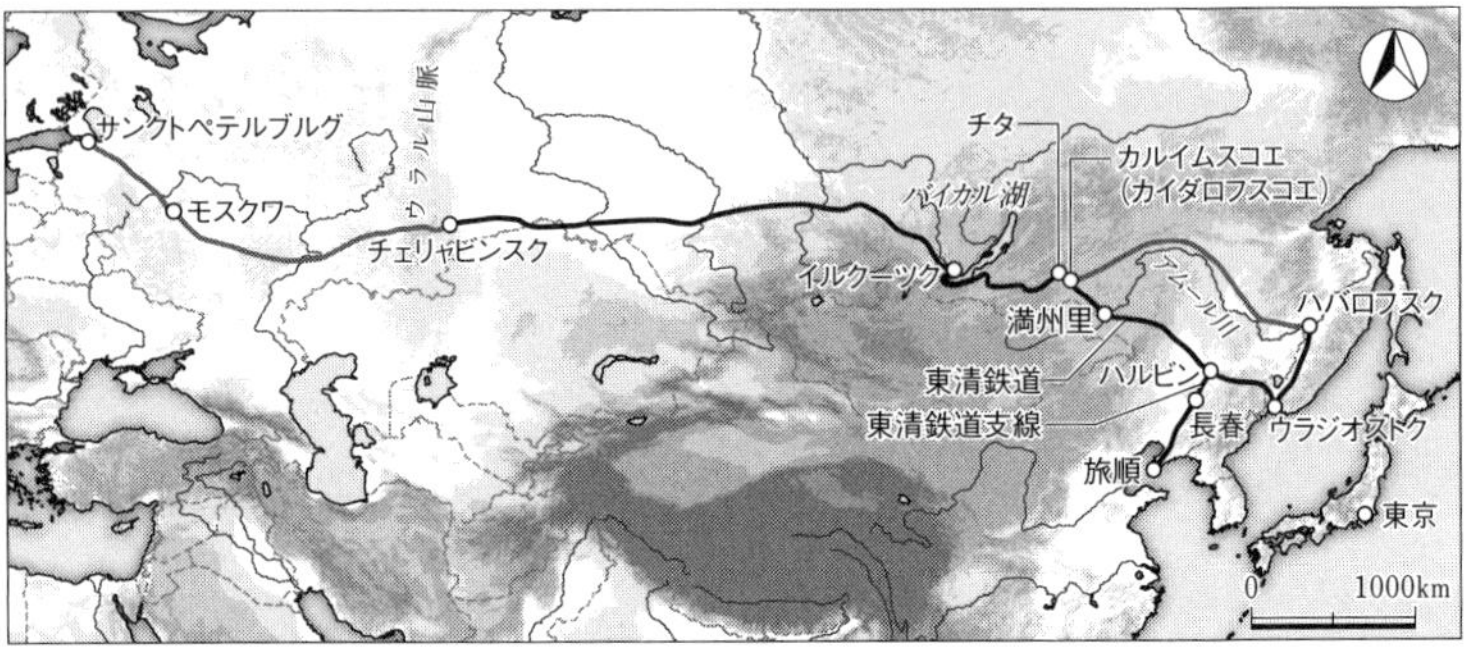
サンクトペテルブルグ
モスクワ
ウラル山脈
チェリャビンスク
バイカル湖
イルクーツク
チタ
カルイムスコエ
（カイダロフスコエ）
満州里
アムール川
ハバロフスク
東清鉄道
ハルビン
東清鉄道支線
長春
ウラジオストク
旅順
東京
0
1000km

シベリア鉄道路線略図

# 1 シベリア鉄道

「気を付けねば」

『草枕』は、出征する那美《なみ》さんのいとこの久一《きゅういち》さんを、停車場で見送る場面で終わる。画工である「余」は、久一さん、那美さん、その父親らと停車場のある地方都市へ向かう。男勝りの那美さんは「死んで御出《おい》で」とはなむけの言葉をかける。「はじめに」で紹介した「汽車ほど二十世紀の文明を代表するものはあるまい」「あぶない、あぶない。気を付けねばあぶないと思う」という汽車論が展開されるのは、このときである。

久一さんは長蛇のような列車の腹に入れられ、戦場に向かう。那美さんの元夫が、列車の窓から顔を出す。兵隊とともに満州方面に行くのだろう。那美さんは茫然とし、「憐れ」の表情を浮かべる。「余」はそれを見て、那美さんを描けると確信する、というのが結びだ。

この戦争は日露戦争とされる。

日露戦争は、日本にとって明治近代化の仕上げの戦争であると同時に、弱小のアジア極東の島国が、大国ロシアに勝利した世界史的な出来事だった。その戦いには大きな特徴があった。「戦いの運び方において鉄道が中心的な役割を演じたのみならず、鉄道線の建設が事実上戦争を誘発させた唯一の戦争」（クリスティアン・ウォルマー『鉄道と戦争の世界史』）であり、鉄道をめぐる世界最初の大規模な戦争、鉄道が決定的に重要な役割を果たした戦争、つまり鉄道戦争だった。鉄道を利用して膨大な兵員、物資を戦域内へ迅速に輸送できた結果、戦闘の規模が拡大し、しかも全戦場が当該国以外の地域で展開された。その鉄道とはシベリア鉄道であり、東清鉄道（のちの満鉄）だ（後述）。

では汽車で出征していった『草枕』の久一さんはどこで、どんな戦いをしたのだろうか。生きて故郷へ帰れただろうか。むろん、『草枕』はフィクションなのだが、想像してみたい。また、漱石と、もう一人の明治の文豪、森鷗外は、この戦争にどう向き合ったか。二人の日露戦争をたどり、久一さんの運命も推測してみたい。

## 日露開戦まで

まず、開戦に至る経過を復習しよう。

日清戦争が日本の勝利で終わり、下関条約が結ばれた（明治二八年四月）直後、ロシア、フランス、ドイツの列強が、条約で認められた日本の遼東半島領有に異議を唱え、還付を勧告した

（三国干渉）。主役は、当時、満州へ進出し、遼東半島先端に冬でも海面が凍らない港（不凍港）の建設をもくろんでいたロシアだった。日本はやむなく受け入れ、遼東半島を清国に還付した。以後、ロシアは満州に鉄道敷設権を獲得し、遼東半島を租借地として、「南下政策」を着々と進めた。日本では「臥薪嘗胆《がしんしょうたん》」をスローガンに、対ロシア報復の国民感情が生まれていった。

数年後、中国・華北地方で排外結社義和団が蜂起、清国はこれに乗じて外国に宣戦を布告、北京の外国公使館区域も封鎖された（明治三三年、北清事変）。列強は連合軍を結成し、鎮圧にあたった。地理的に最も近い日本は、各国の要請を受けて連合軍最大の一万人の兵を派遣、義和団鎮圧に大きな役割を果たした。映画「北京の五十五日」はこのときの物語だ。

戦乱が収まり、各国軍隊は一部を残し、撤収していく。ロシアも清国と満州撤兵協約に調印し、六カ月ずつ三期に分け、一年半で撤兵の完了を約束した。ところが、第一期の撤兵こそ守ったが、第二期は期日が来てもあれこれ理由をつけて撤退の気配を示さない。日本は朝野をあげて大反発、ロシアうつべしの声が世の中を覆った。

ロンドンに留学していた漱石は、当地の新聞を熟読し、不穏な極東情勢を注視していた。明治三四年四月には東京の子規、虚子あてに長文の手紙を三通（のちに「ホトトギス」に「倫敦消息」と題して転載される）書くが、その中にこんなくだりがある。朝、新聞を開くと、まず「支那事件」（北清事変）のところを読み、次にロシアの新聞の評論を読んだ。「若《も》し戦争をせねばならなん時には日本へ攻め寄せるは得策でないから朝鮮で雌雄を決するがよかろうという主意である。

出して軍費の穴を塡《う》めんとしつゝある。支那は天子蒙塵《もうじん》の辱《はずかしめ》を受けつゝある。英国はトランスヴァールの金剛石を掘りとしつゝある。魯西亜《ロシア》と日本は争はんとしては争はざらん朝鮮こそ善《い》い迷惑だと思つた」。別の日の手紙では「魯西亜《ロシア》と日本は争はんとしては争はざらん

こうした情勢の中、明治三五年一月、日英同盟が締結された。ロシアの南下を警戒する英国と、ロシアの満州・朝鮮半島への進出を抑えたい日本の利害が一致した。この日英同盟もじつはシベリア鉄道が深くかかわっていた。英国のアジアの権益は海軍力による制海権に依存していたが、シベリア鉄道でロシア陸軍がアジアに展開できるとなると、海軍力だけで陸上に威力が及ばない英国には不利な状況が生まれる。さらに不凍港の旅順をロシア海軍が手にすればロシアは海上でも強力なパワーをもち、大英帝国は揺らぎかねない。このため、英国は「光栄ある孤立」政策を捨てて、極東の島国、格下の日本と同盟した。背景には、ドイツ帝国の興隆とボーア戦争（南ア戦争）の苦戦があった。

日英同盟締結を日本人は熱狂的に歓迎した。お雇い外国人のドイツ人医師ベルツはこう日記に記す。「日本人は、新らしい同盟がうれしくて夢中になっている。なるほど、今までに主義として同盟を結ばなかった国家が、人種を異にする国民であるかれら日本人と、完全に同権を基礎とする盟約をしたことは、確かに日本人にとっては、大勝利である。慶應義塾の学生は盛大なたいまつ行列を催し、英国公使館の前で万歳をやった」（『ベルツの日記』明治三五年二月一四日）

ロンドンの漱石は同盟締結に功のあった林董《ただす》駐英公使に贈り物を、と在留日本人会から寄付

を求められ、しぶしぶ五円寄付した。そして本国のお祭り騒ぎを痛烈に批判する。義父への書簡の中で「此同盟事件の後本国にては非常に騒ぎ居《おり》候よし斯《かく》の如き事に騒ぎ候は恰《あたか》も貧人が富家と縁組を取結びたる喜しさの余り鐘太鼓を叩きて村中かけ回る様なものにも候はん」（同年三月一五日、中根重一宛書簡）と辛辣《しんらつ》このうえない。

さて、日本国内では、ロシアの満州居座りに危機感を強め、対露強硬論が台頭する。よく知られるのは「東大七博士建議書事件」である。明治三六年六月、戸《と》水寛人《みずひろんど》東京帝大教授ら七人の教授が桂首相を訪問、対露強硬策を強く主張、さらに同趣旨の建議書を提出した。各新聞は競って書き立て、社会的事件に発展した。東京帝国大学教授というと、年配の権威者で非政治的（というか反政府的）という印象があるが、七博士は寺尾亨《てらおとおる》教授四四歳ら三〇代から四〇代の意気盛んな少壮教授たちだった。桂首相は面会に来た彼らに対し「戦争のことは、軍人にまかせてもらいたい」と軽くいなしたという（半藤一利『日露戦争史1』）。

戦争に最大の責任を負うのは軍部である。同じころ、陸軍参謀本部で重要な会議が開かれた。大山巌《おおやまいわお》参謀総長以下、陸軍首脳が集まり、ロシアの軍事力を検討する首脳会議だ。席上、参謀本部総務部長の井口省吾《しょうご》少将は、大意次のような意見を述べた（同年六月八日、「満洲に於ける露国の行動に対し帝国のとるべき処置に関する井口総務部長の意見」）。

ロシアがその版図を膨張する方面は、西、南、東だが、西はドイツやオーストリアなどの強国が控え、南のバルカン半島は弱小国が多いものの列強の利害が絡む。東南の中央アジアは英国が強い影響力をもつ。一方東は野蛮の地多く、反抗が予期されるのは日本だけだ。だから「露国は暫く他方面は之を措き満韓方面に侵略の全力を傾注」するだろう。旅順、大連を租借したのは満韓地方侵略の予備で、経済上収益を望めないシベリア鉄道に巨資を投ずるのはそのためだ。ロシアが東亜に使える陸軍兵力は二三万で、シベリア、黒龍軍管区および関東州軍は一六万、残りの七万はモスクワ軍管区からであり、これが遼陽付近に到着するのは、今のシベリア鉄道の能力では一二〇日余かかる。一方日本の兵力は一三個師団でうち四個師団は開戦とともに戦場に投入できる。シベリア、東清鉄道は年々、改修が進み今後は兵力集中が進む。だから「今日の景況は我帝国に最有利にして露国の為に最不利なり」「今の時を逸して復《また》求むべからざるなり而して此一挙たる実に帝国前途の死活問題たり」（『明治三十七、八年 秘密日露戦史 第一』）

シベリア鉄道がまだ未開通で、かつ日本の海軍力がロシア極東艦隊に対し優勢なうちに開戦すべきであり、時がたてばたつほど、日本は不利になる。井口はこのように早期開戦を強く主張、戦費として日英同盟の縁から英国に公債購入を期待することや朝鮮半島を南北に縦断する鉄道（京釜《けいふ》線）の建設を求めている。もしロシア極東艦隊が東シナ海の制海権を握れば、満州地方に兵員・物資を運ぶのは、陸路の京釜線しかなかった。

日本の命運は、シベリア鉄道にかかっていた、といって過言ではない。

## 工事が進むシベリア鉄道

シベリア鉄道は、ヨーロッパ・ロシアのチェリャビンスクから極東のウラジオストクまで七三〇〇キロ（広義ではモスクワからウラジオストクまで九三〇〇キロ）の世界最長の大陸横断鉄道である。シベリアはそれまで、西部から厳寒の荒れ地を馬に揺られて二、三年かかる遥かな地だったが、鉄道を敷設すればウラジオストクまで一カ月以内に到着可能だ。ロシア政府はシベリアの植民、開発と極東の軍事力強化を目的に鉄道建設を決意、明治二四年（一八九一）五月、ウラジオストクで皇太子が臨席して起工式を行った。第一章で紹介した大津事件は、シベリア鉄道起工式のために皇太子が極東に旅行した際、日本に立ち寄った時に起きた。シベリア鉄道と日本は、その始まりから血腥《ちなまぐさ》い縁があったわけだ。

ヨーロッパ方面の線路は着々と開通し、三一年にはイルクーツクまで通じた。一方、東のウラジオストク―ハバロフスク間も開通、さらに清国内の満州里からハルビンを経てウラジオストク北方のウスリースクに至る東清鉄道も着工され、また、ハルビンから分岐して旅順に至る支線も工事が進んだ。この東清鉄道経由がシベリア鉄道の本線とされた。のちにアムール川沿いにハバロフスクまでが開通、こちらが新しい本線になり、現在に至っている。

参謀本部はシベリア鉄道建設の進捗《しんちょく》状況に神経をとがらせた。「明治三十三年（一九〇〇）に於ける対露作戦の研究」という参謀本部の文書があり、シベリア鉄道の状況を分析している。要旨は以下のとおり（表記は現代仮名遣いに改めた）。

1、欧露より極東に通じるシベリア鉄道はストレテンスク（チタ東方三〇〇キロ）まで開通した。
2、ウラジオ－ハバロフスク間のウスリー鉄道は全線開通した。
3、情報は断片的だが、ハルビン－ニコリスク（ウラジオストク北方七〇キロ）間及びハルビン－カイダロフスコエ間の東清鉄道は中央部分二〇〇キロが未完成だが、ロシアの新聞によると三五年初には竣工見込み。
4、ハルビンより旅順、大連に至る東清鉄道支線は、第二松花江から鉄嶺までの三六〇キロが未完成だが、今年秋には完成する（『明治三十七、八年　秘密日露戦史　第一』）。

このように日本軍部はシベリア鉄道開通を恐れたが、その全通は日露開戦後の明治三七年九月だった。ただし、長大な鉄道はおもに単線でバラスト（線路に敷く砂利や砕石）も不十分、脱線も多く、操車場や給水施設も不備であり、迅速、正確な兵の輸送、資材、兵器の運搬には限界があった。開通しても当初は一日に三列車がせいぜいだったという。

桂太郎首相、小村寿太郎外相らの政府は、対露協調の伊藤博文ら元老の意見を聴取しつつ、最終判断を固めつつあった。明治三六年四月二一日、山県有朋の別荘である京都・無鄰庵《むりんあん》で、桂、小村、山県、伊藤の最高首脳がトップ会談、満州はロシアに優越権を認める代わりに、朝鮮半島は日本に優越権を認めるよう求める「満韓交換」論で、交渉を続けることを決めたとされる（無鄰庵会議)。とはいえ、交渉がまとまらなければ戦争も辞さず、という構えだった。

東京朝日新聞や読売新聞など各新聞は開戦論を主張、東朝の池辺三山主筆は山県に面会を求め「維新以来、ひたすら陸軍をつくりあげてきたのは、なんのためか」と強く迫ると、山県は目に涙を浮かべて聞いたという。

この時期、明治天皇は関西に行啓する。

竹内正浩『鉄道と日本軍』によると、同年四月、海軍大演習観艦式(神戸沖)と内国勧業博覧会(大阪・天王寺)に臨席するため、お召列車で東海道線を下った。途中の沼津停車場では、川村純義《すみよし》中将の別邸に滞在中の裕仁親王(のちの昭和天皇)の迎送を受けている。裕仁親王はまだかぞえの三歳だった。

名古屋を経て舞子仮停車場で下車、行在所に入り泊、神戸からお召艦「浅間」に乗船、洋上の戦艦「三笠」など海軍艦船を親閲した。その後、京都御所に滞在、さらに大阪の天王寺での博覧会を見学し、日本の鉄道の父とされる井上勝《まさる》から、最新の蒸気機関車の説明を受けた。天皇は一一月にも、陸軍特別大演習統監のため、姫路、加古川、舞子方面に行啓している。移動はほとんど鉄道だった。戦争が現実化してきたこの時期、政府は開戦の準備をしつつ、鉄道を存分に活用した天皇行啓によって、有事の際、天皇のもとで国民、兵士の一致団結を期待したのである。

## 不機嫌な漱石

政府・軍部やジャーナリズムさらに国民が、ロシアにむけて、反感を強め、一触即発の空気が漂っている明治三六年春ころ、わが漱石は何をしていたのだろうか。

じつは漱石も尋常ではなかった。ロンドン留学時の神経衰弱が悪化し、家庭内では常軌を逸した行動をとって、夫人を悩ませ、一時期、家族と別居する異常事態の日々だった。

明治三六年一月にロンドンから帰国した漱石は、熊本には戻らず、四月から東京帝大文科大学講師と第一高等学校講師を兼任、千駄木の家から、近所の帝大と一高に通っていた。真面目な彼は、こまかく講義ノートを作り、授業に臨んだ。週に大学が六時間、一高が二〇時間というから、かなりハードである。

帝大ではラフカディオ・ハーンの後任で、「英文学概説」と『サイラス・マーナー』（エリオットの小説）を講義した。海外留学した日本の俊英が帰国し、外国人に代わって教壇に立つ時代になってきたのだ。人気があり著名なハーンに代わって帝大英文学の教壇に立った、この新人講師は、ハイカラーに先のとがった靴をはく、きざっぽい男だった。授業ぶりも本場仕込みの英語を交え、やたらと理論を並べる難解な内容で、当初、学生からはきわめて不評だったという。漱石もおもしろからず、「図書館の事務員の私語がひどいから、注意してくれ」と学長宛に手紙で訴えたりした。

漱石の神経が最も弱っており、生涯で何度かある危機のうち、最悪の時期だった。鏡子夫人の『漱石の思い出』によると、梅雨のころから悪化し、夜中癇癪を起こし、枕など手あたり次第のものを放り投げたり、子どもが泣くと怒り出したり、女中を追い出したり、と手が付けられず、医者はただの神経衰弱ではなく精神病の一種じゃないか、と見立てるほどだった。七月に夫人は子どもと実家に戻り、別居生活。こうして離縁すれすれまで行ったが、親や親戚が中に入り、九月に夫人は家に戻り、ようやく一息ついた。しかし、内弁慶の漱石は相変わらず不機嫌で、幼い子どもたちは父親を恐れおののきながら暮らした。

明治三六年一〇月、ロシアは第三期撤兵時期になっても、兵を動かさず、相変わらず満州に居座った。ここに至ってついに、主要新聞でただ一つ非戦を主唱してきた万朝報《よろずちょうほう》も開戦論に転じ、開戦にむけ政府に協力すべきだとする宣言を発した。非戦論を展開してきた幸徳秋水、堺利彦、内村鑑三らは退社し、幸徳、堺は、反戦・平民主義を掲げて平民社を結成、週刊新聞「平民新聞」を発刊した。だが彼らの声は、社会のごく一部であり、国民大勢は「ロシアうつべし」の大合唱だった。内心では北方の大国ロシアにおびえながらではあるが。

漱石は同年九月の帝国大学新年度から、「英文学概説」に加え『マクベス』の講義を始めた。『マクベス』の講義は学生から好評で、一番広い二〇番教室はいつも満員になった。シェークスピアだから漱石も気合を入れて臨んだのだろう。当初は冷ややかだった学生たちも、漱石の深い学識と巧みな講義ぶりに、敬意を抱きだした。森田草平や野村伝四らのちに漱石の親しい弟子になる学生が文科大学英文科に入学したのも、この九月だった。大学での講義が順調に運ぶようになったためか、神経衰弱もやや好転した。五高の教え子の寺田寅彦がときおり遊びに来て歓談した。

一方、陸軍の医療・衛生部門のエリート将校でドイツ留学も経験した森鷗外は明治三五年三月、九州の小倉からようやく帰京した。小倉十二師団軍医部長から、めでたく第一師団（東京）の軍医部長に転勤、本来の出世コースに戻ったのだ。公務の合間にアンデルセン『即興詩人』の翻訳書を刊行、再婚した妻志げとの間に長女茉莉《まり》が生まれた。とはいうものの、志げと母峰の折り合いがきわめて悪く、こちらの家庭生活も平穏ではなかった。

秋が深まっても、日露政府間の交渉は続いていた。満州問題を交渉の場に上げないロシアと満韓交換論の日本とは妥協の道が見つからない。政府は三六年一二月、緊急勅令を発し、軍資補充のための臨時支出、朝鮮半島の京城―釜山を結ぶ京釜鉄道の建設速成などを公布、戦争準備が一挙に進んだ。海軍は常備艦隊を解いて連合艦隊を編制した。ロシアは、シベリア鉄道が全通すれば、ヨーロッパから大連まで軍事一貫輸送が可能になり、旅順と大連に不凍港をもつことで日本近海の制海権を獲得する。日本はシベリア鉄道が全通する前に開戦に踏み切らなければならない。

翌明治三七年一月、新たに寄せられたロシア修正案を検討し、交渉継続の道を探るものの難航、同月末には鉄道による一元的な軍事輸送を可能にする鉄道軍事供用令が公布された。二月四日、御前会議が開かれ、ついに開戦を決定した。前日の三日には、ロシアのぎりぎりの妥協案が、ペテルブルクからロシアの総督府のあった旅順に送付されたが、「それが東京のローゼン駐日大使へ届かなかったのは、開戦を前にして満州地域で日本軍が行っていた電信線破壊のためではないかと推測されている」（原田敬一『日清・日露戦争』）。日露開戦は、鉄道のみならず、電信という近代文明のシンボルとも、深く関係していた。漱石は大学で『マクベス』の講義を続けている。

## 2 日露戦争

### 鷗外の戦争詩「扣鈕」

陸軍第一師団軍医部長森林太郎（鷗外）が、遠征軍の第二軍軍医部長に任命され、広島に向かったのは、明治三七年（一九〇四）三月二一日のことだった。前月の二月九日、日本海軍は仁川沖でロシアの軍艦を撃破、ついに日露開戦に至った。陸軍も臨戦態勢を整え、第一（東京）、第三（名古屋）、第四師団（大阪）によって第二軍が編制された。司令官は奥保鞏《やすかた》大将、遠征軍で最も規模が大きく、戦闘の主力となる役割が期待された大部隊である。

軍勢を大陸に上陸させるため、司令部ほか兵員は広島にぞくぞく、集結した。鷗外は広島にひと月ほど滞在、同年四月二一日、奥司令官以下第二軍首脳とともに、広島の宇品《うじな》港から輸送船「八幡丸」に乗船した。朝鮮半島・鎮南浦に向かい、そこから遼東半島東海岸に上陸した。

第二軍の当面の目的は、遼東半島を制圧し、半島先端にあるロシア軍の拠点、旅順要塞を孤立させることだった。軍は旅順の東北に位置する南山に展開するロシア陣地を攻撃、多大な犠牲を払って南山に突入、制圧したのは五月二六日だった。近くの金州も攻略した。この南山・金州の戦いは大激戦で、戦死傷者は四三〇〇人を超し、陸軍の建軍以来最大の死傷者を出した。第二軍司令部から死傷者数の報告を受けた大本営は仰天し、電報の打ち間違いで〇が一つ多いと思ったという。乃木希典《のぎまれすけ》大将の長男勝典《かつすけ》がこの戦いで戦死した。後方に構える司令部とともに行動する鷗外は、むろん前線で戦ったわけではないが、軍医のトップとして、戦線から後送されるおびただしい負傷者、遺体の対応に指示を出したはずだ。

激戦だった南山の戦いの陣中で、鷗外はとても戦場にふさわしくない一編の詩を作る。「扣鈕《ボタン》」という詩だ。

南山の　たたかひの日に　袖口の　こがねのぼたん
ひとつおとしつ　その扣鈕惜し
べるりんの　都大路の　ぱつさあじゅ　電灯あをき
店にて買ひぬ　はたとせまへに
えぽれつと　かがやきし友　こがね髪　ゆらぎし少女《おとめ》
はや老いにけん　死にもやしけん　はたとせの　身の
うきしづみ　よろこびも　かなしびも知る　袖のぼた

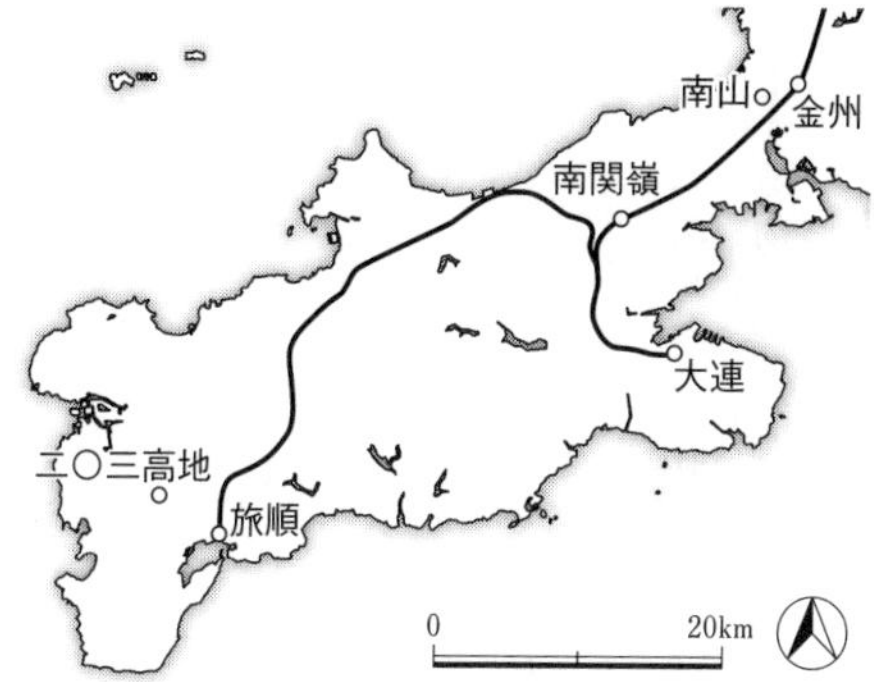

遼東半島の戦地

んよ　かたはとなりぬ
ますらをの　玉と砕けし　ももちたり　それも惜しけど　こも惜し扣鈕　身に添ふ扣鈕

二〇年前、留学していたベルリンで買い、大事にしてきた袖のボタンを、ここでなくしてしまった。若き日の友情（「えぽれつと」は軍服の肩賞）を懐かしみ、『舞姫』のモデルとされた女性の影もちらつく、きわめて抒情的というか感傷的な詩だが、これが膨大な死傷者を出した戦いの陣中で作られたことに驚く。玉砕したももち（百千）の兵士も惜しいが、失くしたボタンも惜しい、というくだりには、たじろがざるをえない。鷗外はこのとき、「唇の血」というような戦闘の現場を歌った長詩もあり、甘い詩ばかり作っていたのではないし、実際に血にまみれた負傷者を手当てする前線の軍医でもないが、第二軍全体の医療、衛生面の総責任者だ。おどろくべき精神構造である。

漱石の戦争詩「従軍行」

ちょうど同じころ、東京の漱石は、『帝国文学』に「従軍行」という新体詩を発表した。これもある意味で「扣鈕」と同様、意外性のある詩だ。戦中という時節柄から見れば、タイトルやテーマは意外でもなんでもないが、あの漱石がこんな詩を書いた、という点での意外性だ。漱石ファンはびっくり仰天、漱石研究者も評価に困る作品なのだ。

吾に讐《あだ》あり、艨艟《もうどう》吼《ほ》ゆる、
讐はゆるすな、男児の意気。
吾に讐あり、貔貅《ひきゅう》群がる、
讐は逃すな、勇士の胆。
色は濃き血か、扶桑の旗は、
讐を照さず、殺気こめて。

これが一番で、七番まで同じような調子で続く。

讐はかたきで、ロシアのことだろう。艨艟は軍艦、貔貅は勇敢な兵士の意味。難解な漢字を並べて悲愴がっている。一読、とてもあの思慮深い漱石作とは思えない。後半の詩に、厭戦的な字句あり、反戦詩とも読める、という見方もあるようだが、無理な解釈といえよう。

軍人の鷗外が戦場で抒情詩を書き、英文学者の漱石が、戦場からはるか遠い東京で勇ましい戦争詩を発表する。奇妙な対照だ（最近、鷗外が「扣鈕」を書いたのは帰国後で、『うた日記』をまとめたころ、という説を知った。そうだとしても、ボタンの紛失とおびただしい死者を並置する異様さは変わらない）。

なぜ漱石は、柄にもない戦争詩を書いたのだろうか。

『帝国文学』は東京帝大文科の関係者による雑誌であり、前号では東京帝大文科大学学長坪井九《く》馬三《めぞう》自らが「征露進軍歌」を発表、上田万年《かずとし》、芳賀《はが》矢一ら帝大の御偉方が競って景気いい戦争詩を載せた。ドイツ留学中の土井晩翠もライプチヒから「征夷歌三章」を寄せている。漱石はそれらを見て、俺のほうがうまいのが書けるぞ、一つ書いてやれ、と同じ土俵で勝負してみたのだろう。漱石も同誌の評議員の一人だから、寄稿を頼まれたのか、あるいは義務か。従軍行という新体詩を書いたから見てくれ、朝飯前の芸さ、というような軽い調子の書付紙片が残っている（『全集』日記　断片　上）。

漱石は戦争に深い嫌悪感を抱いていたが、幸徳秋水のような社会主義者でも、反戦主義者でもない。明治人としての国家意識をもっていた。晩年の講演「私の個人主義」では、「いよいよ戦争が起った時とか、危急存亡《ききゅうそんぼう》の場合とかになれば、（略）個人の自由を束縛し個人の活動を切り詰めても、国家のために尽すようになるのは天然自然《てんねんしぜん》といっていい」と述べている。自分の好みで漱石を反戦平和主義者に仕立てても仕方あるまい。

## 軍事に組み込まれる鉄道

さて、戦争が始まると、鉄道は軍事一色に染まった。鉄道軍事供用令に基づき、東海道線は軍事輸送のため、「特別運行」とよばれる戦時体制に移行した。出征する兵士や膨大な資材を鉄道で運ぶためである。

戦時編制の師団は、二万人を超す集団であり、加えて軍馬、兵器、資材が加わる。しかもそれらの同時輸送が原則だ。このため客車貨物の混合列車が編制される。速度は貨物列車に合わせて遅くなった。日露戦争で戦地に出征する基地になったのは、日清戦争時と同様、広島の宇品港だったから、広島に向け、全国から軍用列車が運行された。広島に直行する鉄道は民営の山陽鉄道だが、むろん国策に全面協力、官設鉄道と同様、特別なダイヤを組んだ。

東海道線は急行が各駅停車になり、所要時間が大幅に増える。東京から神戸に往診に出向いたベルツは、「(ふだんなら)一五時間のところが二六時間もかかる!」と日記に記す。東海道線・山陽鉄道では、開戦当時は一日一六本の列車が運行され、そのうちじつに一四本が軍用列車だったという。満州で鉄道が戦争遂行に不可欠だったように、国内でも鉄道は存分に利用されたのだった。

## 兵士輸送と鉄道

では一般の兵隊は、実際、どのようにして鉄道で戦地へ運ばれたのだろうか。

茂沢祐作《もざわゆうさく》という青年がいた。明治一四年、新潟・長岡で生まれ、成人前に家族とともに東京・牛込に移り住んだ。明治三五年、二一歳で徴兵され、本籍地新潟の新発田《しばた》にある歩兵十六連隊に入営した。平時ならここで三年の兵役を終えて、東京に戻れるのだが、明治三七年二月、戦争が始まり、帝国陸軍上等兵の現役兵として動員された。

茂沢の歩兵十六連隊は歩兵十五旅団に属し、十五旅団は第二師団（仙台）に所属する。第二師団は、開戦とともに第一軍（司令官は黒木為楨《ためもと》大将）に編入された。つまり、茂沢は第一軍の末端の兵士として、満州に送られる。

明治三七年二月五日、兵営で動員令を知らされた茂沢上等兵は、二二日朝、新発田の連隊本部を出発、歓送の人や国旗、花火で送られ、二十数キロの雪の道を徒歩で行軍、夜新潟に着いた（新発田－新潟間の白新線はまだ未通）。新潟からは信越線の夜行に乗車、長岡を経て長野、高崎へ。上越国境の清水トンネルはまだないから信越線経由だ。沿線の各駅では、兵士を見送る万歳の声が響き、ろくろく眠れなかったという。

駐屯地のある高崎で連日、演習し、同年三月三日、私鉄の日本鉄道で新宿へ。上野－新橋間はまだ未通のため赤羽－池袋経由だ。新宿駅で家族、知人らとしばし再会、さらに東海道線を夜行で西下し、山陽鉄道に入り、集結地の広島に着いたのは三月六日だった。新発田から二週間もかかったわけだ。広島でも二週間ほど待機、行軍、演習の合い間に、兵隊仲間と厳島《いつくしま》神社に参拝旅行もしている。ようやく宇品から輸送船に乗ったのは三月二〇日、朝鮮半島鎮南浦沖で待機、上陸は同二六日。第一軍は朝鮮半島を北上、朝鮮満州の国境、鴨緑江で五月一日、最初にロシア軍と遭遇した（茂沢祐作『ある歩兵の日露戦争従軍日記』）。

## 遼陽会戦と熊本、『草枕』

さて、南山・金州の戦いで勝利を得た第二軍の主力は、北へ向かって進んだ。旅順要塞を攻略するため第三軍（乃木希典司令官）が新たに編制され、第二軍から第一師団が割かれた。第一師団が抜けた第二軍には第六師団（熊本）が加わった。最強の師団といわれた軍団である。第六師団は漱石のいた熊本を中心にした九州の壮丁を集めた軍隊で、明治三七年五月五日、遼東半島に上陸した。以降、第二軍の主力の一つとして戦闘正面に立つ。第二軍は鷗外がいる軍である。

第二軍は遼東半島を北上、朝鮮半島方面からの第一軍、新たに編制された第四軍（野津道貫司令官）とともに、クロパトキン将軍率いるロシア主力と、要害の地、遼陽で相まみえる。遼陽は奉天の南に位置する満州の要衝で、日本軍一三万、ロシア軍二二万が激突、名高い遼陽会戦である。第一軍は右翼、第四軍は中央、第二軍は左翼に配置された。戦闘は同年八月二五日から開始された。日本軍は左右に展開してロシアの大軍の包囲をもくろむが、第六師団は中央に位置し、ロシア軍の正面攻撃を引き受けるという、最も苦しい役割を担った。激戦だった八月三〇、三一日のわずか二日間で、六師は死者一〇四四人、負傷者二一七四人の損害を出したという。二万人規模の師団で三〇〇〇人を超す死傷者である。いかに激烈な戦いだったかがわかる。死傷者の中には、熊本・五高教授だった漱石を知る人もいただろう。この戦いでロシア軍を撃退した日本軍はさらに北上、沙河《さか》で再び激突する（沙河会戦＝一〇月）。

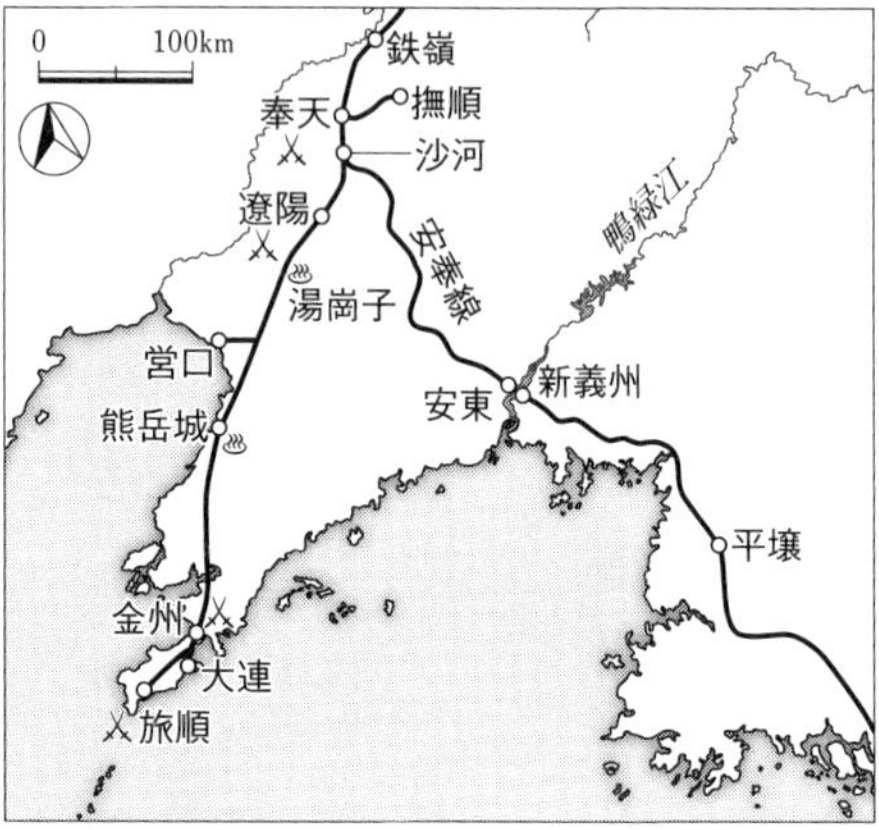

南満州概略図

『草枕』の久一さんの在所は熊本市の北方の玉名地方とされる。玉名の壮丁は、日清戦争後の軍備拡張で新設された第十二師団（小倉）に入営する。鷗外が東京から転任してきた師団だ。中村青史元熊本大学教授のご教示によると、日露戦争時、十二師団は第六師団と合同して参戦、とくに沙河会戦（本渓湖の戦い）で多くの犠牲者を出したという。遼陽会戦の日本軍参加兵力は一三万四五〇〇人、死傷者二万三五〇〇人、沙河会戦は同一二万八〇〇〇人、同二万五七一人（半藤一利『日露戦争史2』）。久一さんは、これらの戦いで、那美さんのいうように、戦死したかもしれない。

第六師団の法官部に、渋川柳次郎（玄耳《げんじ》）という男がいた。佐賀出身、東京法学院（現・中央大学）を出た法律家で、熊本の師団に勤務した。俳句をよくし、熊本五高の教授、学生らで組織された俳句結社「紫冥吟社《しめいぎんしゃ》」に参加した。「紫暝吟社」の主宰格は漱石だから二人は面識があった。

玄耳は師団とともに満州に渡るが、陣中で、師団付き従軍記者、東京朝日新聞の弓削田精一《ゆげたせいいち》

（秋江《しゅうこう》）と知り合った。弓削田はなかなか剛毅な新聞記者で、遼陽陥落を祝って総司令部で宴会があったとき、かつて北清事変の際に従軍記者を虐待した某参謀を殴って報復したという。この事件により、弓削田は帰国を余儀なくされた。

従軍中、弓削田は渋川の文才を認め、東朝主筆池辺三山に推薦した。渋川は「陣屋の二十四時」などの陣中記を東朝に掲載、評判がよかった。それが縁で、戦後の明治四〇年三月、社会部長として東朝に入社する。ちょうどそのころ、漱石も東朝からの誘いを受けて入社交渉の最中だった。教師は厭でたまらず、『吾輩は猫である』や『草枕』といった創作を書いて脂がのってきた漱石は、思い切った転職を考えていた。条件がととのい、漱石入社がほぼ決まったとき、社と漱石の間に立った漱石の教え子の坂元雪鳥《さかもとせっちょう》は、朝日記者だった二葉亭四迷《ふたばていしめい》の家で吉報を待っていた弓削田、渋川のもとへ駆けつけ、漱石の入社確実を報告した。彼らは大いに喜び、ビールで乾杯したという。満州での戦いは、漱石の人生行路とこんな縁もあるのだった。

## 鉄道で運ばれる戦争

北上する日本軍は、退却したロシア軍が遺棄した東清鉄道南満洲支線を十分活用した。当初は貨車を線路に乗せて、中国人労働者に引かせたという。日本軍は北方に進出するたびに、つぎつぎとロシア仕様の広い軌道を日本の狭軌に改軌し、国内の機関車を運び入れて、兵員物資を戦線に運んだ。改軌の手間を省くため、広い軌道の片方のレールだけを中央に寄せて狭軌幅に仕立て

乃木保典の戦没記念碑。旅順の付近にある（朝日新聞社）

直したという。日本軍の快進撃に、鉄道の貢献は大きかった。戦後、この路線は南満洲鉄道（満鉄）として日本が管理、運営し、日本の大陸進出の先兵になった。漱石はのちにこの満鉄を利用して満州、朝鮮を旅している（後述）。

一方、ロシアの補給体制は不十分だった。シベリア鉄道はほぼ完成はしたものの、単線で輸送能力は低かった。とくに、バイカル湖岸は鉄道が十分機能せず、兵士と荷物は船で運ばれた。冬季は水面が氷結し、氷結湖に士官用の橇《そり》の道、兵士用の徒歩の道、さらに氷結が盤石と判断されると、仮設の線路が敷設された。しかし仮設線路では、ときに機関車、貨車が重すぎて水没する事故もあった。ロシア社会特有の非効率な官僚主義も災いし、湖畔の鉄道基地には、満州前面で日本軍と対峙しているロシア軍からすると、「『喉《のど》から手が出るほど必要とした機材と糧食の詰まった箱の山と、梱包のピラミッド』がうずたかく堆積していた」（クリスティアン・ウォルマー『鉄道と戦争の世界史』）。

沙河会戦で茂沢上等兵は脚を負傷、野戦病院で手当てを受けた。続く奉天会戦にも従軍、やはり脚に貫通銃創を受けるが、幸い命に別状はなかった。この人は運がいい。

旅順では苦しい戦いが続いた。乃木大将の第三軍は数度の総攻撃でも攻め落とせず、死傷者が増えるばかりだった。乃木の次男保典も二〇三高地で戦死した。兄勝典の死からわずか六カ月後のことだった。その旅順要塞がついに陥落し、ステッセル将軍が降伏の使者を乃木のもとに送ったのは明治三八年一月一日夕刻だった。その日の夜には東京に伝わり、翌二日、勝報を知らせる号外が、日本の正月の街を彩った。

## 『猫』執筆開始と旅順陥落

漱石は明治三七年一一月中・下旬から、高浜虚子に勧められ、『吾輩は猫である』を書き始める。記念すべき『猫』の第一回は、「ホトトギス」の三八年一月一日号に発表された。つまり『猫』は旅順陥落に沸く街のなかで、世に出たのだった。ユーモアに満ちたこの物語が、とくに第一回が広く受け入れられたのは、むろん、漱石の筆のなせるわざだが、息を呑んで旅順攻防の報を待っていた国民の歓喜の爆発、安堵《あんど》の気分も、いくらか影響があったかもしれない。「東京はもちろん、旅順陥落の慶びで大騒ぎだ。夜、全市に電光飾《イルミネーション》が施された。銀座は壮観を呈している。趣向をこらして飾りたてられた電車は、まるで妖精のようだ」(『ベルツの日記』)。

寒月君はもう善《い》い加減な時分だと思ったものか「どうも好《い》い天気ですな、御閑《おひま》なら御一所《ごいっしょ》に散歩でもしましょうか、旅順《りょじゅん》が落ちたので市中は大変な景気ですよ」と促がして見る。主人は旅順の陥落より女連《おんなづれ》の身元を聞きたいという顔で、しばらく考え込んでいたが漸く決心をしたものと見えて「それじゃ出るとしよう」と思い切って立つ。（『吾輩は猫である』）

好評を受けて漱石が『猫』の続編（第二回）を執筆したのは、明治三八年一月三日から一一日ころまでとみられる。まさに旅順陥落で日本中が沸いているときだ。バイオリンを弾く寒月君はさる令嬢らと最近、合奏会をしたという。うらやましい。苦沙弥先生は旅順陥落よりもっと令嬢のことを知りたい。漱石は猫の口を借りて、明治の日本社会をクールに見つめる。この数行を時代批判とみることも可能だろう。

文豪たちの日露戦争

第二軍司令部にいて遼陽会戦に立ち会った鷗外は、戦闘の直後、激戦があった高地を、奥司令官らとともに視察している。やはり従軍記者として第二軍に従軍していた作家の田山花袋は体調が悪化し、遼陽で離脱、帰国の途につく。鷗外にあいさつにいくと「好いな、羨しいな。こっちは、これから段々《だんだん》遠くなるばかりだ」とさびしく笑ったという（田山花袋『東京の三十年』）。文学者同士として、思わず本音がでたのだろう。

奉天会戦で日本軍が辛勝し、奉天城に入城したのは、明治三八年三月一〇日。その後、満州戦線は膠着した。バルチック艦隊が対馬沖で日本の連合艦隊にたたきのめされるのが五月二七日。

これを機に講和の機運が生まれ、ルーズベルト米大統領の斡旋により、米東海岸ポーツマスで日露講和会談が開かれ、同年九月五日調印、日露戦争は終わった。会談で、敗者のロシアが終始高姿勢を保ち、賠償金支払いを拒絶できたのは、シベリア鉄道がようやく全通し、補給が順調に進み、満州に続々と大兵力が集結しつつあったからだ。片や日本は国力を使い果たし、戦いを続ける力はもう残っていなかった。

そのポーツマス条約締結には、日本近代文学のもう一人の大物、永井荷風も多少関係する。日露の講和条約交渉が始まれば、ワシントンの日本公使館は大忙しになる。そこで「身許正しき小使《こづかい》一人」が入用になった。アメリカに遊学中の若き永井壮吉（荷風）はこれを知り、七月半ば、ニューヨークからワシントンの公使館に面接に出向き、採用された。公使館三階に寝泊まりする一室を与えられた。私は小使いといっても荷風なのだから、いくら若くても翻訳の下訳あたりの仕事かと思ったが、『西遊日誌抄』によると「毎朝役人の出勤する前に事務室を掃除し郵便物を調べ電話の取次をなし新聞を取揃へる」のが仕事で、まさに小使いだった。九月五日にポーツマスで講和条約が調印されると公使館の仕事も減り、一〇月いっぱいで解雇された。日記にはモーパッサンの作品を読んだとか愛人に会った、というようなことばかりで、講和条約の内容や評価についてはまったく触れていない。さすが荷風、というべきか。

東京の漱石は『猫』を書き続けている。中学教師苦沙弥先生のもとに変人奇人が集まる太平楽な話と見えるが、進行中の日露戦争の影が見え隠れする。日本海海戦直後に執筆された第五回では、鼠捕りに悪戦苦闘する「吾輩」（猫）を、バルチック艦隊の進路は対馬海峡か津軽海峡かを苦慮する東郷艦隊になぞらえ、「吾輩」は「何だか東郷大将のような心持がする」。混成猫旅団を組んでロシア兵をひっかいてやりたい、などと笑わせる一方で、ポーツマス条約後の第六回では、空疎な精神論の風潮、いい気になった日本人を痛烈に皮肉る。苦沙弥先生が自分で書いた短文を読みあげるところ。

「大和魂《やまとだましい》！　と叫んで日本人が肺病やみのような咳《せき》をした」
「起し得て突兀《とっこつ》ですね」と寒月君がほめる。
「大和魂！　と新聞屋がいう。大和魂！　と掏摸《すり》がいう。大和魂が一躍して海を渡った。英国で大和魂の演説をする。独逸《ドイツ》で大和魂の芝居をする」（略）
「誰も口にせぬ者はないが、誰も見たものはない。誰も聞いた事はあるが、誰も遇《あ》った者がない。大和魂はそれ天狗《てんぐ》の類《たぐい》か」（『吾輩は猫である』）

第二軍司令部の東京の凱旋は明治三九年一月一二日だった。奥司令官らは午前一〇時、新橋停車場に到着、西園寺首相、寺内陸相、大山元帥、東郷大将らが出迎えて、握手、挙手、万歳がいつまでも続いた。東京朝日は翌日、凱旋の様子の記事に加え、別の面に二人の凱旋将校の肖像写真を掲載した。一人は工兵部長中村愛三少将であり、もう一人が「第二軍軍医部長陸軍軍医監森林太郎氏」だ。鷗外は新橋停車場から馬車で宮中に参内、さらに歓迎の行事をこなし、午後三時、千駄木の家に戻った。家族のほか小山内薫ら知友が帰国を祝った。だが、妻志げは家族と別居していなかった。

### 日露戦後小説『趣味の遺伝』

戦争は終わっても、鉄道は大量の兵員復員の業務があり、特別ダイヤが組まれた。生きて帰れた兵士たちは、それぞれもとの兵営に戻る。伍長に進級した茂沢が連隊所在地の新発田に帰ったのは明治三八年一二月末だった。鉄道が平常ダイヤに戻ったのは同三九年四月である。

戦争が終わった年の一二月、漱石は『趣味の遺伝』という、日露戦争を題材にした小説を書く。この場合の趣味は、ホビーではなく男女の相愛のこと。愛は数代先の子孫同士に遺伝する、という奇妙なテーマの作品で、旅順で戦死した友人浩さんの淡い恋と、残された母親をめぐる「戦後小説」だ。

この作品を厭戦小説、反戦小説とみる見方がある。たしかに冒頭、猛犬の群れの殺し合いを日露の兵士に擬した空想上の描写は戦争への嫌悪感が強い。だが実際の戦いの場面では、まるで遠くから戦場を望遠鏡で眺めたかのように冷静に描写される。兵士は「鍬《くわ》の先に掘《ほ》り崩《くず》された蟻群《ぎぐん》の一匹」であり「杓《ひしゃく》の水を喰《くら》った蜘蛛《くも》の子」であり「俵に詰めた大豆の一粒」であり、そろって塹壕《ざんごう》に跳び込んで視界から消える。集団の中で一人一人の個性、個人が無視され、強大な力によって葬られる。厭戦ともいえようが、戦争や戦死を所与のものと受け止め、個の抹殺の理不尽さを描いたようにみえる。『草枕』で「汽車ほど個性を軽蔑《けいべつ》したものはない」と述べ、「私の個人主義」で自己本位を説き、個人の尊重を唱えたのと通底する。

もう一つ指摘したいのは、新橋駅の凱旋シーンの意味だ。鷗外らの第二軍凱旋のひと月前の明治三八年一二月九日、黒木為楨《ためもと》司令官以下の第一軍の将兵が新橋駅に凱旋した。たまたま知人と新橋で待ち合わせをしていた漱石は、この凱旋に遭遇した。ちょうどそのころ、『趣味の遺伝』を構想中あるいは執筆中だったから、さっそく取り入れた（発表は『帝国文学』明治三九年一月号）。満州の荒野で日に焼け、髯に白いものが濃い老将軍に続き、兵士の群れが列車からぞくぞく降り立つ。迎える政府高官、万歳を叫ぶ群衆、帰還した軍曹の息子の袖にぶら下がる老母。しかしそこに浩さんとその母親はいない。

戦争が始まると、兵士と一般民衆が直接触れ合うのは、出征時と帰還（凱旋）時だけだ。どちらも鉄道駅が舞台である。漱石は『草枕』で出征時を、『趣味の遺伝』で帰還時を取り上げ、戦争と鉄道の抜き差しならぬ関係を表現した。

それから四年後、漱石は『満韓ところどころ』の旅で旅順の日露戦争戦跡を訪ねる。まだ戦いの記憶が生々しいころだ。溝道《こうどう》にもぐり、はげ山を歩き、二〇三高地をのぼり、今でもこのあたりを掘ると死骸がいくつも出てくると聞かされる。案内された戦利品陳列所では、女性用の片足の靴に目を止める。「地が繻子《しゅす》で、色は薄鼠《うすねずみ》」だった。手榴弾などの戦利品はあらかた忘れてしまったが、この靴だけは「色と云い、形と云い、何時《いつ》なんどきでも意志の起り次第鮮《あざやか》に思い浮べる事が出来る」。戦後ここを訪れたロシア士官がこの靴を見て、自分の妻がはいていたもの、と驚いたという。「この小さな白い華奢《きゃしゃ》な靴の所有者は、戦争の際に死んで仕舞ったのか、又はいまだに生存しているものか、その点はつい聞き漏らした」(『満韓ところどころ』)。小さなエピソードだが、「従軍行」の漱石より、よほど漱石らしい。

## 3　南満洲鉄道

満州・朝鮮半島への旅

南満《なんまん》鉄道会社って一体何をするんだいと真面目に聞いたら、満鉄の総裁も少し呆れた顔をして、御前もよっ程馬鹿だなあと云った。是公《ぜこう》から馬鹿と云われたって怖くも何ともないから黙っていた。すると是公が笑いながら、何《ど》だ今度一所《しょ》に連れてって遣《や》ろうかと云い出した。

（『満韓ところどころ』）

漱石は明治四二年（一九〇九）九月から一〇月にかけて、旧満州地方と朝鮮半島を旅する。『満韓ところどころ』はその紀行文であり、朝日新聞に三カ月にわたって連載された。右の一節はその第一回の出だしである。

是公とは学生時代からの友人である中村是公《よしこと》のことで、南満洲鉄道（満鉄）総裁になっていた。現地での移動はむろん、満鉄である。是公は漱石の交友関係のうち異色の存在で、漱石をよく旅に連れ出した。青柳達雄『満鉄総裁中村是公と漱石』や原田勝正『増補　満鉄』などに依りながら、是公のプロフィール、満韓の旅程を紹介したい。

中村是公（旧姓は柴野）は慶応三年（一八六七）一一月、安芸《あき》国（広島県）五日市村の酒造家の五男として生まれた。江戸、牛込馬場下横町で出生した漱石より一〇カ月ほど年少ということになる。広島県尋常中学を卒業後上京、東京大学予備門に入学、漱石と出会った。文学など見向きもせずボートにあけくれる硬派だったが、漱石と不思議に気が合い、同じ下宿部屋で共同生活をしたほどだった。帝大法科大学に入り、卒業後は大蔵省に入省し秋田県収税長として秋田に赴任した。そのころ漱石は、文科大学英文科を卒業、大学院に進み、高等師範学校で英語を教えていた。

是公はその後、台湾に転出、台湾総督府民政局長だった後藤新平と知り合う。後藤との邂逅《かいこう》が人生を決めた。是公は後藤の命令で植民政策の基礎となる大規模な土地調査を実施、この仕事が評価され、以降、後藤の腹心として官僚のキャリアを歩んでいく。有能な官僚らしく仕事ぶりは着実でスキがなかったが、人間的には豪放磊落《らいらく》、実務は信頼する部下に任せ、責任は自分がとる、というタイプで、人望があった。

親分の後藤が初代の満鉄総裁に任じられると、副総裁として満州によばれ、さらに後藤が逓信大臣に転任すると満鉄総裁に昇進した。歴代一六人の満鉄総裁で唯一、五年の任期を全うし、満鉄草創期の名総裁といわれる。なお、満鉄総裁の後は、やはり後藤を継ぐ形で鉄道院総裁、さらに東京市長を歴任した。太平洋戦争中に刊行された『満鉄外史』で菊池寛は、是公は周囲から「フロックコートを着た野猪」といわれてきた、と、高級官僚、政治家に似合わぬその野人ぶりを評価している。

一方の漱石は英語教師として松山、熊本へ赴任し、二人に接点はなかったが、留学中のロンドンの街角で偶然ばったり出会った。是公は当時、台湾総督府の仕事で海外出張中だった。

その後、再び疎遠になったが、明治四二年一月末、突然、是公から会いたいと連絡があった。是公は前年一二月に満鉄総裁になったばかりだった。この年の正月から、漱石は朝日紙上に連作随筆『永日小品』を断続的に連載中で、このころはロンドン留学中の話題を取り上げていた。たぶん是公はそれらを新聞で読み、旧友の漱石を思い出したのではないか。当時新聞には満鉄にとって重要課題の安奉線（安東―奉天間の鉄道）の動向（後述）が盛んに取り上げられており、是公は新聞を熟読していたはずだ。是公が漱石に連絡したのは一月二九日一一時すぎで、今日の昼までに築地の新喜楽まで来ないか、という性急な誘いだった。じつはまさにその日の朝の東京朝日に、ロンドン・トラファルガー広場で群衆に巻き込まれた経験を綴った漱石の「印象」（『永日小品』）が掲載された。想像をたくましくすれば、是公は朝、これを読みパッとひらめいて連絡をとったのかもしれない。せっかちな是公ならやりかねない。そのときは都合がつかず会えなかったが、七月に再会した。ロンドンで遭遇して以来、七年ぶりだった。漱石はこの後、しばしば是公からよび出され、満州旅行に誘われる。総裁に就任したばかりで多忙を極める是公が、なぜ漱石に接近したのか。学生時代の旧友と久闊《きゅうかつ》を叙す、という理由だけではなかっただろう。

## 満州に来る人びと

満鉄は創設されてまだ二年余、満鉄および満州地方について日本ではあまり知られていなかった。政府は日本人の満州移民を数十万の単位で実現させる意図があったが、実際に満州にやってくる日本人は、国内で行き詰まり、外地で一旗上げようという連中や放浪者など、市民社会から外れた流民タイプが多かった。『三四郎』の冒頭、三四郎と名古屋で同宿する女の夫は、大連に出稼ぎに行ったまま音信もない、という人物だ。後藤や是公らはこうした事態を憂慮していた。新聞社員になっていた漱石に一役買ってもらい、満州・満鉄の今の姿を国民に広く知ってもらおうと是公が考えても不思議ではない。満州で欧米人向けの英字新聞を出す計画があり、漱石に責任者になってもらえたら、という話もある。もっとも、是公は漱石の性格をよく知っており、旅を通じて長時間を共にするにつれ、漱石がとてもそんなことをするつもりはないことがわかり、まあゆっくり見てもらうだけでもいいと、思ったようだ。

漱石は帰国後、満州紀行文『満韓ところどころ』を朝日に連載する。

病気持ちの漱石はなぜ、わざわざ外地を旅し（実際に旅行中、しばしば胃痛に悩まされた）、帰国後すぐに『満韓』を書いたのだろうか。入社の条件は小説の執筆であり、紀行文を書く義務はない。

『それから』の執筆がようやく終わり、気分転換したかった、というだけではあるまい。一つには、是公への友情だろう。苦労している満鉄経営に少しでも役に立てれば、という気持ち。帰ったら何か書こうか、というような話は、あったかもしれない。もう一つは、朝日社員(記者)としての責任、とりわけ朝日入社に骨を折ってくれた東京朝日主筆の池辺三山《さんざん》への配慮と思われる。

新たに日本の勢力下に入った満州の現状、できたばかりの満鉄の様子を新聞に載せるのは時宜にかなう。満鉄株は大人気で、人びとの関心は高かった。同じころ、東京朝日社会部長の渋川玄《げん》耳《じ》は、朝鮮半島を旅して併合直前の現地の様子を記す紀行文『恐ろしい朝鮮』を朝日紙上に連載している。当時、池辺率いる東京朝日は国際報道に力を入れ、社員の二葉《ふたば》亭《てい》四《し》迷《めい》をロシアに送ったり、世界一周旅行の企画や世界漫遊記を載せたりしていた。三山の国際報道重視の編集方針に、漱石は協力したのではないか。

## 二〇世紀初頭の風俗誌『満韓ところどころ』

ところで、『満韓ところどころ』は、漱石の作品で評価が分かれる問題作だ。漱石ファンからも、とまどう声が聞かれる。埠頭《ふとう》で働く中国人労働者の苦力《クーリー》を「汚ならしい」「見苦しい」と書き、「チャン」や「露助」など、侮蔑《ぶべつ》語を使ったりしている。このため、「外国人に対する差別感情がある」という批判があるのだ。

たとえば中野重治は「漱石のような人のなかにもあった中国人観、朝鮮人観、それが、ごく自然に帝国主義、植民主義にしみていた」と批判した（『漱石以来』中野重治全集二三巻）。中国・朝鮮関係者からはもっと厳しく指弾する論がある。

この点について、私はかつて「満鉄の全面的な支援で旅をする社会的意味を、鋭敏な漱石は知っており、政治的、社会的文脈を消すために、あえてお気楽な同窓会旅行のスタイルをとった。差別的表現とされる表現も、『坊っちゃん』のあの戯作的な言い回し、たとえば松山とおぼしき町を野蛮なところだ、と無遠慮にいうのと同様の、誇張表現ではないか」と書き、今の価値基準で過去を裁断しても意味がないと論じた。現代の高みから過去を見渡し、「思想的な限界は免れない」などといっても始まらない。

引用した『満韓』の冒頭のくだけた口調を見ていただければわかるように、最初から、この紀行文はいわゆる社会的なルポではないことを宣言しているように見える。典型的な植民地戦争であるボーア戦争のさなかに英国で暮らした経験のある漱石は、細かい事業内容は別として、満鉄が日本帝国にとってどんな意味をもつかは、当然理解していただろう。差別的表現とされる言葉使いもむしろ抑制的であり、漱石に民族的な偏見や偏狭なナショナリズムがあったとは思えない。

先に紹介した玄耳の『恐ろしい朝鮮』は、伊藤博文暗殺（明治四二年一〇月二六日）の直後だったこともあって、タイトルからして感情的だ。その第一回（同年一一月五日）冒頭は「伊藤公は朝鮮人に殺《や》られた。手取早《てっとりばや》く言へば、西郷も大久保も江藤も前原も、乃至《ないし》清露両大役《しんろりょうたいえき》幾十万の勇士も、朝鮮人に殺された様なもの（中略）思へば日本に取つて此れ程恐ろしい国は有るまい」という調子だ。もっとも連載中途からは朝鮮半島の風物、風景のフラットな紹介になるのだが。『満韓』には、こうした粗雑な表現はまったくない。

漱石の紀行文は、公平に見て、二〇世紀初頭の満州地方の風土や暮らしを記した貴重な記録といえるのではないか。満州独特の乾いた空気やそこで働く人びとを、的確に描写しているように思える。さはさりながら、当の中国人らが「不快だ」と評するのは、受け止めねばいけないだろう。

私は平成二〇年、漱石の満韓旅行をたどる旅の途上、大連で近代日本文学を専門とする老教授にお目にかかり、この点について考えをうかがった。見るからに温厚な老教授は、中学生のころ、戦前の満州国時代に習得したという、やや古風な日本語でこう話してくれた。

「あたしは先生（漱石）をたいへん、尊敬しており、とくに『こころ』は人間の深い魂を描いています」。だが『満韓ところどころ』のいくつかの表現については「先生のような偉大な文学者が、言ってはならない言葉を使ったのは遺憾に思っています。中国人たちを、文学者ではなく戦勝者の目で見ています」「汚いと言われたクーリーは、今日の大連の市民の先祖です。あたしは受け入れられません」

傾聴しないではいられなかった。

満州旅行は満鉄総裁の招待であり、のちに見るように贅沢な旅だった。学生時代の同窓生が各地、各所で要職に就いており、彼らは内地からやってきた学生時代の仲間を歓待した。ドイツに留学中の寺田寅彦への便りに「アリストクラチック（貴族的）」な旅と書いたように、英国留学時とはずいぶん違うぜいたくな海外旅行だった。この十年で、漱石も日本も、大きく変わった。

## 改軌と技術力の投入

満鉄の創設は、日本にとって、日露戦争の大きな戦果だ。

進撃した日本軍が遼東半島、南満州からロシアを駆逐し、占領地域が広がるに従い、軍はつぎつぎとロシアが敷設した東清鉄道支線の改軌（軌道の幅を変える）に着手した。ロシアの鉄道の軌道幅は五フィート（一五二四ミリ）と、国際標準軌の四フィート八インチ半（一四三五ミリ）より広かった。ナポレオン戦争の経験から、戦時に外国軍隊が鉄道を利用してロシアに攻め入るのを防ぐため、あえて国際規格をはずしたという。シベリア鉄道も五フィート軌だ。一方、日本国内は三フィート六インチ（一〇六七ミリ）の狭軌。日本軍は東清鉄道の軌道を、輸送効率の悪さに目をつぶって、国内規格の狭軌に改軌した。国内から運ばれる機関車や車両をそのまま、手っ取り早く利用するためだった。戦争遂行には、鉄道による兵士輸送、物資補給が不可欠だから、当面の需要にこたえるほかなかった。戦後、満鉄は再び改軌し、標準軌に統一した（後述）。汽車もこれまで主力のＢ６形機関車は国内に去り、アメリカ製の大形機関車が導入された。

開戦後、野戦鉄道提理部という組織が編成された。陸軍の管理のもと、満州の鉄道設備の建設、運輸、運転、線路や車両の保守点検、通信など、鉄道の建設、運営のすべてを担う。技術部門のトップの古川阪次郎《さかじろう》という人は、日清戦争で軍事輸送を担い、その後は官鉄の甲府ー八王子間の鉄道建設、とくに長大な笹子トンネル（三六年開通）の建設に貢献した技師だった。陸軍は、こうした優秀な鉄道技師を集め、当初から現地における兵站《へいたん》・補給に鉄道を利用しようという構想をもっていた。

## 南満洲鉄道会社の設立

戦争が終わり、講和条約が結ばれた。

露西亜帝国政府は長春（寛城子）旅順口間の鉄道及其の一切の支線並同地方に於て之に付属する一切の権利、特権及財産及同地方に於て該鉄道に属し又は其の利益の為に経営せらるる一切の炭坑を補償を受くることなく且清国政府の承諾を以て日本帝国政府に移転譲渡すべきことを約す。（ポーツマス条約第六条）

ロシア帝国極東支配の大動脈だった東清鉄道支線は日本に譲渡された。日本政府は、この鉄道を戦後の満州経営の軸に据えて、同地方を支配下に置くことを決め、野戦鉄道提理部のスタッフを引き継ぎ、明治三九年一一月、南満洲鉄道会社（満鉄）を設立した。民間の株式会社のスタイルをとるが、事実上、国策会社だ。いわば、近世、貿易を通じアジアを勢力下に置いた英国の東インド会社の満州版といえる。総裁には台湾総督府民政長官として植民地経営の経験がある後藤新平が就任、副総裁には台湾で後藤を補佐した中村是公が就いた。先に記したように二年後、後藤が逓信大臣に転任するのに伴い、是公が総裁に昇格した。

『満韓ところどころ』の旅程

では、漱石の満韓旅行を詳しくトレースしてみよう。漱石は『それから』を書き上げたばかりだったが、出発直前にも胃カタルを起こし、数日出発を延ばした。旅行中もしばしば腹痛に見舞われている（第九章）。

日記に「箱根にて日暮る」「ボイ寝台車を作る」とあるので、明治四二年九月二日新橋一五時四〇分発の下関行最急行の一等寝台に乗車したと推測できる。「音烈敷不寐《はげしく》」とある。最急行は強力な蒸気機関車が長い客車を牽引し速度も目一杯出す。レールを刻む走行音と激しい揺れでよく眠れない。小康状態の胃にもいいわけはない。列車は大阪に朝六時二〇分に着く。「七時大坂商船待合所に入る。一寸散歩、九時小蒸気にて鉄嶺丸に乗り込む」（『日記』）

ところで、漱石が大阪で下車した下関行き最急行はさらに西進し、岡山に到着、一〇時四五分に発車する。じつは同駅で、漱石を一目見ようと岡山の高等学校の学生、内田栄造（百閒《ひゃっけん》）が、わざわざ駅に停車中のこの列車を見に来た。新聞に漱石の満州行きの記事が載っていたらしい。漱石の顔は雑誌などで知っており、プラットホームから一等車を窓ごしにのぞき歩いたが、見つからず（あたりまえだ、本人は大阪で降りてしまったのだから）、立派そうな顔の紳士を見て、きっとあれが漱石だろうと推測して帰った。後年のとぼけた百閒からは想像しにくい、いじらしい姿だ。百閒の鉄道好きはこのころからか。

さて、そんなことはツユ知らずに、漱石は瀬戸内航路を進む。鉄嶺丸は二〇〇〇トンを超す新鋭の客船で、門司に寄港して大連に至る、花形の日満連絡船だった。鉄嶺は、日露戦争で日本軍が占領した最北の地で、船名はそれにちなんで命名されたのだろう。

漱石を乗せた鉄嶺丸は瀬戸内海を航行中、並走していた別の船と接触事故を起こす。漱石は事故報告を書く事務長から「かわす」とはどういう漢字か、と尋ねられ、答えに詰まる。漱石先生だって「躱す」は難しいよ。ひと月後、満州に向かった伊藤博文も、門司からこの鉄嶺丸で大陸に渡った。ところが同船は、翌年の七月、大連から門司に向けて航行中、朝鮮半島木浦沖で沈没してしまう。死者二〇〇人以上という、明治期最大規模の海難事故だった。漱石が遭遇した接触事故は、鉄嶺丸の不吉な未来を暗示したかのようだ。翌日七時、門司着、石炭を積み込み、いよいよ玄界灘へ。

## ヤマトホテルに泊まる

五日　朝鮮半島南部の群島の中を進む。

六日　一七時大連港着。

埠頭に苦力が大勢働いているのに驚く。見苦しいとか汚ならしいとかの「差別表現」が出るのはこのときの描写だ。馬車で中心街の是公の家（総裁公邸）に行くが、本人はおらず、宿泊するヤマトホテルに行き休息した。しばらくして是公が迎えに現れ、大連倶楽部（高級クラブ）に行き、珍しくカクテルなぞを飲みながら歓談し、深夜ホテルに戻った。

このヤマトホテルは、大連がロシアの配下にあった時代に建設された瀟洒《しょうしゃ》な洋風の建物で、日露戦後、日本陸軍の関東都督府などが使っていたが、その後、満鉄が本社として利用した。当時大連を訪ねた二葉亭四迷はこの建物を「巍然《ぎぜん》たる満州鉄道会社」と書いている。漱石がやって来る四カ月前に、満鉄直営のヤマトホテルとしてホテルに改装された。その後、大連に日本人らが多数訪れるのに伴い手狭になり、満鉄は新市街の中央大広場に面した地に、壮麗な四階建てネオルネサンス様式の二代目ヤマトホテルを建設した（大正三年〈一九一四〉竣工）。これが今も現役のホテルとして使われている大連賓館である。

私は大連を訪れた際、漱石が宿泊した初代ヤマトホテルへ行ってみた。通りの突き当たりに位置し、かなり老朽化していたが、フランス式レンガ造り二階建て、三角屋根とライトグリーンの壁はまだ健在で、風格ある建物だった。日中戦争後は自然史博物館などに利用されたが、のちに閉鎖され、取り壊すか保存するか、検討中ということだった。今はどうなっているのだろうか。

大連の街並み。2008年撮影。正面奥は漱石が宿泊した旧ヤマトホテル

すぐ近くに、漱石が訪ねた満鉄総裁公邸も残っていた。赤レンガの大きな洋館で、今は学校になっているようで、若い学生たちが出入りしていた。私は大連の宿泊を中央大広場の大連賓館にした。さすがに古色蒼然としていたが、堂々たるクラシックホテルだった。

七日　中央試験所、電気公園を見学。

電気公園は、満鉄が鉄道事業以外に展開し始めた事業で、まだ珍しかった電気によるイルミネーションやメリーゴーランドを備えた娯楽施設だ。漱石は数年後『彼岸過迄』で、敬太郎と同じ下宿の森本という正体不明の男が、新橋停車場勤めを辞めて大連に渡り電気公園に勤めた、という設定の話を書いている。旅行中のこの日、『吾輩は猫である』の多々羅三平のモデルとされた俣野《またの》義郎《よしろう》に会った。熊本五高の教え子で、当時満鉄に勤めていた。

大連港にアメリカ艦隊が寄港中で、是公は舞踏会を開いてもてなす。漱石も誘われるが、胃痛のため断り、ホテルで寝ている。日露戦争後、アメリカも満州進出の機会を狙っていた。ポーツマス講和の一カ月後、鉄道王ハリマンが来日して桂首相に満州共同開発をもちかけたように、満州をめぐっては日米の利害がぶつかりつつあった。満鉄は米艦隊を歓待する必要があり、是公はホストとして愛想を振りまかねばならなかった。

温泉に入る

一四日午前一一時、大連駅を出発、満州北上の旅が始まる。是公は漱石らのために、特別車両を用意した。開業間もない満鉄は、内地や海外からの賓客用に、専用のトイレ、洗面所などがつく贅沢な車両を導入した。この車両は、アメリカから輸入した一等車両にさらに改良を加えた超豪華な車両だった。「専有の便所、洗面所、化粧室が附属した立派な室《へや》であった。余は痛い腹を忘れてその中に横になった」（『満韓ところどころ』）。小島英俊『鉄道快適化物語』によると、これは「トク形202」という形式の「米国から輸入した一等車の一部の座席を撤去、寝台と椅子を設置」した特別な車両だった。腹痛に悩む漱石は、寝台で横になれて助かったことだろう。こうした豪華列車の系譜は、のちの特急「あじあ」号に引き継がれていく。

一五時半、熊岳城《ゆうがく》駅着。

熊岳城には満州三大温泉の一つ、熊岳城温泉があるので、漱石も駅からトロッコで向かう。コウリャン畑の中に二本のレールが真っすぐ伸びている。トロッコは「頑丈な細長い涼み台に、鉄の車を着けた」ような代物で、中国人が押して進める。外からは軽快に見えるが、振動が激しく、痛む胃をさらに悪化させた。

大正期、作家田山花袋《かたい》もこの温泉に行っている。「停車場から三十町ほど離れているので、鉄道馬車が出来ていて、支那人の御者が耳の長い驢馬《ろば》に鞭を当てて滑《なめら》かにそこを走らせて連絡している」(『温泉めぐり』)。この温泉地は満鉄によって施設が拡充され、日本人ら大連市民の保養地として知られ、子どもたちの林間学校も開かれた。昭和に入ると駅からはバスが通じた。トロッコ→鉄道馬車→バスと近代化が進んだわけだ。

私も大連から快速列車で三時間余、熊岳城駅で降り、温泉へ向かった。駅からは今はタクシー。十分ほどで温泉地に着く。古い施設が多かったが、最近では大連富裕層の別荘マンションの建設ラッシュという。公共施設の温泉に入ってみた。無色透明のすっきりした湯質だった。ここは川の床から湧き出る砂湯で知られ、漱石は「黍《きび》遠し河原の風呂へ渡る人」という句を作った。私は砂湯に入る機会はなかった。

奉天へ

一六日、熊岳城から大石橋を経て交通の要衝、営口へ。ここで一泊、翌日夕、再び大石橋を経て湯崗子《とうこうし》温泉へ。夜九時ごろ着く。ここも古くからの温泉地だが、当時は原野の中の温泉地だった。やはり満鉄が施設を整えた。昭和に入って、ラストエンペラー溥儀《ふぎ》がしばらく滞在した。関東軍の意を受けて、大杉栄殺害の首謀者とされる甘粕《あまかす》正彦が天津《てんしん》から連れ出し、この温泉に事実上軟禁した。今も溥儀の入った風呂が残り、特別料金で入れてくれるという。私も熊岳城温泉のあと、当地を訪れた。郊外にある日帰り温泉のような施設が並び、昔日の面影はなかった。それでも、あわただしく大浴場に浸かった。溥儀の風呂は遠慮した。

一九日、湯崗子停車場を一一時八分発の列車で奉天へ。

大連－奉天間の満鉄本線は、日露戦後、狭軌から標準軌に再び変更された。戦争が終わり、国内から狭軌仕様の機関車や貨車を運ぶ必要がなくなったからである。接続が期待される中国や朝鮮半島の鉄道も、また、アメリカや英国から輸入された大量の機関車も、標準軌仕様である。将来の欧亜国際間鉄道を見越した決定だった。漱石の旅行の時点で、本線はもう標準軌に変更ずみでスピードアップされ、複線化も急ピッチで進められていた。

二一日、奉天近くの撫順《ぶじゅん》炭坑の見物に行く。ここは露天掘りで知られる巨大な炭坑で、満鉄の経営だった。案内されて地下の坑内まで下りた。『満韓ところどころ』は、この撫順の炭坑のところでいきなり終了している。「ここまで新聞に書いて来ると、大晦日になった。二年に亘るのも変だからひとまずやめる事にした」との一文が文末に付く。掲載は初回が一〇月二一日で最終回の五一回は一二月三〇日（東京朝日新聞）。タイトルにある「韓」は、まったく出てこない、中途半端な紀行文で終わってしまった。幸い日記が残されており、日記を追ってその後の旅程を追跡したい。

## 伊藤博文暗殺の舞台

同日夕、撫順を発ち夜奉天へ。奉天から夜行列車でハルビンへ向かう。

ハルビン駅。手前の三角印が安重根が狙撃した場所、男性が立っているところが伊藤が撃たれた場所（朝日新聞社）

二二日午前五時、長春着。ここは満鉄の終着駅で、ロシアの東清鉄道に乗り換えねばならない。長春ーハルビン間（さらにハルビンから満州里まで）の鉄道を満州国が買収し、満鉄が経営するのはかなり先の昭和一〇年（一九三五）である。一五時、ハルビン駅に着いた。

ひと月後の一〇月二六日、この駅のプラットホームで伊藤博文が暗殺される。満鉄総裁として伊藤に随行していた是公は、ハルビン駅で伊藤のすぐ後ろに控えており、負傷はしなかったが、弾が是公のコートを貫通したという。倒れる伊藤を支えたのが是公だった。「中村総裁はあまりの驚愕と悲痛とに、車室に閉じ籠って、病めるがごとく打ち萎《しお》れている」と大阪毎日は報じるが、実務家の是公が萎れていたばかりとは思えない。ロシア側と談判して伊藤の遺体を乗せた列車を、満鉄の支配下にある長春に向かわせたのは、是公だっただろう。

さて、漱石は市内で外套を買う。九月末、北部満州はもう肌寒くなってきたようだ。少し大きいので、袖丈を詰めてもらう。二二円だったというからかなり高価だ。

二三日朝九時、ハルビンを発ち、長春へ戻り一泊、翌日、奉天へ。

二六日朝七時五五分、奉天発、安奉線で朝鮮国境の安東へ。「軽便鉄道にて非常の混雑名状すべからず。大変な窮屈な所にて我慢す」（『日記』）。途中、日記に「本渓湖。渓流あり」と。本渓湖は日露戦争の沙河会戦の激戦地だ。夜、山間の小駅にある旅館泊。

### 軍用軽便鉄道安奉線

広い原野を走る標準軌の満鉄本線と違って山岳地帯を行く安奉線は、日露戦争時に日本軍が急ぎ開設した軍用軽便鉄道で、トンネルを掘らず、スイッチバックやループ線で山を越す速成の路線だった。当時の写真を見ると、おもちゃのような小型機関車がマッチ箱ふうの客車を引いている。スピードも遅く、カーブが多い山岳地帯なのに制動力が弱く、よく脱線、転落し、命がけの路線といわれた。漱石は激しく揺れる狭い客車に押し込まれ、閉口したようだ。

この安奉線の改軌、改良が、当時の満鉄の大きな課題だった。ここが標準軌で開通すれば、日本から朝鮮半島を縦断し、奉天から北京へ、あるいはハルビンを経てシベリア鉄道と結ばれ、大陸横断鉄道として機能するからである。だが、東清鉄道支線はロシアが敷設し、そのロシアから権利を委譲された鉄道だが、安奉線は日本軍が戦争中敷設した路線だから、ポーツマス条約と無縁であり、改軌には清国の了解が必要だった。清はなかなかＯＫをださない。結局、日本が押し切る形で改軌が完成したのは、漱石の旅の二年後だ。

二七日、朝から列車。日露戦争で黒木大将の第一軍が進軍した鳳凰城を通る。漱石の旅は、期せずして戦跡をたどることになる。一九時半、安東に到着。

二八日昼、小蒸気で鴨緑江を渡り、対岸の新義州へ着く。朝鮮半島の最北部だ。「なつかしき土の臭《におい》や松の秋」という一句を詠む。黄土色の満州荒野からやってきて、朝鮮の黒土を踏んだ漱石は、ここで日本に共通する風土を感じ、ほっとしたようだ。

同日午後に新義州駅を出発、二三時過ぎ、平壌《ピョンヤン》着。

三〇日平壌一四時五一分発の列車で京城（当時のよび名、現・ソウル）へ。南大門駅二二時二〇分着。当地に一〇日余滞在し、知人の世話で市内各地を見物した。久しぶりにゆっくりした。「高麗人《こまびと》の冠《かむり》を吹くや秋の風」。仁川にも出かけ、帰りの車中では朝日同僚で当地出張中の渋川玄耳に会い、一緒に帰っている。玄耳はその後、各地をめぐり、帰国後、先に紹介した紀行『恐ろしい朝鮮』を朝日に連載する。

朝鮮半島の鉄道は日本の資本、技術で建設されたが、国内仕様の狭軌ではなく、標準軌で敷設されたのは、標準軌の清国や、さらにはヨーロッパ連絡も見据えていたからだ。大動脈の京城－釜山は日露戦前に着工、三八年一月に開通していた。下関－釜山間には、山陽鉄道が鉄道接続の連絡航路を開設、その後、国有化され、鉄道院が引き継いだ。

漱石は半島縦貫ルートで真っすぐ帰国する。

一〇月一三日午前九時、南大門発の急行で一気に半島を南下、草梁（釜山）に一八時二五分着。すぐに釜山港へ向かい、一九時発の連絡船に乗船、翌一四日八時、下関に到着した。約四〇日ぶりの日本である。その後、大阪、京都に立ち寄り、一〇月一七日朝、新橋停車場に帰り着いた。

## 鴨緑江の鉄橋

ところで、漱石は鴨緑江を小蒸気で渡ったが、大鉄橋が建設中だった。漱石も船から工事を見ていたはずだ。じつはこの鉄橋完成によって、日本の鉄道に新しい歴史が生まれた。

長さ九四四メートル、一二連のトラス橋の大鉄橋は、日本の韓国統監府鉄道管理局が工事を担当した。中央部の一連はジャンク船を通すため旋回できるという構造をもつ。この大鉄橋が完成するのは、安奉線改軌と同時の明治四四年一一月だ。この鉄橋の完成と安奉線改軌によって、日本から満州への新しい交通路が開かれた。安奉線は重要な幹線に変貌したのである。これを受け、翌年六月一五日、東海道・山陽本線の鉄道ダイヤ改正が行われた。このとき、日本最初の特別急行（新橋－下関間）が登場した。この特別急行は、所要時間の短縮だけでなく、関釜連絡船と接続して朝鮮半島、中国大陸との連絡の便を計り、さらにはヨーロッパへという、国際列車の一翼を担った。

このため、特別急行の車両はすべて特注で、これまでにない豪華、贅沢なつくりだった。編成は一、二等のみで、食堂車、寝台車がつき、最後尾の一等車は吊り灯籠、欄干を備えて和風にまとめ、オープンデッキの展望車も設置された。外国人旅行客を意識し、英語のできる列車長が乗務した。この特別急行運行の一カ月後の七月三〇日、明治天皇が死去し、明治時代が終わった。鉄道史から見れば、明治という時代を、華やかな豪華列車で見送った、ということになる。

## 近づく大陸

特急の登場で、大陸が近くなった。

明治四五年六月の『列車時刻表』に「内地・朝鮮・満洲連絡時刻表」が載っている。ダイヤ大改正の時だ。少し細かくなるが紹介したい。

新設の特急一列車は、新橋朝八時三〇分発だ。下関着が翌朝の九時三八分、連絡船が一〇時四〇分に出航、釜山着は二〇時一〇分。釜山発同五〇分で南大門（現・ソウル）着は翌朝五時五〇分だ。同発六時で新義州発が一五時五〇分（着は不記載）。そこから鴨緑江鉄橋を渡り、安東県発一五時三五分（着は不記載、なお時刻が戻っているのは時差調整のためか）。改軌された安奉線を経由して奉天着二一時五五分だ。東京（新橋）からほぼ六二時間、二日半で満州の中心地・奉天に着くわけだ。さらに奉天を二二時二五分に発つと長春に翌朝四時五〇分着、六時に長春を発すると哈爾賓《ハルビン》には一三時四五分に着く。

この時刻表は「哈爾賓以西」という興味深い時刻表も付く。シベリア鉄道経由の欧州路線だ。

これもご参考までに。

哈爾賓を木曜一四時三〇分に出発すると、満洲里に金曜一〇時四〇分着、同一一時五四分発のシベリア鉄道に乗車、イルクーツク土曜一八時四分着、同一九時発、えんえん乗り続けて莫斯科《モスクワ》到着は翌週金曜の朝六時一〇分である。さらにこの時刻表によると、莫斯科を金曜一〇時四五分の列車に乗ると、ワルシャワに翌土曜一〇時五八分に着く。伯林《ベルリン》着は土曜二二時三八分、さらに乗り、巴里《パリ》着は月曜一六時である（いずれも時刻は現地時間か）。

鉄道で欧亜が結ばれた。これを機に、大正二年、英国→カナダ→日本→シベリアという経路の世界一周周遊券が発売された。新橋からロンドン行きの切符も販売された。ロンドンまでは一等四三三円、二等二八六円だったという。

なお、鴨緑江鉄橋は朝鮮戦争中、米軍の爆撃で破壊された。だが歴史的遺構として保存され、鴨緑江断橋という名で観光地になっているという。すぐ隣に中朝友誼橋が建設され、中朝間の国境の橋になっている。

この稿を書いた後、「旅の図書館」（東京・青山）で、『南満洲鉄道案内』という小冊子を見つけた。満鉄が発行した満州のガイドブックだ。発行が明治四二年一二月二五日とあり、漱石の満州旅行の三カ月後だ。冊子の巻末の広告に興味深い記載があった。満鉄が経営する満州日日新聞の広告が載り、そのわきに「英文夕刊は満洲に於ける唯一の英字新聞にして一ケ月僅《わずか》に二十銭」とである。この英文夕刊こそ、漱石の協力が期待された欧米人向けの英字新聞だろう。漱石は満州に旅立つ直前に、満州日日新聞の伊藤幸次郎社長と会っている。漱石にとって伊藤は、是公と違い、とくに知り合いではない。このときに、満日の姉妹紙の英字新聞に協力してくれないか、責任者になってもらえないか、というような話が出たのではないか。日記によると、大連で是公は漱石に「貴様おれの通弁にならんか」と語ったという。「通弁」とは、通訳ではなく、この英文夕刊のことだろう。漱石にはもちろん、そんな気はなかった。

# 終章　胃潰瘍と汽車の旅

漱石山房で（絵・藪野健）

## 胃病をかこちながらの旅

漱石は多病の人だった。しばしば長期間入院し、病室で執筆もしている。若いころは盲腸炎、腹膜炎にかかり、トラホームも患った。後年は痔疾や糖尿病に悩まされた。しかし生涯を通じて最も苦しんだのは、神経の病と胃病だった。

神経衰弱は生涯でおおむね三回、漱石を悩ませた。まず明治二七年（一八九四）夏から翌年にかけてで、円覚寺に参禅した時期だ。次は英国留学中からおかしくなり、帰国後の三七年ころまで、この時が最もひどかった。『吾輩は猫である』を書くことで、危機を脱した。三回目は大正元年（一九一二）秋から三年ころまでで、『行人』の新聞連載を中断せざるをえなかった。連載小説の中断ははじめてだった。その次の病気中断は『明暗』であり、中断が絶筆になった。

胃病がいつごろからはよくわからないが、青年時代も時折、不調だったらしい。神経衰弱と胃病は繰り返し、時に同調増幅しつつ、漱石の心身を痛めつけた。ここでは日記や作品から胃病を具体的に跡づけしてみたい。まず胃病に苦しむ漱石の句から。

秋暑し癒《いえ》なんとして胃の病（明治三二年）

酸多き胃を患《うれ》ひてや秋の雨（四〇年）

夫人の回想によると、神経衰弱がおさまるときまって胃病になったという。いずれも強いストレスが原因とされる。漱石が朝日新聞社に入社し、書斎に閉じ籠るようになってから、とりわけ胃病は頻発した。社員作家としての責任感、締め切りの重圧に加え、運動不足もあっただろう。神経衰弱のほうは創作活動との関連が深く、漱石文学に直結する大テーマだが、ここではより即物的に、汽車旅の揺れ、疲労と胃病の関係を取り上げたい。

## 車体の揺れに苦しむ

漱石は明治人にしてはよく旅をした。ほとんどが汽車旅だった。とくに朝日入社後、旅の機会が増えた。汽車の振動、疲労が胃潰瘍の主要な原因とはいえないが、症状を憎悪させたのは間違いない。おもに横揺れが不快感をもたらす船や車と違い、汽車の振動は規則的な縦揺れだ。ふだんならこのリズミカルな揺れは、むしろ眠りを誘うほどの快さを感じさせるが、体調が悪いと、縦揺れは体の芯にこたえる。明治大正の鉄道は重い蒸気機関車が客車を牽引し、台車を支えるバネも旧式だった。明治後期に導入されたボギー車（車輪を直接車体に取り付けず、二軸か三軸の車輪をもつ台車二個の上に車体を載せ、カーブ時の脱線、動揺を防ぐ）の登場以前はとくに揺れが激しかった。多くの車両の座席は、背もたれも尻のせも堅い木製で、長時間、座り続けるのは苦痛だっただろう。先に紹介した赤松麟作「夜汽車」は、汽車旅の疲労感を的確に描写している（第一章）。そこで、漱石の汽車旅と胃病の関係を、これまでの記述と重複するところもあるが、より具体的に検討したい。

　先に見たように、漱石は明治四二年九月から一〇月にかけ、満州、朝鮮半島を旅する（第八章）。往復の航路以外はほぼ満鉄など汽車旅である。

　出発前から胃の具合がひどく悪い。「激烈な胃カタールを起す。吐気、汗、臌〔膨〕満、醗酵、酸敗、オクビ、面倒デ死ニタクナル」（『日記』）。旅行のために背広を新調したばかりだったのに、かなりひどい症状で、一週間ほどまともな食事がとれないほどだった。医者は満州行きに反対した。同行予定だった是公に先に行ってもらい、ひたすら静養する。幸い、数日すると痛みは収まったので、旅行を決断、新橋を出発した。大丈夫だろうか。

　満州旅行の詳細は第八章に譲るが、日記や紀行『満韓ところどころ』に腹痛胃痛の文面がしばしば現れる。とくに旅の前半に多い。関連項目を拾ってみると――。

大連に着いた翌日の九月七日は、はやくも「腹工合悪く、談話に困却。ソーファーの上に寐《ね》る」。知人に夕食を誘われるが断る。翌日も「胃悪し」と日記。『満韓』には、「何だか自分の胃が朝から自分を裏切ろうと工《たく》んでいる様な不安がある。さて何処《どこ》が不安だろうと、局所を押えに掛《かか》ると、何処も応じない。ただ曇った空の様に、鈍痛が薄く一面に広がっている」と慢性の胃炎に悩む人らしい記述がある。腹がしきりに痛むので、寝室へ退いて、長椅子の上に横になっているると、是公から舞踏会の誘いがあったが行かない。外出時に市内の薬屋に寄って薬を購入した。それでも一〇日から旅順の戦跡見物に出かける。大連を八時半発、旅順一〇時着。翌日、痛む腹を抱えながら激戦地二〇三高地に登る。町に戻って日本料理店ですき焼きを食べるが、胃の具合悪く、ちっともうまくない。つらいので畳に仰向けになって寝ると、酌婦が膝枕をしてくれた。じっとしていると、眠ったと思ったらしく、女は漱石のあごの下をくすぐった。とんでもない女だ。翌日はウズラ尽くしの朝食。旅順はウズラが名物らしく、お椀、焼き物、西洋流の油揚じみたもの、とどれも消化に悪そうなウズラ。大連に戻るも再び「腹痛」あり。ウズラのたたりか。翌日も「腹痛む」の記述。

一四日、一一時発の「express」に乗車。温泉地、熊岳城《ゆうがくじょう》着午後三時半過ぎ。駅から温泉地までは軌道の上の台車を人が押すトロッコである。一見軽快に走るように見えるが、乗ってみると「胃に響ける程揺れる」。早く回る車輪は漱石の臓器を刺激し、「悪い胃を著るしく悪くした」。このときはかなりつらかったようで、鳥打帽を深くかぶってじっと耐えるほかなかった。

温泉に入って一泊、帰りも駅までトロッコ。「益《ますます》苦しかった」。その後、営口、湯崗子温泉、奉天、撫順、さらにハルビンまで行く。満鉄列車に揺られる大移動だったが、このころから胃はおとなしくなったようで、胃痛の記述は見られない。満鉄列車は広い大陸を一直線に走る。軌道の幅も、国内の狭軌より広い標準軌であり、安定していたからか。ただ、帰路で奉天から粗末な軽便鉄道の安奉《あんぽう》線に乗ったときは、混雑と揺れで往生したようだ。小船で鴨緑江を渡り、新義州さらに平壌へ。その後、京城（現・ソウル）に行き、各地を見物した後、半島を一気に列車で南下、関釜連絡船に乗り換え、一四日朝、下関着。

満韓の旅の後半は体調よく、そのためか内地到着後も東京へ直帰しない。大阪に立ち寄り、大阪朝日の長谷川如是閑《にょぜかん》を訪ね、南海沿線の浜寺へ行った。もっとも、料理屋で食事をしながらタカジヤスターゼ（胃の薬）の錠剤を飲むのを忘れない。夜、大阪から京都に列車で移動するが、この列車がひどかった。

此汽車の悪さ加減と来たら格別のもので普通鉄道馬車の古いのに過ぎず。夫《それ》で一等の賃銀を取るんだから呆れたものなり。乗つてゐると何所かでぎし〳〵云ふ。金が鳴る様な音がする。暴風雨で戸ががたがたすると同じ声がする。夫で無暗に動揺して無暗に遅い。（『日記』）

この客車は木造で、ボギー台車ではなく四輪単車構造の古いタイプだったらしく、車体剛性が低く、ひどく軋《きし》みがでていた（小島英俊『鉄道快適化物語』）。揺れも激しい。満韓でゆったりした一等車に乗り慣れた漱石には、とりわけみすぼらしく映ったのだろう。『瀛車瀛船旅行案内』（明治四〇年三月）を調べると、日記どおり、たしかに大阪発一八時四四分発の列車がある。これは明石発京都行きの普通列車（京都着一九時五七分）だ。短距離の鈍行だから、機関車も客車も相当旧式だったようだ。長旅の疲れがじわじわたまっていく。

京都で下車、嵐山、高雄を訪ねている。嵐山では、日記に久しぶりに「腹痛し」が現れる。にもかかわらず、食い意地のはっている漱石は、消化の悪そうな八つ橋、豆ねじ、塩せんべいを食べる。懲りない人だ。一六日京都二〇時二〇分発の夜行急行で帰京の途につく。土曜日なので寝台がとれず、ほとんど眠れない。新橋からは人力車で帰宅するが「腹痛む。元気なし」としょんぼり日記に記す。

満州韓国の大旅行は、漱石の弱った胃にボディーブローのようにダメージを与えた。翌年夏の「修善寺大患」は、満韓旅行と無縁ではあるまい。

『門』連載終了と「修善寺の大患」

満韓旅行から帰国して半年後の明治四三年三月から、『門』の連載が始まる。だが執筆中から、また胃の調子が悪い。前年一一月にスタートした朝日文芸欄の編集と小説執筆が重なり、いつも以上の重圧があった。『門』連載終了直後の六月一八日、内幸町の長与胃腸病院に入院した。検査の結果、胃潰瘍と診断された。

入院加療で症状が和らぎ、七月三一日退院。病後の静養として伊豆・修善寺の温泉に行く。北白川宮の御用掛だった弟子の松根東洋城が修善寺に宮様のお供で行くので、一緒に、と勧められたからだ。この修善寺行きが、漱石の生涯の一大転機となった「修善寺大患」を招いた。

退院一週間後の八月六日午前一一時、漱石は新橋を出発する。神戸行きの急行列車、一等である。なぜか喉の調子がひどく悪い。同行するはずの東洋城が乗り遅れ、列車に電報をよこし御殿場で待ち合わせることになった。日記には「(御殿場駅の)角《かど》の茶屋でいこう。三時〇九分。五時二十九分まで待つ」とある。四時間汽車に揺られ御殿場に着き、駅近くの茶店で二時間半近く待った。駅では日本語が不自由な西洋人に英語で手助けをしたが、喉がかれてほとんど声が出なかったというから、明らかに体調はおかしかった。

御殿場で東洋城と合流し、三島に向かい、三島駅(現・下土狩《しもとがり》駅)では吹きっさらしのホームで四〇分待ち、軽便鉄道に乗り換えて大仁《おおひと》、そこから修善寺へ向かった。手元の『TRAIN SERVICE 列車時刻表』(四三年五月)は簡略版で、御殿場や三島の表示がないため正確な時刻は不明だが、一一時新橋発の列車は御殿場直前の山北一四時一〇分発、三島の一つ先の沼津一五時五七分発と記されている。だから、予定どおりなら三島に午後四時前には着いたはずだ。大仁からは人力車だが、空き車がなく、手間取った。雨が降ってきた。八月といえども伊豆の夜は冷える。漱石が雨の修善寺に着いたのは、夜九時ころだっただろう。東洋城が遅れなかったら、六時ころには宿に入っていたはずだ。

翌日から漱石の胃の具合がおかしい。朝便通がなかった。「胃、常ならず。（略）凝《じっ》と寐ている。眠り覚めると多少は好い心持也。とうとう五時頃まで起たず」（『日記』）。丸一日臥せっていたようだ。翌日も便通がなく、入浴後に胃痙攣《けいれん》を起こす。夜にも入浴した後、胃痙攣。「半夜夢醒《さ》む。一体に胸苦しくて堪えがたし」（同）。漱石は、朝飯を食べすぎたか、温泉が悪かったか、と記す。その後も悪化の一途をたどり、ついに八月二四日の大吐血に至る。

なぜ、修善寺で胃潰瘍が急激に悪化したのだろうか。本人の推測のように温泉の熱い湯が、弱った胃を刺激したのか。しかし、胃腸病院の許可を得て温泉に来ているのだから、温泉がおもな原因とはいいにくい。むしろ、行きの汽車の揺れ、長い待ち時間、雨の人力車がよくなかったのではないか。つまり、まだ完治しきってないうちに、長時間、汽車（と人力車）に揺られ、茶店で待ち続けて体を冷やしたのがいけなかった。

もう一つ注目したいのは、当時の気象だ。

この年の夏は異常気象だった。出発前日の五日ころから、梅雨前線が関東上空に居座り続け、雨模様だった。一一日に台風が八丈島の北から房総半島沖を通過し、梅雨前線を刺激、一四日には伊豆近くの沼津付近に別の台風が上陸、群馬西部に向かった。この梅雨前線と二つの台風によって、利根川、荒川、多摩川が氾濫、関東地方はまさに水浸しになり、東京の下町も大きな被害を受けた。関東だけで死者・行方不明八〇〇人を超す、明治期最大規模の「明治四三年関東大水害」だ。まさに漱石が修善寺で苦しんでいるときだ。

再び漱石の日記から雨の記述をさがすと、六日、大仁からの人力車の中で「途中雨来る。（略）雨ざっと至る。車夫幌《ほろ》をつぐ。蛙の声　夥《おびただ》し」。旅館に入った夜「強雨の声をきく」。七日「雨声。（略）碧雲《へきうん》山峰をはれやかにす。須臾《しゅゆ》にして雨」。八日「雨」、九日「雨。伊豆鉄道がとまるかも知れぬという」。伊豆鉄道とは豆相鉄道のことだ。一〇、一一日は胃痛で苦しかったせいか空白、一二日「東京より水害の聞き合せ来る。湯河原の旅屋《たびや》流れてその宝物がどことかへ上ったという」、一三日は大水で山崩れに遭った別荘にいた男が避難してきた話を記す。一四日「終夜強雨の音を聞く」。この日は台風が沼津に上陸した日だ。連日、雨に降り籠められた日々だった。山間の温泉地特有の温気と長雨による湿気と冷えは、弱った胃にこたえただろう。

大吐血して人事不省に陥り、次にもし出血があれば絶望、と宣告された漱石はしかし、奇跡的に命を永らえた。晩夏から秋にかけ、薄紙をはぐように、快復していく。あばれた胃はおとなしく静まった。臥せる病人は、日々の心境を一七文字にまとめる。

秋の江に打ち込む杭の響かな
腸《はらわた》に春滴《したた》るや粥の味

菊の雨われに閑ある病哉

初句は、澄んだ秋空のもと、大水で傷んだ川岸の護岸工事をする、かんかんという明るい音、病んだ自分の体も修復されつつある、という喜びがこもる。次の句は、ソップ（スープ）、重湯《おもゆ》から始まり、ようやく粥をすすれるようになった、なんておいしいのか、と食いしんぼうの漱石らしい句だ。腸にも胃にも、あたたかい粥の感触が、うれしい。春滴る、に実感がこもる。菊の花びらをひっそり濡らす秋の雨、その静かな雨音をじっと仰臥して聞いている、気ぜわしい日常から離れて、というのが、三番目の句だ。

私は本書を執筆途中、大病して長期入院した。病院のベッドで、修善寺大患の経過を綴った『思い出す事など』をあらためて開き、感慨深く読んだ。漱石のしめやかな文が身に沁み、共感する俳句は多かった。あたりまえの日常や自然の移ろいが、新鮮でうれしかった。「肩に来て人懐かしや赤蜻蛉」も心に残った。

大患後の『思い出す事など』

さて、ようやく容体が安定した漱石は帰京する。明治四三年一〇月一一日、帰京祝いのお頭付きアマダイ、粥、オートミールの朝食。九時すぎ修善寺を馬車で発つ。この日も雨。まったく雨にたたられた日々だった。漱石を乗せる橇《そり》のような釣り台が特注され、四人の屈強な人足がかついだ。この釣り台は白布で覆われ、「わが第一の葬式の如し」と日記に記す。大仁からは再び豆相鉄道、三島駅では乗り換える新橋行きの列車がすでに到着していた。激しい雨の中、人足は足早に線路をまたぎ、釣り台の漱石を列車に担ぎ込んだ。一等車の貸し切り車両だったという。『漱石研究年表』によると、一一時四二分三島発の列車は、二〇分の延着で一七時五分新橋駅に到着した。東京も雨。新橋駅では、子どもたち、虚子ら弟子たち、池辺三山ら朝日関係者ら四〇人余りが出迎えた。釣り台に乗ったままの漱石は再び長与胃腸病院に入院した。

病室の畳、壁、襖《ふすま》が新しくなっていて、気持ちがよかった。「入院故郷に帰るが如し。修善寺より静なり。（略）終夜雨」（『日記』）。律儀な漱石は再入院して一〇日もたたない二〇日から、『思い出す事など』を書き始める（掲載は二九日から）。ただでさえハードな新聞連載を、大病後すぐに、しかも入院中に始めるとは、驚かざるをえない。正月も病院で過した。正月に見舞に行った夫人によると、看護婦は羽根つきにでかけて不在、漱石はひとりぽつねんと、原稿を書いていたという。退院したのは明治四四年二月二六日。修善寺で倒れてからじつに半年も、ずっと病床に伏せっていたことになる。

その夏、漱石は大阪朝日新聞社が主催する関西巡回講演会の講師に駆り出された（第五章）。だが、最後の大阪での講演を終えて宿に戻ると、嘔吐、吐血。翌日、湯川胃腸病院に入院した。また入院生活である。湯川秀樹の夫人の実家で、関西有数の胃腸病院だ。鏡子夫人が東京から駆け付けるが、病室に入るなり、見舞いの菓子折りがあるのを見て、「大阪ではお菓子なぞ病室に入れることを許すのか」とにらみ、付き添った朝日関係者を震え上がらせた。今回は大事に至らず、ひと月近くで退院、九月一三日一九時二三分大阪発の寝台最急行列車に乗る。夫人と一等寝台におさまった。一等寝台は、片側が廊下になっているコンパートメント方式で、一つの部屋の定員が上段、下段それぞれ二人ずつの四人だ。


兄と自分は体力の優秀な男子という訳で、婦人方二人に、下のベッドを当《あて》がって、上へ寐《ね》た。自分の下には嫂《あによめ》が横になっていた。

自分は暗い中を走る汽車の響《ひびき》のうちに自分の下にいる嫂をどうしても忘れる事が出来なかった。彼女の事を考えると愉快であった。同時に不愉快であった。何だか柔《やわら》かい青大将に身体《からだ》を絡《から》まれるような心持もした。（『行人』）

互いに相手を理解できない兄夫婦、心配する母、嫂と旅先できわどい夜をすごした自分。この四人が狭い寝台車両の閉鎖空間で息をひそめる。『行人』のこのシーンは、一等寝台の構造を巧みに借りた設定だ。それにしても、「青大将に身体を絡まれる」とは、漱石に珍らしくずいぶんエロチックな表現だ。

列車の揺れのせいか、今度は胃ではなく肛門がおかしい。名古屋零時一分着。深夜にもかかわらず、義弟の鈴木禎次（建築家）が見舞いかたがた駅ホームまで面会に来るが、漱石は起き上がらず、口を開くのが億劫《おっくう》で会わない。夫人が応対した。同九分、列車は名古屋を出る。『行人』には、深夜の名古屋停車のシーンがあり、この日を材料にしたことがわかる。新橋着は翌朝九時。

肛門の痛みはひかず、帰宅の翌日、医者の往診を乞い、痔と判明、あくる日切開してもらう。『明暗』の冒頭は、この手術の経験をもとにしている。「奥に探りを入れる」痔の手術は、登場人物が互いに相手の腹を探り合う『明暗』のモチーフの隠喩にもなっている。痔疾は長引き、しばらくほぼ一日おきに神田錦町の診療所まで通院することになる。まことに漱石は多病の人である。

## 鉄道も死因の一つか

胃の不調は旅に出ると起こる。大正四年（一九一五）春、久しぶりに出かけた京都でも具合が悪くなり、夫人が迎えに行く事態になった。そして最終的に漱石の命を奪ったのは、やはり胃潰瘍だった。

同五年秋、『明暗』を書き続ける。夫人は漱石がめっきり痩せてきたと感じる。一一月一八日、友人からツグミの粕漬《かすづけ》を送られ、骨ごと賞味する。二一日、午前中『明暗』一八八回を書き終えるが、胃の具合が悪く、横になる。夕方から知人の結婚式（築地精養軒。現在はない）があり、無理して出かける。披露宴は洋食、箸休めに好物の落花生があった。夫人とは席が離れており、これ幸いと手が伸びた。人力車で帰宅するも、一段と気分が悪い。翌二二日は朝から起き上がれない。無理して書斎に籠《こ》もるが、一字も書けず。机に突っ伏す。二八日、患部から大出血、絶対安静。一二月九日、ついに永眠。解剖の結果、胃部に長さ五センチ、幅二・二ないし一・五センチ大の楕円形で横に広い潰瘍があり、この潰瘍の中に多数の血管の露出が認められ、この血管が破れて大出血、死に至ったと診断された。

『明暗』執筆のストレスで胃が衰弱しているところに、消化の悪いツグミや落花生を食べたのが、命取りになった。そのとおりだろう。が、しつこいようだが、私は結婚披露宴への往復の人力車の揺れも付け加えたい。会場の精養軒は今の築地あたりだから、早稲田からは一時間ほどか。そのころから人力車の車輪はゴム輪になり、ひどい揺れは鉄輪に比べ軽減したが、なにしろ当時は道が悪い。都心でも舗装道路は少なく、激しい揺れは弱った胃にこたえただろう。満韓旅行の熊岳城で人力トロッコに乗ったときも、車輪の揺れが胃を直撃して苦しかった。人力車も人力トロッコも、動力源は人間だが、車輪を回すことで推進力を得ることでは、鉄道と共通する。『それから』にこんな一節がある。アンニュイ（倦怠《けんたい》）を感じる代助は、自身を病んだ胃にたとえ、電車（市電）に揺られる不快感をこう記す。「自分を検査して見ると、身体《からだ》全体が、大きな胃病のような心持がした。四丁目からまた電車へ乗って、今度は伝通院前《でんずういんまえ》まで来た。車中で揺られるたびに、五尺何寸かある大きな胃嚢《いぶくろ》の中で、腐ったものが、波を打つ感じがあった」

漱石は近代化の象徴である鉄道を、警戒しつつ、十分に利用した。作品に生かした。しかし、俗なことばを使えば、どんなことでも「いいとこどり」だけではすまされない。「あぶない、あぶない。気をつけねばあぶない」と警告を発しつつ、漱石は鉄道の、ひいては近代化がもたらす本質的な負の側面も引き受け、抱え込まざるをえなかった。汽車による旅が、宿痾《しゅくあ》の胃潰瘍を悪化させ、最終的に死に至らしめた。回り続ける車輪は産業化を促し、利便性の向上を推進する一方、人間を支配する酷薄な運命の象徴でもあり、じんじんと漱石の胃を締めあげる圧迫装置でもあった。漱石は字句どおり、身をもって明治近代化の代価を払った、といえるかもしれない。

# あとがき

小学生のころ、鉄道の時刻表に熱中したことがある。小型の携帯用では物足りず、大判の時刻表をあきずに眺めたものだった。駅名をそらんじ、細かい時刻数字を追った。小学生で近視になったのは、そのためだった。方眼紙を買ってきて自己流のダイヤグラムをつくった。縦軸に駅名、横軸に時刻を入れ、そこに列車の走る軌跡を斜線で記入していく。すると上下線の列車の位置関係が一目瞭然になる。「『特急ひびき』が、先発した準急『東海一号』を追い抜くのは○○駅」というようなことがひとめでわかるのだった。東海道新幹線登場以前のことである。

本書第一章で、漱石と伊藤博文との東海道線でのすれ違いを書くとき、じつに五十年ぶりに、簡略化したダイヤグラムをつくってみた（四一ページ）。斜線が交差するところが、すれ違い地点だ。

前著『旅する漱石先生』で、漱石の内外の旅をトレースしたが、漱石に縁が深い鉄道に特化し、できるだけ当時の時刻表どおりに、鉄道旅を再現してみよう、と思い立ったのは五年ほど前だった。漱石は明治近代化の象徴の鉄道を、さまざまな視点でとらえているし、作品に頻出、作品理解にも役立つ。取材、調査、執筆を始め、半分ほど書き進めたころ、思いもかけず大病が判明し、手術、入院を繰り返した。病院のベッドからは、近くの御茶ノ水駅を発着する中央線電車の走行音がひっきりなしに聞こえた。数カ月前まで、通勤で毎日乗っていた電車だ。天井を見上げながら、本を書きあげるのは難しいだろうな、と覚悟した。幸い、その後おおむね順調に回復し、昨年あたりから再び執筆が可能になり、ようやく刊行にこぎつけた。「お天道様」に深く頭を下げなければならない。

原稿をずっと待ってくれた朝日新聞出版に、まず感謝したい。当初は二階堂さやかさんが、その後は奈良ゆみ子さんが編集を引き継いでくれた。奈良さんとは朝日選書で三冊目になる。いつもながらの行き届いた配慮と適切なアドバイスは心強かった。わたしのアバウトな原稿を厳しくチェックしてくれた校正の方にも、お礼申しあげます。

疾走する列車の美しい表紙や挿画を描いていただいた、画家で府中市美術館館長の藪野健さん、ありがとうございました。奈良さんと府中市美術館に通うたびに、近所のお蕎麦屋さんでおいしいお蕎麦をごちそうになったことが、ついこの間のようです。藪野さんとご一緒に本をつくれて、ほんとうにうれしい。

当時の時刻表は、おもに『復刻版　明治大正鉄道省列車時刻表』全二〇冊を利用し、早稲田大学図書館、ＪＴＢ旅の図書館等で足りない分を補った。そのほか資料は都立中央図書館、武蔵野市立図書館、小金井市立図書館、在職中は朝日新聞社データベースにお世話になった。最後に、家族への感謝も申し添えたい。

二〇二〇年二月

牧村健一郎

## 参考文献

宮内庁『明治天皇紀』第七　吉川弘文館　一九七二年
三谷太一郎『日本の近代とは何であったか』岩波新書　二〇一七年
福田敏一『新橋駅の考古学』雄山閣　二〇〇四年
青柳達雄『満鉄総裁中村是公と漱石』勉誠社　一九九六年
原武哲『喪章を着けた千円札の漱石』笠間書院　二〇〇三年
小池滋編『英国鉄道文学傑作選』ちくま文庫　二〇〇〇年
小池滋『英国鉄道物語』新版　晶文社　二〇〇六年
小池滋『「坊っちゃん」はなぜ市電の技術者になったか』新潮文庫　二〇〇八年
出口保夫『漱石と不愉快なロンドン』柏書房　二〇〇六年
原武史『「民都」大阪対「帝都」東京』講談社選書メチエ　一九九八年
夏目鏡子述、松岡譲筆録『漱石の思い出』文春文庫　一九九四年
高島俊男『漱石の夏やすみ』ちくま文庫　二〇〇七年
江藤淳『漱石とその時代　第二部』新潮選書　一九七〇年
小菅桂子『近代日本食文化年表』雄山閣出版　一九九七年
福沢諭吉著、富田正文校訂『新訂　福翁自伝』岩波文庫　一九七八年

田山花袋『温泉めぐり』岩波文庫　二〇〇七年
長谷川如是閑『倫敦！　倫敦？』岩波文庫　一九九六年
新宿区教育委員会編『地図で見る新宿区の移り変わり　淀橋・大久保編』新宿区教育委員会　一九八四年
関川夏央『子規、最後の八年』講談社文庫　二〇一五年
北上市編『北上の歴史』北上市史刊行会　一九八七年
黒岩比佐子『パンとペン　社会主義者・堺利彦と「売文社」の闘い』講談社　二〇一〇年
平岡敏夫『日露戦後文学の研究』全二巻　有精堂出版　一九八五年
前田愛『都市空間のなかの文学』ちくま学芸文庫　一九九二年
半藤一利『続・漱石先生ぞな、もし』文藝春秋　一九九三年
半藤一利『日露戦争史』全三巻　平凡社　二〇一二〜一四年
原田敬一『日清・日露戦争』岩波新書　二〇〇七年
和田春樹『日露戦争　起源と開戦』下　岩波書店　二〇一〇年
中村尚史『海をわたる機関車』吉川弘文館　二〇一六年
参謀本部編『明治三十七、八年秘密日露戦史』巌南堂書店　一九七七年
竹内正浩『鉄道と日本軍』ちくま新書　二〇一〇年
茂沢祐作『ある歩兵の日露戦争従軍日記』草思社　二〇〇五年

喜多平四郎『征西従軍日誌』講談社学術文庫　二〇〇一年
春畝公追頌会編『伊藤博文傳』全三巻　統正社　一九四〇年
原剛『明治期国土防衛史』錦正社　二〇〇二年
吉村昭『ニコライ遭難』新潮文庫　一九九六年
トク・ベルツ編（菅沼竜太郎訳）『ベルツの日記』全二巻　岩波文庫　一九七九年
『荷風全集』一九　岩波書店　一九六四年
『中野重治全集』二三　筑摩書房　一九七八年
『新修　宮沢賢治全集』一三　筑摩書房　一九八〇年
田山花袋『東京の三十年』岩波文庫　一九八一年
内田百閒『私の「漱石」と「龍之介」』ちくま文庫　一九九三年
佐藤篁之『「満鉄」という鉄道会社』交通新聞社新書　二〇一一年
原田勝正『増補　満鉄』日本経済評論社　二〇〇七年
原田勝正『鉄道と近代化』吉川弘文館　一九九八年
山崎善啓『瀬戸内近代海運草創史』創風社出版　二〇〇六年
老川慶喜『明治期地方鉄道史研究　地方鉄道の展開と市場形成』日本経済評論社　一九八三年
かわぐちつとむ『食堂車の明治・大正・昭和』グランプリ出版　二〇〇二年
原口隆行『時刻表でたどる特急・急行史』ＪＴＢキャンブックス　二〇〇一年

松平乗昌編『図説　日本鉄道会社の歴史』河出書房新社　二〇一〇年
岡本憲之『軽便鉄道時代』ＪＴＢキャンブックス　二〇一〇年
石井幸孝『九州特急物語』ＪＴＢキャンブックス　二〇〇七年
三好好三『総武線　120年の軌跡』ＪＴＢパブリッシング　二〇一四年
村田由美『漱石がいた熊本』風間書房　二〇一九年
山崎光夫『胃弱・癇癪・夏目漱石』講談社選書メチエ　二〇一八年
小島英俊『鉄道快適化物語』創元社　二〇一八年
中田敬三『夏目漱石と信州』中田敬三　二〇一六年
朝日新聞「新聞と戦争」取材班『新聞と戦争』上　朝日文庫　二〇一一年
牧村健一郎『旅する漱石先生』小学館　二〇一一年
クリスティアン・ウォルマー（平岡緑訳）『鉄道と戦争の世界史』中央公論新社　二〇一三年
福田清人編『明治紀行文学集』筑摩書房　一九七四年
小森陽一ほか編『漱石辞典』翰林書房　二〇一七年
『漱石全集』岩波書店　一九九三〜九九年
荒正人著、小田切秀雄監修『増補改訂　漱石研究年表』集英社　一九八四年
三宅俊彦編・解説『復刻版　明治大正鉄道省列車時刻表』新人物往来社　二〇〇〇年

牧村健一郎（まきむら・けんいちろう）
1951年神奈川県生まれ。ジャーナリスト。早稲田大学卒業後、朝日新聞入社。校閲部、学芸部、be編集部などに在籍し、昭和史、書評、夏目漱石などを担当。著書に『新聞記者夏目漱石』（平凡社新書）、『旅する漱石先生』（小学館）、『日中をひらいた男　高碕達之助』（朝日選書）、『評伝　獅子文六』（ちくま文庫）、編著に『新聞と戦争』（朝日文庫）など。

朝日選書 996

漱石と鉄道

2020年4月25日　第1刷発行

著者　牧村健一郎

発行者　三宮博信

発行所　朝日新聞出版
〒104-8011　東京都中央区築地5-3-2
電話　03-5541-8832（編集）
03-5540-7793（販売）

印刷所　大日本印刷株式会社


Published in Japan by Asahi Shimbun Publications Inc.
ISBN978-4-02-263096-4
定価はカバーに表示してあります。

落丁・乱丁の場合は弊社業務部（電話 03-5540-7800）へご連絡ください。
送料弊社負担にてお取り替えいたします。